活在心中的故事

HUOZAI XINZHONG
DE GUSHI

程中原 著

中国出版集团
研究出版社

图书在版编目（CIP）数据

活在心中的故事/程中原著 . —北京：研究出版社，2019.2

ISBN 978 – 7 – 5199 – 0344 – 2

Ⅰ.①活… Ⅱ.①程… Ⅲ.①随笔—作品集—中国—当代 Ⅳ.①I267.1

中国版本图书馆 CIP 数据核字（2019）第 026469 号

出 品 人：赵卜慧
选题策划：胡孝文
责任编辑：胡亚丽

活在心中的故事
HUOZAI XINZHONG DE GUSHI

作　　者：	程中原　著
出版发行：	研究出版社
地　　址：	北京市朝阳区安定门外安华里 504 号 A 座（100011）
电　　话：	010 – 64217619　64217612（发行中心）
网　　址：	www.yanjiuchubanshe.com
经　　销：	新华书店
印　　刷：	北京建宏印刷有限公司
版　　次：	2019 年 4 月第 1 版　2019 年 4 月第 1 次印刷
开　　本：	710 毫米×1000 毫米　1/16
印　　张：	15
字　　数：	200 千字
书　　号：	ISBN 978 – 7 – 5199 – 0344 – 2
定　　价：	46.00 元

目录

杨尚昆三忆张闻天 / 001

一颗永远闪耀光芒的红星
　　——追思刘英同志 / 029

胡乔木与张闻天的几本书 / 036

终生不忘的导师
　　——怀念邓力群同志 / 043

至诚长者耿飚同志 / 062

他是一个真人
　　——缅怀曾彦修同志 / 068

终生效学的榜样
　　——纪念二姐夫吴宝康 / 082

我的老同学唐去非 / 089

永存心中的印象
　　——追忆老院长王焜生同志 / 092

我心目中的周本淳先生 / 096

留在记忆中的几件事
　　——缅怀纪普洲部长 / 100

姚士贵印象 / 105

记北大的几位先生 / 110

冲破禁区　不断求索
　　——傅兆龙著《求索集》序 / 114

充满爱心是成为优秀教师的要诀
　　——王鹏著《挚爱》序言 / 117

中国诗歌鉴赏与研究的集大成之作
　　——庄叔炎编著《中国诗之最》序言 / 122

中国知识女性抗战历程的真实记录
　　——《新四军中两姐妹程桂芬、程兰芬自述》编后记 / 131

我家的三次搬迁 / 136

我心中的故乡——严家桥 / 144

从苦涩到欢乐
　　——怀仁中学读书时的回忆 / 146

《少先通讯》的编印与1949年暑假热火朝天的生活 / 151

《大众哲学》对我的影响 / 159

我的心到了 / 160

我对普通淮扬菜的认识 / 163

创办《淮阴师专学报》的回顾 / 166

我怎么研究起张闻天来？
　　——节录自2007年4月16日、4月23日回答李卫民先生的提问 / 173

改革开放使我走上党史国史研究的道路
　　——回答《人民日报》记者张贺的提问（2016年6月2日）/ 187

编写《中华人民共和国史稿》的一些体会 / 193

《胡乔木传》是怎样写成的？/ 212

我的学术生涯
　　——2016年10月17日在淮阴师院马克思主义学院的讲座 / 219

附录　学者风采
　　党史研究专家程中原——历经风云变幻　不忘赤子初心 / 230

后记 / 234

杨尚昆三忆张闻天

1985年8月30日是张闻天85周年诞辰。前一年,就预定届时出版《张闻天选集》,同时出版一本张闻天生前战友、学生、部下和亲属写的回忆文集《回忆张闻天》。为此,1984年8月间,张闻天夫人刘英同志在北戴河海滨就向尚昆同志约稿。可是,到1985年编集同时要交《人民日报》的时候,尚昆同志的回忆文章还没有着落。当时杨主席正忙于处理中国人民解放军裁军一百万的大事,他的夫人李伯钊又在病危之中。怎么办呢?

军委办公厅杨尚昆处给我们《张闻天选集》传记组打招呼:你们先搞一个初稿吧!这任务就落到了我头上。

我首先同萧扬、张培森、施松寒商量,列了一个张闻天和杨尚昆一生交往半个世纪若干节点的提纲。大致有十四个节点:

一、1924—1925年在重庆:杨尚昆的四哥、四川党的创建人杨闇公对在重庆从事新文化运动受到军阀压迫的张闻天、萧楚女的支持;张闻天在二女师当语文教员,杨尚昆的夫人李伯钊当年是张闻天的学生。

二、1927年初至1930年:在莫斯科的学习和斗争。

三、1931年冬:结伴回国。

四、1932年:在上海中宣部时共事。

五、1933年2月:瑞金会面。杨在宣传部协助张工作。

六、遵义会议。

七、长征中同张国焘的斗争。

八、到达陕北以后：纠左（肃反，对富农政策），瓦窑堡会议，东征西讨。

九、西安事变前后。

十、延安整风。

十一、农村调查。

十二、庐山会议。

十三、经济研究所。

十四、"文化大革命"后杨读到张的文稿。

按这十四个节点搜集整理现有材料，主要是张闻天1942年整风中写的《反省笔记》，杨尚昆在审看话剧《北上》时的谈话，代拟了一篇以杨尚昆身份写的回忆录稿子，送给杨主席参考。

过了没有几天，军委办公厅来电话了，约我到三座门去谈，叫我把车号报给他们。我说：我没有汽车，我骑自行车去。他们一点不介意，说：来时先打个电话，我们到传达室接你。

我想，听他们谈意见，责任重。我一个人去听，有遗漏，有偏差，都不好。我立即向工作小组组长萧扬报告，建议他一起去。萧扬说好。他当时是世界知识出版社总编辑，有车，随即报了车号。

军委办公厅的同志很热情地接待我们。他们说：你们代拟的稿子已经向杨主席报告了。杨主席说：对闻天同志的评价还不够，要提高。你们稿子中写到的这些事，从哪里来的，依据是什么，写清楚。军委办公厅的同志说，按首长的要求你们回去再修改一下报过来。

我们听了很高兴。我们就是希望通过尚昆同志这样的权威人物给予张闻天应有的高度评价，现在认为我们评价不够，要提高，真是求之不得。但究竟如何评价，这分寸我们还是拿捏不准。回来修改稿子，把文中列举的杨尚昆与张闻天交往的十几件事，一一详细注明材料来源、依据，对张闻天的评价没敢怎么放开来写。

我们把改写后的稿子报送上去。这时已是7月初了。8月30日是张闻天85周年诞辰，《回忆张闻天》的书要赶在此时出版，杨主席的文章也要在此时发表。我们也不便催促,唯一的办法是等,等待尚昆同志改定签发。出版此书的湖南人民出版社特事特办,把全书其他文章全部排校完毕,前面空出12个页码,只等杨尚昆的文章一到立即插入付印。同《人民日报》方面也进行了预约。

杨主席这篇缅怀张闻天的文章最终在8月24日定稿,赶上纪念张闻天85周年诞辰时在《人民日报》上发表。《回忆张闻天》一书也赶上同时出版。

杨尚昆(右)与刘英(左)谈遵义会议,中为程中原。

杨尚昆同志在回忆文章中增写了不少人们不知道的重要情节。如:张闻天被四川军阀驱逐出境,在离开重庆前,曾在重庆二府衙70号杨尚昆家中暂住;杨尚昆赴上海前夕,他的四哥杨闇公要他到上海后去会张闻天;在莫斯科中山大学得到张闻天在学习、生活、工作上兄长般的照拂;1931年初杨尚昆同张闻天结伴回到上海,在马路上遇见一位莫斯科的同学,当晚就接上关系;1932年2月,他们在瑞金会面,杨尚昆协助张闻天工作,准备召开中央苏区宣传工作会议。杨尚昆接受张闻天的思想影响在苏区《斗争》上发表了批评"党八股"的文章;特别是第一次指明:"我清楚地记得,遵义会议上反对'左'倾军事路线的报告(通称'反报告')是闻天同志作的。他作报告时手里有一个提纲,基本上是照着提纲讲的。这个提纲实际上是毛泽东、张闻天、王稼祥三位同志的集体创作而以毛泽东同志的思想为主导的。""遵义会议决议是闻天同志受与会同志委托起草的。"

更为重要的是,杨尚昆的文章对张闻天作出了应有的高度历史评价。他写道:"闻天同志是共产党人的楷模。他光辉的革命业绩、卓越的理论贡献、崇高的道德品质,是我们党、我们民族的光荣和骄傲。"

他评论张闻天从"左"倾向反对"左"倾的转变,说:"闻天同志已经显露了他一生中最可贵的品质,尊重实践,坚持真理,勇于独立思考,勇于否定一切被实践证明是错误的东西。"他指出:"从遵义会议到党的七大,闻天同志是我们党的重要领导人。他对我们的党、我们的军队、我们的民族是立了大功的。但他谦虚谨慎,平等待人,从不计较名利,从不独断专行。他总是无情面地解剖自己,以期引起党内同志的警戒。这种虚怀若谷的胸襟,令我非常感动。"还说:"尤其可贵的是,他还在实践中努力弥补自己的不足,克服自己的弱点。"他评述了张闻天到陕北、晋西北进行农村调查和到东北建设根据地、探讨经济建设方针的贡献以后说:"这种脚踏实地、追求真知的精神,也是我们学习的榜样。"对张闻天在1959年庐山会议上的长篇发言,杨尚昆评价说,"是那种正道直行、刚正不阿的品格,是那种上下求索、坚持真理的精神"的"最为突出的表现"。杨尚昆回忆,庐山会议后张闻天将研究心得写成的笔记、文稿和调查研究后提出的政策建议,都是由他转送给毛主席的。他说,每当接到他的文稿"都仿佛触摸到他那颗忧国忧民的心,油然生出一种敬意"。认为张闻天的这些思想和主张"都是医治'左'倾病症的良方"。他认为张闻天在肇庆被监护期间,对"大跃进"到"文化大革命"这一段曲折历史进行认真思考和总结写下的大批文稿,"充实了科学社会主义的理论,同时也生动地体现了闻天同志的崇高品格。他是一个彻底的唯物主义者,无所畏惧而又有远见卓识;

张闻天同农民交谈

1942年9月16日，张闻天同调查团同志在神府彩林巧遇八路军电影团，在黄河渡口合影。左起：徐羽、刘英、尚明、雍文涛、曾彦修、张闻天、马洪、许大远、薛光军。（尚明提供）

他是中华民族的优秀儿子，为了党和人民的利益，真正是毕生奋斗，坚持真理，竭忠尽智。闻天同志无愧为伟大的无产阶级革命家，杰出的马克思主义理论家。"

实际上，杨尚昆同志的回忆文章对张闻天一生的主要关节点都作了评述，并作出了高度的而又是中肯的评价。文章发表以后，提高了党内外对张闻天的认识，也为张闻天研究指出了方向。

过了几年，到 1990 年 8 月 30 日，又逢张闻天九十诞辰纪念。刘英同志和邓力群同志请尚昆同志再写一篇纪念文章，这就使得尚昆同志又一次回忆张闻天。这回仍然让我们先拟稿子。1985 年那篇，是通过回忆两人半个世纪的交往，评述张闻天的功绩和品格。再写一篇，怎样才能另辟蹊径呢？经商量，觉得应该通过为张闻天平反昭雪和 1985 年的纪念活动，以及《张闻天选集》《回忆张闻天》的出版来写，张闻天原来遭冤屈、被淹没的历史功绩已经广为人知。这次尚昆同志再写文章，宜从思想、品格方面作出概括进行扼要评述。由杨尚昆出面作综合评述，起到做一总结的作用。

当年暑假，我们都到北戴河工作。按照这样的思路，我在曾彦修同志指导下草拟了一篇稿子，把张闻天的思想、品格概括为这样几个特点：朴素，坚定，毕生追求真理、联系群众、联系实际。草稿写出后，我们即到 218 楼力群住的别墅，送请审阅。力群同志有个好习惯，当场就看，当即发表意见，一点也不拖泥带水。没有想到，力群看后连连摇头，说：不行，不行。没有个人交往，没有感情。要重写。

第二天，我们就按力群的意思重新写过。在原稿的框架内加上了尚昆亲身与闻天的交往与感受。

第一个印象是朴素，写了 1927 年春在莫斯科中山大学最初见面的印象。说：我早就听说他是新文学家、留美学生，会几国外语，写得一手好文章，当时又在中山大学当了翻译、助教，认为他一定很不平常。相见之下，他却那样的质朴，没有一点洋场才子一类的气息。接下来又写两人一起回到上海。从上海到瑞金，"我曾当过他的助手"；遵义会议后，他在党中央"负总责"（大家习惯称他"总书记"），无论是长征路上还是到陕北以后，虽然地位很高，但他还是老样子，没有一点架子。说话实实在在。

以后又写到张闻天失意时的表现和他们的交往。写了1942年1月26日晨光熹微中杨尚昆同李富春一起在杨家岭送别张闻天率领农村工作调查团赴陕北、晋西北的情景。又写了1943年高级干部两条路线学习"我同他在一个小组，朝夕相处一年多"的感受。说他"还是那样老老实实，坦率真诚。他对错误、缺点，从不掩饰。他是为我们党和军队立过大功的，但是他从来不谈自己的功劳，也没有牢骚怨言"。评价说："闻天同志的质朴，是宽阔胸怀和无私精神的表现。"

对另一个特点是坚定，稿子说"这样的事实我亲眼见过很多"。从亲身经历中选择出四件事作为佐证：遵义会议上第一个站出来作"反报告"，批评博古、李德错误军事路线；一、四方面军会合后同张国焘右倾逃跑和反党分裂作坚决斗争，1935年9月就指出张国焘错误的"前途必然是组织第二党"；庐山会议上支持彭德怀的《意见书》，深刻分析"大跃进"以来的"左"的错误，竭力促使毛泽东进一步纠正这些错误；"文化大革命"中对"六十一人案"独自承担责任。这四件事都以杨尚昆的亲身经历和感受写出，读来令人肃然起敬！

稿子写了张闻天杰出的理论贡献，指出"他的理论著作是党的宝贵精神财富，我们要好好学习"。但是，不止于此，杨尚昆说："我认为更加需要学习的，是闻天同志毕生追求真理的精神。"由此引出对1943年陕北晋西北调查后写的《出发归来记》、1962年苏浙湘沪三省一市调查后写的"集市贸易意见书"以及"文化大革命"流放肇庆期间写的文稿的评赞。深情地说："读了闻天同志的遗作，我被他的忠贞和勇气，被他对真理的执着与追求，深深感动。他对于党和人民，真正是竭忠尽智，坚贞不渝。"

稿子最后说："闻天同志不愧是共产党人的楷模，革命知识分子的典范。我为有闻天同志这样的师长和战友，感到自豪。"

当晚，我们就把稿子送到力群那里。他一边看一边点头，看完说：这下行了，有交往，有感情，有评论，能打动人。我马上送给尚昆同志。

当时文献研究室主任李琦同志也在，他同力群一起去见杨尚昆。

杨主席看了稿子很满意。这任务总算完成了。

事后听力群的秘书说，李琦夸这篇文章写得好，对他的外甥（一个中学生）说，文章就要写到这样。还说，尚昆同志这篇回忆文章完全可以选入中学语文教材。我听了很高兴。李琦当过周总理的秘书，做过教育部长，是写文章的高手啊。

我所接触到的杨尚昆第三次回忆张闻天，是在1997年的3月22日。自张闻天平反昭雪以来十余年间，刘英同志应约在《人民日报》和《瞭望》周刊上发表了《难忘的三百六十九天》《在大变动的年代里》《身处逆境的岁月》等不少文章，回忆自己的革命经历，回忆她和张闻天几十年风雨同舟、命运与共的历程，得到各方面好评。中共党史出版社决定结集出版。这天，刘英同志到杨尚昆同志家里，请杨尚昆同志为她的这本《我和张闻天命运与共的历程》写序。我和张培森陪同前往。这次我才觏面见到杨主席。

杨尚昆和刘英进行了亲切热烈的交谈，回忆了张闻天的许多往事。

杨尚昆同志简要叙述了张闻天早期在重庆的情况，他同张闻天在莫斯科的交往。他说：同闻天，我到莫斯科后就比较熟。他在重庆二女师教书的时候，同我的四哥杨闇公是朋友。他那时宣传新文化，提倡自由恋爱，是个才子。杨闇公支持他。四川军阀要把他驱逐出境时，他还在我家里住过十几天。李伯钊比我先到莫斯科。她在重庆二女师时，是张闻天的学生，对张闻天很佩服。由于有这些关系，我一到莫斯科就同闻天同志比较熟。

闻天同志是我学俄文的老师。教我们俄文的一个是张闻天，一个是王稼祥。

后来闻天同志进了红色教授学院，那是苏共中央办的，与莫斯科中山大学没有关系。

杨尚昆指出：写张闻天有一个大问题，就是所谓"教条宗派"的问题。毛主席在七大做决定时说过，所谓"教条宗派"，在革命过程中已经分化了，现在没有"教条宗派"了，所以决议上也不要写了。还说：你（指程中原）说周恩来同志讲过，党史上形成的"宗派"不是指秘密的反党小组织，而是指在一些思想观点以至策略纲领上意见相投即结合、不投即反对的关系。这些观点、策略、纲领被实践证明是错误的，这些同志在实践中思想不断发生变化，所以这种结合也是不稳固、不长久的。恩来同志的这个分析是符合实际的。杨尚昆认为：那一时期周恩来作用较大，地方党、秘密党他都管。向忠发当总书记，实际上是周在管事，周恩来是半边天。

他指出：博古、洛甫、稼祥三个，开头都是所谓"教条宗派"里的人，主张是同样的，都是相信共产国际的，认为共产国际说的都是对的；他们学的是本本，没有实际工作经验，对中国革命他们都没有实践过。这三个人也不一样，有区别。张闻天喜欢学习，喜欢研究问题，平易近人，不大愿意做整人的事。博古很有才气，是个锋芒毕露的人，比较喜欢整人。王稼祥比较灵活，但也没有经验。杨尚昆还分析了在莫斯科的中国共产党人的复杂情况和共产国际对中国大革命失败原因的两派意见，以及共产国际同中共代表团之间的矛盾。说明："总之，复杂得很。那时整个党处在幼稚阶段。"

杨尚昆相当详细地回忆了一起回国后在上海临时中央和到中央苏区后的情况。他说：在上海临时中央时，许多文章是张闻天写的。他是宣传部长，这是他的任务。所以大家的印象中，博古和洛甫就连在一起了。其实，在上海后来也慢慢发生了变化。张闻天写了关于中国社会性质问题的文章，中间的思想有共产国际的，也有张闻天自己的独立思考。后来，他反对文艺战线上的关门主义，反对宣传工作中的党八股，同博古的分歧就比较明显了。到中央苏区以后，就有很多的不同意见了。后来博古就想把闻天排挤出领导核心。闻天同志被派到政府去工作，当人民委员会主席。这对闻天同志来说倒是件好事，因为这样一来，他同毛主席接近起来了。毛主席对闻天施加影响，慢慢地看出张闻天是可能争取的，到长征出发的时候，洛甫和毛主席还有王稼祥就走到一起了。

杨尚昆同志详细讲述了长征和遵义会议前后的情况，着重指出："看来要给张闻天拨乱反正。"

尚昆同志说："长征刚出发时，大家茫茫然，不知道要走到哪里去，全军都不知道。领导当然是有打算的。我们在《红色中华》上读到张闻天写的那篇社论《一切为了保卫苏维埃》，才知道要转移地区了，但到哪里去，不知道。在这篇社论发表之前大约十天，博古和李德到我们三军团驻地来过一次，彭德怀说'崽卖爷田心不疼'，就是在这一次。那时没有说到要长征。后来说，当时应该打到浙江去，可以打到浙江去。事实上是不可能的。长征中关于到什么地方去，在哪里建立根据地，口号换了好几次，但都不能站住，实现不了。几经周折，最后才在陕北落脚。"

杨尚昆略带神秘地说出张闻天担任总书记的重要史实。他说："遵义会议以后，不知你们注意没有，有一段时间没有总书记。这是什么原因呢？这是因为闻天同志谦虚。在遵义会议上，形成比较一致的意见是由洛甫代替博古担任总书记，但闻天同志非常谦虚，再三推辞。毛泽东同志也说自己参加军事指挥较好。于是这个问题就搁置起来。拖了二十来天，不能再拖了，中央常委作出决定，闻天同志这才挑起这副担子。张闻天当时当总书记，是得到大家拥护的。"

杨尚昆同志谈到陕北、晋西北调查的重要意义，说"真正从哲学思想上解决问题，是这次一年多的调查研究"。

　　杨尚昆说庐山会议时张闻天的发言是有准备的。受打击后也还是研究问题。他写的东西"都经过我转到毛主席那里"。

　　杨尚昆同志这次谈话对张闻天一生的主要功绩作了深情的回顾和中肯的评价。按照他的谈话我们代拟了他为刘英回忆录写的序言。

　　杨尚昆同志对张闻天的三次回忆，体现了老一代革命家的深情厚谊，丰富了党史上的许多重要内容，他们一直活在我的心里。我现在把它写出来，作为对我崇敬的革命前辈张闻天、杨尚昆和刘英永恒的纪念。

附录一

坚持真理　竭忠尽智

——缅怀张闻天同志

杨尚昆

去年八月间,在北戴河海滨遇到刘英同志,她说起《张闻天选集》可望八五年八月他八十五诞辰时出版。还说,你同闻天交往的历史比我还长,能给他写点什么吗?我当即表示:这是我义不容辞的事。

闻天同志是我的老师、兄长和战友。从我们相识到他含冤逝世,我们之间亲密的情谊,持续了整整半个世纪。

张闻天同志曾到美国勤工俭学。一九二四年初回国,当年深秋由上海来到重庆,先后在女二师和川东师范任教。萧楚女同志那时也在重庆,他们一道鼓吹"五四"精神,唤起青年觉醒,深得青年的敬爱,当然也招致旧势力的攻击。我的四哥闇公是四川党组织的创建人之一,很器重、爱护闻天同志,组织党团员支持他,使他感受到集体的力量而愈加勇敢。这时,楚女和闻天同志是我们家的常客。我听闇公说,楚女同志是发宏论崇议的主角。而闻天同志显得温文尔雅。他在主编的《南鸿》周刊上发表的文章却尖锐泼辣、热情澎湃。一九二五年五月中旬,他和楚女同志终于被反动军阀驱逐出境。在离川前,曾在我家里住过一段时期。他一回到上海,就加入了中国共产党。

在我去上海的前夕,闇公曾要我到沪后去会见闻天同志,可是那时他已去莫斯科了,未能如愿。

第一次见到闻天同志是一九二七年初在莫斯科中山大学。他比我早来一年多。当时已经兼任英文、俄文翻译和助教。一九二七年九月，闻天同志同王稼祥、沈泽民同志毕业后留校担任教员。我在学习、生活和工作上都得到他兄长般的照拂。第二年夏天，闻天同志就同稼祥、泽民同志等进红色教授学院深造去了，但他还来中大兼做一点工作。闻天同志在莫斯科中山大学和红色教授学院的学习和工作，为他打下了比较深厚的马克思列宁主义理论基础。当时，我们对中国革命问题，都接受了在莫斯科举行的中共六大的决议，对中国社会和中国革命的性质有正确的认识，对革命的前途充满信心，但也受到六大决议的局限。对中国革命的道路和策略，是直到后来接受了毛泽东同志的思想，才找到了正确的答案。在中大，我们一起参加了反对托洛茨基派的斗争，闻天同志观点鲜明，态度坚决。他富有学者的气质。他以勤奋博学，加上平易近人，为大家所敬佩。

一九三一年一月，我和闻天同志结伴回国。列车带着我们横越西伯利亚，到双城子后换车，行抵绥芬河边界，在一个秘密交通站改装。当夜就由一位苏联同志带领我们越境。我们两人默默地跟着他走。周围是皑皑的雪原，眉毛上都结了霜花。闻天同志戴一副深度近视眼镜，黑夜走路踉跄不已。那情景至今还记忆犹新。我们翻过了一座大山，就到了祖国边界的五站了。神秘的旅行继续进行，抵达上海时正巧是旧历新年。我们在四马路一个旅馆住下，按约定的办法与党中央联系。当时正值六届四中全会之后，上海组织的情况较乱。等了几天都未见来人联系。我们非常着急，又不便整天等在旅馆里，于是我们就分头上街，想碰见熟人。真是凑巧，果然在马路上遇见了一位莫斯科的同学。由他的转达，当晚就接上了关系，而第一个来看我们的就是秦邦宪同志。组织上分配我到全总负责宣传工作，闻天同志则接替沈泽民同志担任中央宣传部长。

"九一八"事变后，闻天同志担任临时中央政治局委员，代表中央指导江苏工作。那时我是江苏省委宣传部长。他经常出席省委会议，我们见面的机会又多起来。记得一九三二年夏天，闻天同志用化名在《读书杂志》上发表了一篇长文，分析中国经济的性质，论证中国社会是半殖民地半封建社会，中国革命的性质是反帝反封建的民主革命，有力地批判了托派认为中国已经进入资本主义因而可以取消民主革命的观点。在当时进行的中国社会性质论战中，这是一篇很有分量的文章，从中可以看出闻天同志对中国社会的研究是很有功力的。

一九三二年秋，我调任中央宣传部长，在闻天同志直接领导下工作。我们接触更多了。他很重视建立革命的统一战线，多次同我谈到，在文艺与宣传方面要反对关门主义和机械论，要利用各种各样的、活泼的、群众性的宣传鼓动形式，切莫搞死板的、千篇一律的"党八股"。

一九三三年二月，我和闻天同志又在瑞金会面。我在宣传部，协助闻天同志工作。他强调宣传鼓动工作要来一个改变，并准备召开一次中央苏区宣传工作会议。为此，我写了《转变我们的宣传鼓动工作》，经闻天同志审阅后，在苏区《斗争》上发表了。文章批评了宣传工作中的"千篇一律"和"党八股"。这些重要的思想，实际上就是闻天同志的。

诚然，从上海到瑞金，临时中央是听从共产国际指挥、推行王明"左"倾路线的。闻天同志身处其中，自难逾越历史的局限。"九一八"事变后，民族矛盾上升，闻天同志开始没有认识到国内阶级关系的重大变化，一度宣传了所谓中间势力是最危险的敌人的"左"的观点。但随后不久，他的思想就有了变化。一九三二年"一·二八"淞沪抗战时，十九路军将士奋起抵抗日军，上海各阶层人民的抗日热情十分高涨。闻天同志和我都身历其境，体会到了阶级关系的变动。在实际工作中，我们逐渐体察到"左"倾关门主义的做法，不利于革命力量的发展，提高了对统一战线重要性的认识。闻天同志首先在他熟悉的文艺、宣传等问题上突破"左"的束缚，反对"左"的观点。这时，闻天同志已经显露了他一生中最可贵的品质，尊重实践，坚持真理，勇于独立思考，勇于否定一切被实践证明是错误的东西。

到中央苏区后将近两年时间，闻天同志对"左"的错误及其危害的认识逐渐发展和深化。在经济政策、肃反政策、知识分子政策、上层统一战线策略、反对五次"围剿"的战略战术等方面，都同博古、李德等人有分歧以至有斗争。在讨论广昌战役的一次军委会议上，闻天同志对广昌战斗同敌人死拼而遭受不应有的损失，提出严肃的批评，引起博古同志的反感，说这是普列汉诺夫反对一九〇五年俄国工人武装暴动的机会主义思想。双方因此公开争论起来。我觉得，闻天同志逐步摆脱"左"倾错误的影响，是有其发展过程的，是合乎辩证法法则的。这样，长征前夕他就同毛泽东同志逐渐走到一起，在遵义会议上，他完全转变到反对"左"倾军事路线的一边，思想上完成了一次质的飞跃。

遵义会议是党的伟大转折。闻天同志在这次会议上所作出的贡献，是他革命一生中的光辉篇章。

我当时是三军团政委，与军团长彭德怀同志一起列席了这次具有历史意义的会议。我清楚地记得，遵义会议上反对"左"倾军事路线的报告（通称"反报告"）是闻天同志作的。他作报告时手里有一个提纲，基本上是照着提纲讲的。这个提纲实际上是毛泽东、张闻天、王稼祥三位同志的集体创作而以毛泽东同志的思想为主导的。闻天同志讲完之后，泽东同志接着发言，分析了"左"倾军事路线错误的症结所在。我们这些在前线担任指挥的同志，都以亲身经历批评"左"倾军事路线的错误，赞同泽东同志的发言和闻天同志的报告。遵义会议决议是闻天同志受与会同志委托起草的。二月五日，到了鸡鸣三省这个地方，常委决定闻天同志在党中央负总的责任。这是在当时条件下党的集体意志作出的选择。他的任职保证了毛泽东同志的军事指挥,在实际上确立了毛泽东同志在全党、全军的领导地位。闻天同志非常尊重毛泽东同志。他总是说:"真理在谁手里,就跟谁走。"表现了一个彻底唯物主义者的磊落胸怀。

闻天同志在长征中的另一个突出贡献,就是和毛泽东等中央领导同志一道,同张国焘的右倾逃跑主义和分裂党的阴谋活动进行了坚决的斗争。岁月汰洗了记忆中的许多往事,但是当年那些惊心动魄的场面,至今仍然历历在目。

长征到达懋功,一、四方面军会合。中央政治局两河口会议决定,集中主力北上,建立川陕甘根据地。沙窝会议,又决定组成左、右路军,分兵两路过草地北上。张国焘耍两面派,会上同意,会后又不执行北上方针,仍坚持南下逃跑路线。北上还是南下,斗争相当激烈。那时以军委总政治部名义办了一个油印刊物,名叫《干部必读》。闻天同志、陈昌浩同志(任右路军政委)、凯丰同志都是编委。我当时任总政副主任,也是编委之一。当我们到达包座西北的潘州城的时候,闻天同志写了一篇论北上、南下的文章,照例拿到编委会上集体讨论。文章词句并不尖锐,但观点很鲜明:北上是正确路线,南下是退却逃跑。文章还没有全部念完,有个编委就火冒三丈,强烈反对。闻天同志仍然坚持自己的观点,但这篇文章没有得到发表。

我们过了草地到达班佑以后,发生了张国焘发出密电企图危害中央的事件。在这个红军生死攸关的时刻,闻天同志和毛泽东等领导同志紧急决定,立即率一、三军团脱离险区。刘英同志对我说过,那天闻天同志策马前后照应,亲自向部队讲明当时危险处境,还亲自与彭德怀同志一起布置三军团部队在山上警戒。这样,我们才脱离了险区。

九月十二日,在俄界召开了中央政治局扩大会议,我也参加了。

这次会议是闻天同志主持的，毛泽东同志作的报告。闻天同志在总结发言中支持毛泽东同志的报告，旗帜鲜明地反对张国焘的错误路线，阐述了中央尽量争取张国焘的正确方针。

回想起这一事件，我深感闻天同志对张国焘分裂阴谋的斗争是坚决的。他同毛泽东同志紧密配合，采取正确的策略，为保存红一方面军这支经过千锤百炼的队伍作出了不可磨灭的贡献。

一方面军到达陕北以后，闻天同志主持党中央常务工作，他为抗日民族统一战线的形成所起的历史作用，也是值得称颂的。

记得初到陕北时，我们兵分两路。我随毛泽东、彭德怀同志带部队进行直罗镇战役，闻天同志带领中央机关到瓦窑堡安家。他这时明确提出"放在中国共产党前面的中心问题就是经过怎样一些转变的环节，怎样灵活的运用广泛的统一战线的策略"。闻天同志迅速行动起来，首先，按照毛泽东同志同他商定的意见，对陕北肃反问题负责具体处理，纠正了"左"的错误，把刘志丹等同志救了出来。紧接着，又纠正了"加紧反对富农"的过"左"政策，提出实行联合富农或中立富农的政策。一九三五年十二月，主持召开瓦窑堡会议，确定了抗日民族统一战线的策略。著名的瓦窑堡会议决议，就是闻天同志起草的。

为了迎接抗日民族解放战争的高潮，闻天同志积极支持毛泽东同志，做了大量工作。一方面，发展和壮大自己的力量，增强内部团结。一九三六年二月，他支持毛泽东同志东征的决策，和毛泽东同志一起东渡黄河，亲临前线。五月又回师西讨。经过东征西讨，扩大了根据地，壮大了红军的声威。闻天同志还为促成一、二、四方面军三大主力胜利会师付出了心血。另一方面，团结一切可以团结的力量共同抗日。闻天同志协同毛泽东同志制定了联合东北军的方针；八月二十五日，为党中央主持起草了致中国国民党书，直接呼吁国民党停止内战，组织国共两党共同反日的坚固的统一战线；九月一日，中央书记处又下达《关于逼蒋抗日问题的指示》，适时改变了"抗日反蒋"的口号。接着又召开九月政治局会议，通过民主共和国的决议，正确地估计了在新形势下"国民党南京政府有缩小以至结束其动摇地位，而转向参加抗日运动的可能"，及时提出"建立民主共和国"的统一战线的口号。我参加了这次会议，知道这个决议也是闻天同志起草，经毛泽东同志改定的。西安事变爆发，我在三原、云阳前线。那时党中央日夜开会，毛泽东同志是这些会议的领导者，而主持会议的则是闻天同志。事变期间，中央的不少电文也是闻天同志的手笔。他是参与和平解决西安事变决策的中央领导人之一。

从遵义会议到党的"七大"，闻天同志是我们党的重要领导人。他对我们的党、我们的军队、我们的民族是立了大功的。但他谦虚谨慎，平等待人，从不计较名位，从不独断专行。他总是无情地解剖自己，以期引起党内同志的警戒。这种虚怀若谷的胸襟，令我非常感动。

尤其可贵的是，他还在实践中努力弥补自己的不足，克服自己的弱点。延安整风开始时，闻天同志就提出"缺乏实际工作经验要补课"。一九四二年一月，他身体力行，主动要求下乡，亲自率领农村调查团到陕北、晋西北，进行了一年又几个月的调查研究。抗战胜利以后，又主动要求到东北从事地方工作，为建立巩固的东北根据地，为探讨经济建设方针，作出了卓著的贡献。这种脚踏实地、追求真知的精神，也是我们学习的榜样。

全国解放以后，闻天同志从事外交工作，我在中央办公厅。一九五五年，他从驻苏大使调任外交部常务副部长。回国之前，他托访苏的各种代表团陆续带回他的书箱，都由我代收。我当时就想，闻天同志当了五年外交官，还是致力于研究学问的啊！

闻天同志书生本色的主要表现，当然是那种正道直行、刚直不阿的品格，是那种上下求索、坚持真理的精神。这在一九五九年的庐山会议上表现得最为突出。

闻天同志于一九五九年七月二十一日，在庐山会议上的华东组作了长篇发言。当时会议上的气氛对彭德怀同志已经很不利，但是闻天同志还是作了一个很系统、很完整的发言，从理论上分析"大跃进"的缺点和影响。他还追根穷源，批评了思想方法上的主观主义与片面性，认为有了政治思想工作，还要注意经济规律；强调主观能动性，还要考虑客观条件；提倡共产主义风格，还要实行物质奖励；"好大喜功"也要根据实际可能；等等。闻天同志还谈到党内民主问题。毛泽东同志那时号召大家敢于提不同意见，不怕撤职、开除、离婚、坐牢、杀头。闻天同志赞成提倡这种精神，同时强调"问题的另一方面"："要领导上造成一种空气、环境，使得下面敢于发表不同意见，形成生动活泼、能够自由交换意见的局面"；"听反面意见，是坚持群众路线、坚持实事求是的一个重要条件。"可惜这些出自肺腑的忠言没有被接受，接着千钧霹雳就直轰下来。彭德怀同志的信与闻天同志的发言被斥责为"互相呼应，武文合璧，相得益彰"。闻天同志已经被看作是"军事俱乐部"的"副帅"，眼看着庐山这场政治风暴将他席卷而去。

庐山会后，闻天同志离开了外交部领导岗位。他要求换掉高级轿车，说是既然不做工作了，沿用原来的配备就属浪费。我当即答复，闻天同志政治、生活待遇一律不动，他还是中央政治局的候补委员嘛！外交部办公厅专门召集闻天同志的秘书、警卫员、司机、炊事员等工作人员开会，要求他们一如既往为闻天同志服务。

一九六〇年冬，闻天同志到经济研究所当特约研究员。他并不因受打击被排斥而丝毫减轻对党的事业的责任感。他精心研究社会主义经济问题，不断将研究心得写成笔记或文稿，送给毛泽东同志。我印象特别深的是，一九六二年闻天同志到南方调查后写的《关于集市贸易等问题的一些意见》，提出了很好的政策建议。每当我接到他的文稿，都仿佛触摸到他那颗忧国忧民的心，油然生出一种敬意。他在笔记中集中探讨社会主义建设的规律。他强调发展生产力,以最少的劳动消耗取得最大的经济效果;他把建立"社会主义的物质技术基础"作为社会主义建设的基本任务;他认为要重视改善人民的生活,要利用工资等级制、奖金制等来调动工人、农民和知识分子的生产积极性;他强调价值规律和其他经济规律的作用,认为一切生产计划,都不应违背经济规律,应该用经济方法去领导经济;他主张按比例的渐进,反对盲目冒进;他反对在生产中大搞群众运动,认为应该由厂长、工程师、专家集中管理,等等。这些都是医治"左"倾病症的良方。可惜在当时只能是"旁观者清"而已。

"文化大革命"一开始,我就被关起来了。从此同闻天同志不通音问,连他一九七六年冤死江南,我都根本不知,以至不能遥对南天,一洒悲悼之泪。粉碎"四人帮"之后,我才陆续听到闻天同志在十年动乱中的遭遇。党内同志都传颂他在"六十一人案"的问题上不推诿,不含糊,忍辱负重,顾全大局,独自承担责任。闻天同志平反昭雪之后,我又读到他在肇庆被监护期间所写的《无产阶级专政下的政治和经济》《党内斗争要正确进行》等文章,知道闻天同志在年老力衰、失去自由的困境中,仍然一刻也没有忘记他为之奋斗了将近半个世纪的共产主义事业。他运用马克思列宁主义的武器,针对着"文化大革命"这场灾难中暴露出来的种种问题,分析产生的原因,探讨怎样正确处理政治和经济、党和国家、领袖和群众的关系和党内斗争,寻求在中国建设社会主义的规律。在肇庆遗稿里,我看到闻天同志对"大跃进"到"文化大革命"这一段曲折历史进行的认真的思考和总结。他在肇庆写下的这批文稿,充实了科学社会主义的理论,同时也生动地体现了闻天同志的崇高品格。他是一个彻底的唯物主义者,无所畏惧而又有远见卓识;他是中华民族的优秀儿子,为了党和人民的利益,真正是毕生奋斗,坚持真理,竭忠尽智。闻天同志无愧为伟大的无产阶级革命家,杰出的马克思主义理论家。

缅怀闻天同志革命的一生，我觉得，闻天同志是共产党人的楷模，他光辉的革命业绩、卓越的理论贡献、崇高的道德品质，是我们党、我们民族的光荣和骄傲。在伟大的社会主义现代化事业中，闻天同志的业绩和品德将永远鼓舞我们，给我们以巨大的精神力量。我愿和全党同志、全军战友、全国人民一起，向闻天同志学习。

一九八五年六月九日

附录二

四十年的师友关系

今年 8 月 30 日，是张闻天同志 90 诞辰。我同闻天同志相识和交往长达 40 年，称得上是知己。他长我 8 岁，对我来说，可算是处于师友之间。40 年内，虽然因为环境变化，几番聚散，但我们的心一直是相通的。现在大家纪念他，可见他的精神与品格感人至深。

闻天同志在我心中留下的第一个印象是：朴素。他真诚坦率，表里如一。

我初次见到他是 1927 年春天在莫斯科中山大学。我早就听说他是新文学家、留美学生，会几国外语，写得一手好文章，当时又当了翻译、助教，认为他一定很不平常。相见之下，他却那样地质朴，没有一点洋场才子一类的气息。

1931 年初，我们两人一同回国，先在上海，以后在瑞金，我都曾当过他的助手。遵义会议后，他在党中央"负总责"（大家习惯称他"总书记"）。无论长征路上，还是到陕北以后，他虽然地位很高，但还是老样子，没有一点架子。说话不急不慢，实实在在。他尊重人，善于倾听别人的意见，真理在谁手里就支持谁。自从他主持党中央日常工作以后，一改过去党内那种家长制、一言堂的恶劣作风，党中央的领导核心团结协调，互相配合，革命事业顺利发展。

抗战爆发，我到了华北前线。同闻天同志一别三年多，到 1940 年才在延安重逢。1942 年 1 月他带调查团下乡，我和富春同志在晨光熹微的杨家岭与他道别。1943 年高级干部学习两条路线，我同他在一个小组。朝夕相处有一年多。这时闻天同志已经从领导岗位上下来，清算第三次"左"倾错误自然要涉及他。他还是那样老老实实,坦率真诚。他对错误、缺点,从不掩饰。他是为我们党和军队立过大功的,但是他从来不谈自己的功劳,也没有牢骚怨言。闻天同志的质朴,是宽阔胸怀和无私精神的表现。

闻天同志的另一个特点是坚定。他原则性强,不苟且,不怕事,绝不随波逐流,左右摇摆。这样的事实我亲眼见过很多。在遵义会议上,他第一个站出来作"反报告",批评博古、李德错误军事路线,表现了他的勇敢和坚定性。红一、四方面军会合后,张国焘拥兵自重,分裂党中央,闻天同志同他进行了坚决的斗争。早在1935年9月,闻天同志就指出,张国焘错误的"前途必然是组织第二党"。在1959年庐山会议上,闻天同志将个人得失置之度外,支持彭德怀同志的《意见书》,深刻分析"大跃进"以来的"左"倾错误,竭力促使毛泽东同志进一步纠正这些错误,表现了对革命事业高度负责的大无畏精神。粉碎"四人帮"以后,我得知闻天同志在"文化大革命"中对"六十一人案"独自承担责任的事迹,为之肃然起敬。在十分困难的处境中,他忍辱负重,顾全大局,以实事求是的态度和崇高的自我牺牲精神,抵制了江青、康生之流的阴谋,努力保护少奇同志,保护党的一批高级干部。

闻天同志在党内是以理论家闻名的。他从一个文化人、学者成为杰出的马克思主义理论家,是经过实际斗争的磨炼,摒弃了照搬照抄教条主义的结果。他掌握了马克思列宁主义的基本原理同中国革命和建设的具体实际相结合的基本方向,对中国革命和建设中紧迫的问题提出过许多正确的意见,对中国人民事业的胜利,对毛泽东思想的形成和发展,作出了重要贡献。他的理论著作是党的宝贵精神财富,我们要好好学习。但是我认为更加需要学习的,是闻天同志毕生追求真理的精神。

从1919年投身五四运动起,直到1976年含冤逝世,闻天同志执着地、不停顿地探求的,就是怎样从中国当时的现实状况出发,谋求中国的生存、发展、繁荣、富强,就是怎样使党的路线、方针、政策，建立在科学的认识之上。闻天同志一生在复杂而艰难的环境中探索前进。对于闻天同志说来，最大的快慰莫过于他的理论创造被实践所证明，他的主观认识符合客观实际。1943年，我在延安读到他的《出发归来记》。这是他深入陕北、晋西北农村扎扎实实地做了一年多调查研究以后写成的。他的那种了解中国农村社会情况的浓厚兴趣，深入实际、联系群众的满腔热情，给我留下了深刻的印象。1962年，我在中央办公厅，读到他要我转交给毛泽东同志的"集市贸易意见书"。这是他到江苏、上海、浙江、湖南调查研究两个多月以后写的。提出了开放集市贸易、拓展流通渠道、调整工农业产品比价等政策建议。这时他已经没有任何实际职务，可是他仍然忧国忧民，寻求使国民经济渡过暂时困难的办法。1979年，闻天同志离开人间已经三年，我刚刚恢复工作，从报上读到他的《无产阶级专政下的政治和经济》和《党内斗争要正确进行》两篇文章。这是他身处逆境中在肇庆写的。当时他年逾古稀，没有恢复组织生活，没有人身自由，可是他关切党和国家的命运，仍然乐观而自信，在黑暗中看到光明，在逆境中看到希望，沉下心来，写了将近十万字的理论文章，深刻地总结从"大跃进"到"文化大革命"这一段历史曲折的经验教训，批判种种"左"倾错误观点，探讨社会主义社会的性质、阶段、任务以及在中国建设社会主义的规律。读了闻天同志的遗作，我被他的忠贞和勇气，被他对真理的执着与追求，深深感动。他对于党和人民，真正是竭忠尽智，坚贞不渝。

　　闻天同志不愧是共产党人的楷模，革命知识分子的典范。我为有闻天同志这样的师长和战友，感到自豪。

附录三

杨尚昆为刘英著《我和张闻天命运与共的历程》序（该书1997年8月出版）

序

杨尚昆

刘英同志是一位受人尊敬的大姐。近十年来，她应约在《人民日报》《瞭望》周刊等报刊上，相继发表了不少文章，回忆自己的革命经历，回忆她和张闻天同志几十年风雨同舟、命运与共的历程，得到各方面的好评。现在中共党史出版社结集出版，这是一件很有意义的事情。

大姐回忆文章提及的许多事情是我和他们共同经历的，自然地引起我对往事的回忆和对闻天同志的怀念。

我认识刘英同志，是在她结束留苏生活回到中央苏区以后。同张闻天同志认识，则早在1927年底我到莫斯科学习时。他曾在重庆从事新文化运动，得到我四哥杨闇公的支持和帮助，还在我家里住过；李伯钊又是他的学生，所以我同闻天同志的关系比较亲近。1931年初，我们两人一起被派回国。从上海临时中央，到中央苏区，直到长征出发前不久我被派到三军团当政委，不少时间我在闻天同志直接领导下工作。

闻天同志喜欢研究问题，坚持独立思考。他善于从错误和挫折中总结经验，吸取教训，纠正错误。他在上海就提出反对文艺战线上的关门主义。到中央苏区后在一系列重要问题上同博古等同志发生分歧，他被排挤到人民委员会。在同毛主席合作共事的过程中，逐步接受了毛主席正确的主张。长征出发前我们在《红色中华》上读到张闻天写的署名社论。这篇社论中的许多新思想，如关于中国革命战争的长期性，关于保存有生力量以争取胜利，关于灵活运用各种斗争方式特别是退却和必要时转移地区的方式，是闻天同志在接受毛主席军事战略思想的基础上，坚持独立思考，总结第五次反"围剿"失败的血的教训的结果。

闻天同志不居功，不争权，谦虚谨慎，严于律己。遵义会议实现了中国革命的伟大转折，挽救了党、挽救了红军，闻天同志起了很大的作用。在中央苏区时期，闻天同志就多次公开批评博古等人的"左"倾错误，同博古等人进行争论；在长征途中，他又同毛泽东、王稼祥一起同"左"倾错误领导进行反复斗争，并首先把要变换军事领导的问题提了出来；在遵义会议上，闻天同志第一个站出来，系统地批评"左"倾错误军事路线。所以，遵义会议形成比较一致的意见由闻天同志（洛甫）代替博古担任党中央的总负责人。但闻天同志再三推辞。这个问题被搁置起来，直到二十来天以后，中央常委作出决定，闻天同志才担任了党中央的总负责人（当时口头上都称"总书记"）。

闻天同志受命于危难之时，很好地完成了历史赋予的重托。他立即主持会议通过了遵义会议决议，并迅速传达贯彻到红军各部队和各地苏区，实现了战略方针的转变。同时，他决定由毛泽东同志负责军事工作。由于作为党中央总负责人的张闻天同红军实际上的统帅毛泽东密切合作，领导党和红军冲破了敌人的围追堵截，战胜了张国焘的右倾分裂，跨过了千山万水，取得了长征的胜利。到达陕北以后，闻天同志主持召开了瓦窑堡会议，作出建立广泛的抗日民族统一战线的决定；积极支持毛泽东同志过黄河东征的决策，扩大和巩固了根据地；根据形势的发展，及时采取了"逼蒋抗日"的策略。为促成西安事变的和平解决，闻天同志也作出了巨大的努力。此后，张闻天和毛泽东一起指导了我党同国民党进行的第二次国共合作的谈判；抗日战争爆发后，及时召集洛川会议，规定了党的全面抗战路线和独立自主原则，确定了持久战的战略方针和红军在敌后进行山地游击战为主的作战方针。在中华民族生死存亡的危急关头，闻天同志在党中央总书记的岗位上恪尽了职守，作出了贡献。

闻天同志能上能下，善于从实际出发，创造性地开展工作。遵义会议之后，一切重大政治问题，他都与毛泽东同志预先商量，然后作出处理。1938年王稼祥同志回国后，他就主动提出总负责人的职务应让毛泽东同志担任。特别使我敬佩的是，毛泽东同志在1941年九月政治局会议上指出六届四中全会至遵义会议前党中央所犯错误是路线错误后，闻天同志在当天会上就诚恳表示应该彻底清算这一时期的路线错误，提出为了克服主观主义，要"补课"，去搞调查研究和做实际工作。1942年春节前，他就带领调查团向晋西北出发。我和富春同志去送他，在晨曦中握别。他情绪饱满，完全是一种去迎接新的生活的姿态。他深入晋西北和陕北农村，调查研究，搞了一年多，写出不少有实际材料、有理论分析的调研报告。抗日战争胜利后，他主动要求到东北做地方工作。他当省委书记，创造性地运用马列主义理论来解决东北革命和建设中的实际问题。他向中央提出了关于五种经济成分和经济建设方针的报告，为党中央、毛主席采纳，成为新中国经济工作的指导方针，至今还有参考价值。建国以后，他到了外交战线，又悉心研究国际形势和我国的外交战略策略。较早提出第二次世界大战后世界的主要趋势是和平而不是战争，新的世界大战有可能避免，民族主义还有强大的生命力，和平共处五项原则同样适用于社会制度相同的国家等论点。中央和主席对闻天同志的意见是重视的。1959年庐山会议前期，主席还在闻天同志《关于若干国际问题的意见》上写了"很可以一看"的批语。闻天同志真是干一行爱一行，干什么钻研什么，在每一个岗位上都作出了杰出的成绩。

闻天同志政治上的坚定性是同他对真理的不倦追求紧密联系在一起的。在1959年庐山会议上，他不顾个人的得失，作长篇发言，明确支持彭德怀同志的意见书，从理论上和政治上追根探源，深刻分析"大跃进"和人民公社化运动中的"左"倾错误。闻天同志因此受到错误打击，但他依然孜孜不倦地研究社会主义经济问题，每写出一篇文章就送到我那里，由我印出来分送主席和中央领导同志。1962年七千人大会后，闻天同志在刘英同志陪同下，到江苏、上海、浙江、湖南就流通和市场问题作了调查，回到北京后不久，就给毛泽东同志送了关于进一步开放市场、发展集市贸易的调查报告。闻天同志的这些富有创见的报告、文稿在当时不可能得到重视，大多没有下文，有些还惹来新的麻烦。但他不管这一切，仍然锲而不舍地做下去。"文化大革命"中他受到严重迫害，后来又被遣送到广东肇庆。在失去人身自由的条件下，他依然孜孜不倦地结合从"大跃进"到"文化大革命"的错误研究中国社会主义的基本理论，写下了批判"左"倾错误，探索中国社会主义道路的不少理论文章，为党和人民留下了宝贵的精神财富。他上下求索，竭忠尽智，为党为人民真正是鞠躬尽瘁，死而后已。

刘英大姐在莫斯科留学时就认识了闻天同志。她是经过大革命洗礼的女革命家，到中央苏区后是少共中央局的主要干部，遵义会议后不久担任中央队秘书长。她同闻天同志在革命斗争中相互了解，情投意合，在长征到达陕北以后终于结为夫妻。在闻天同志离开中央以后，特别是在闻天同志遭受错误打击、含冤受屈的十七年漫长岁月里，她始终陪伴着闻天同志，坚贞不渝，相濡以沫。我从刘英大姐在这本书中记述的她与闻天同志命运与共的历程中，不仅看到了闻天同志作为伟大的无产阶级革命家、卓越的马克思主义理论家的功绩，而且也看到了刘英同志这样的一代中国革命女性的崇高品格。

由于刘英大姐的特殊经历，书中还记录了许多党史上鲜为人知的重要史料；对毛泽东、周恩来、刘少奇、博古、邓小平、彭德怀、王稼祥、胡耀邦以至张国焘等人的音容笑貌、个性特征，也有真实生动的描写。这是从别的书里难以读到的。

我乐于向读者推荐刘英大姐的这本好书，希望读者从中得到教益。

一颗永远闪耀光芒的红星

——追思刘英同志

二十世纪七十年代末，我在苏北淮阴师专教中国现代文学，开始研究张闻天早年活动。一个偶然的机会得与张闻天的儿子相识。我向他提出编辑一部张闻天早年文学作品选的建议，并给了他我初拟的目录，以及我最初的几篇评介张闻天早年文学活动和创作的文章。不想很快就收到了刘英同志的信，说建议很好，希望有机会在北京和我见面。

1980年六七月间，我刚好要到包头去参加一个学术会议，途经北京，就去拜访刘英同志。那时她住在南沙沟。一见面，她说：啊，这么年轻！她立即告诉我：已经请茅盾写了一篇序，张闻天的文学作品选集就由你编。说着，她就到房间里拿出茅盾写好的序，交到我手里。好像老朋友见面，用不到寒暄，也不需要客套。只三五分钟，事情就交代清楚了。

我万万没有想到事情解决得这样快，也没有想到这件事就要由我来办。我赶快看茅盾写的序，上面已经写明："现在淮阴师范专科学校程中原等同志编选了闻天同志早年的文学翻译和创作作品文集，这就填补了未来的党史关于闻天同志经历的一个空白。"还说，读了程写的评论张闻天长篇小说《旅途》的长文，"我完全同意他的论点"。我感到极大的信任和鼓舞。刘英同志又指着陪我一起去的张培森同志对我说：你有什么困难就找他们帮忙，他们在北京，方便。

活在心中的故事

刘英在家中客厅接受程中原、夏杏珍采访。

这年刘英同志已经 74 岁。头发乌黑，反应灵敏，说话很快，丝毫没有老态。我小她 33 岁，一见如故，没有一点隔阂和距离。处事果断，干净利落，是同刘英同志第一次见面给我留下的深刻印象。

此后不久，我即被吸收参加张闻天文集传记编写组。二十多年间，与刘英同志常相往来，时时领受她的指点教诲，成为她众多的忘年交之一。我觉得她的确是一个不寻常的人，是一个中国少有的杰出的女性，是一颗永远闪耀光芒的红星。

凡同刘英同志接触过的人，无不惊叹她惊人的记忆力。她同我谈长征的经历，说到红一方面军和红四方面军两河口会合后同张国焘联合和斗争的过程，生动具体，历历如在目前。她说，从两河口会议开始到毛儿盖会议，她担任中央队秘书长，中央会议的记录是她做的。毛主席到张国焘那里去商谈，也带了她去。她并不自恃记忆力强，要我查对会议记录。中央档案馆把当年的会议记录找出来，证明刘英口述的历史与档案的记录完全一致，而许多生动的细节则是会议记录上所没有的。有些重要会议，如会理会议，记录已经亡佚，刘英同志的回忆更成为珍贵的史料。许多重要的历史事实，如：瓦窑堡会议在张闻天和刘英新婚的窑洞里召开的情景，西安事变"释蒋"后和战矛盾尖锐时刻张闻天亲自到西安和云阳前线处置的情况，1946年陈云、张闻天等在哈尔滨起草关于东北工作方针致中央电报的背景和经过，等等，都是由刘英同志首先讲述出来的。人们称她是中共党史的"活档案"，一点也不夸张。

我曾好奇地问她：你的记性怎么这样好？她说：除了天赋之外，就是用心。从辽东省委到外交部，都做人事工作。我都下功夫，把干部履历表和花名册背熟，记在心里。提到谁，我都能说出来。她还说：我年纪大了。人家来采访我，我都认真准备。每次接待人，我都打起精神。所以，同我谈过话的人，都觉得我神采奕奕。

刘英同志给人的另一印象是她的心态永远是年轻的。"革命人永远年轻"这句话，在她身上得到了最好的体现。她始终保持革命乐

1998年7月21日，刘英（中坐者）与工作人员在北戴河住地合影。后排右起：程中原、黄关祥、朱文英、夏杏珍、邓波儿。

观主义精神。她是1925年入党的老党员，长征老战士，有功于革命和人民。同时，她又遭受过错误打击和不公正待遇。但她非常达观，体谅党在革命过程中难以避免的错误，不介意个人受到的委屈。她常说：过去的事情不去想它，一切向前看。她心里没有个人的要求，不存私心和奢望。十一届三中全会以后张闻天的冤案得到平反昭雪，她自己也恢复了名誉，担任了中纪委委员。她总是说：我很满足。我本人没有什么要求。

在刘英同志身上体现了中国共产党人的许多优秀品德，就我感受最深的来说，有以下几点：

第一，异乎寻常的坚定性。她一生经历种种艰险、磨难，遭遇种种打击、不幸。但她没有被击倒，没有被压垮，没有屈服。她承受了下来，坚强地继续奋斗。坚强不屈，坚定不移，坚忍不拔，坚贞不渝，这些词对于刘英同志说来都是当之无愧的。在张闻天庐山蒙冤的时候，她支持他研究经济问题，探索中国社会主义建设的正确道路；在张闻天"文化大革命"受迫害的时候，她与他相濡以沫，照顾他，关心他，为他站岗放哨，让他安心继续探索的征程；张闻天去世以后，她以出版张闻天的遗著、传播张闻天的思想和精神为己任，献出自己所有的心和力。在这方面，刘英同志创造了一个革命同志、革命战友和恩爱夫妻、终身伴侣完满结合的典范，同时也是无产阶级先锋队的党性和中华民族的人性完美结合的典范。

第二，全局观点和历史眼光。为了写好《张闻天传》，我不断向她请教，她总是不厌其烦地同我谈她所知道的情况。最长的一回谈了七个半天。她讲了中央苏区反"围剿"斗争失败到西征的经过，讲了从内战到抗战的转变，讲了从高级干部两条路线学习到全党干部整风，讲了随同张闻天前往陕北、晋西北进行社会调查的情况，说明张闻天的转变过程和历史作用，说明张闻天和毛泽东之间的相互关系和他们在党内的历史地位。她说：遵义会议张闻天当选为总书记,在党内负总的责任,但实际负责军事指挥的是毛主席,而当时军事是第一位的。所以,说遵义会议实际确立了毛主席在党和红军的领导地位是符合历史事实的。张闻天的作用是配合合作,使毛主席的正确策略方针通行无阻。她多次对我说,张闻天和毛主席的相互关系和历史地位一定要摆得正确、合适,这是历史的真实。

1985年1月28日,祝贺刘英八十寿辰。刘英请大家吃糖果。右起:张培森、刘英、施松寒、程中原。

第三,谦虚谨慎、实事求是的精神。刘英同志的革命经历是宝贵的精神财富,我们希望整理发表,作为革命传统教育的材料。她一直不答应。我们多次"动员",才允许在张闻天诞辰85周年、红军长征胜利50周年、中国共产党建党80周年等重要纪念活动时先后公开发表。在1997年出版她的回忆录时,她谦虚地表示:"我今年已经92岁了。回顾自己走过的道路,艰难曲折而又宽阔光明。我领受过老校长徐特立的教诲,得到毛主席、周总理和闻天、弼时、稼祥、陈云、李维汉等同志的指点、帮助,受到为革命而献身的先烈王一飞、郭亮、林蔚、夏明翰、周以栗、陈潭秋等的鼓舞。我没有作出什么惊天动地的大事,但我确实为中国人民的解放和幸福献出了自己的心,尽了自己的力。如果说我有些许贡献,那也完全是在大时代的影响下,接受党的教育、经过实践锻炼的结果。"她身边的秘书和我们几个后辈,酝酿要以她的回忆录为主干为她出版一本画传。她坚决不同意。关于她在遵义会议后的职务,她反复说明,她接替小平同志担任的是中央队秘书长而不是中央秘书长。叮嘱我们,这个"队"字不能少。对于怎样写好《张闻天传》,刘英同志多次同我说:给闻天写传,把他的功劳、贡献,把他对党的忠诚,把他的理论、思想写出来是应该的。但千万不要写过头,要评价恰当。对他的错误,对他的缺点、弱点,不要回避。

第四,慈爱的胸怀。有好几个暑期,刘英同志邀约我们夫妇到北戴河同住,在她身边生活。那时她已经是九十多岁高龄的老人。她的生活很有规律,早起甩手,傍晚散步,坚持吃干饭,锻炼肠胃。依然是头发乌黑,依然是语速很快,全然没有一点老态。问她健康长寿的秘诀。她说:没有什么秘诀。生活要有规律,这一点你们都看到了。最重要的是乐观,过去不愉快的事不去想它,保持知足常乐的心态,还要有生活的情趣。还有一点她没有说,就是有一个宽阔的慈爱的胸怀。有一年夏天,她带重孙女甜甜在身边,我们也带去比那个甜甜大几岁的外孙女甜甜。一个小甜甜,一个大甜甜,两个小女孩绕着她。刘英同志一点也不嫌烦,非常愉快。要下海游泳了,老太太从那边房间过来,送来防晒霜叫涂上。从海边回来了,老太太又从那边房间过来,送来久保桃,叫削了吃。晚饭后散步,一边一个搀着,怡然自得,其乐融融。她把她心中的爱,亲切地传递给后代。她的关爱不仅仅及于亲近她的孩子,她对"关心下一代"的事业满怀热情,几乎倾注了全部心血。有一次我上她家,刚坐定下来,她就让秘书把一本练习本拿过来,亲自递到我的手里。打开看时,是她专设的"关心下一代"捐款本。她在我耳边说:我为孩子们化缘。她自己已经写上了一笔相当大的数目。后面是一大溜各种笔迹的认捐。我感动不已,毫不犹豫地追随她的脚步。

刘英同志晚年满怀着这种慈爱之情,她有所追求,有所寄托,生活得非常充实,非常自得,该是她能够健康长寿的一个重要原因吧。

刘英同志是二十世纪中国的杰出女性之一。她的坚强意志和崇高品格像一颗光芒四射的红星,将永远照耀我奋发前进。

胡乔木与张闻天的几本书

我本来无缘接触胡乔木，只是因为参与编辑张闻天的几本书，这才有了间接或直接接触的机会。虽然都不是大事，印象却很深，总时不时地从记忆中冒出来。

大约是1981年底，为了编《张闻天选集》，在中央档案馆收藏的一种党中央的秘密刊物《斗争》上，我们意外地发现了两篇署名"歌特"的反对"左"倾错误的文章：《文艺战线上的关门主义》和《论我们的宣传鼓动工作》。前一篇文章针对当时"左联"在文艺自由论辩和文艺大众化讨论中的问题，明确指出，"左"的关门主义是阻碍左翼文艺运动发展的最大障碍物。文章对否认"第三种人"和"第三种文学"的存在，宣扬文艺只是某一阶级的"煽动的工具""政治的留声机"等观点进行了尖锐的批评，指出"是非常错误的极左的观点"。后一篇文章尖锐批评"党八股"，反对宣传工作的公式教条，反对提不适当的过高的口号，反对党内斗争中一味反右，提出群众工作中要争取多数，建立广泛的统一战线。这两篇文章发表在1932年11月，第三次"左"倾错误统治时期，难能可贵。

可是，这个"歌特"是谁呢？我们请教了当年在上海临时中央和中央文委工作过的许多同志，包括杨尚昆、吴亮平、李一氓、王学文、阳翰笙、周扬、夏衍、丁玲、楼适夷等二十多位同志，都没有确定的答案。他们分别把估计有可能化名的人都提了出来，一共有十六七人。在这种情况下，我们只得进一步作考证。我在曾彦修同志指导下，从文章内容、作者身份、思想发展脉络以及个人文风，特别是"个人惯用语"等方面,考证出这个"歌特"是张闻天的化名。写了一篇题为《歌特试考》的文章。一方面觉得理由比较充分,能够说服人;另一方面,又觉得没有十足的把握,需要请权威人士鉴定。于是,我们写信给乔木同志,附上考证文章,向他请教,希望他鉴定。这时已经是1983年1月下旬了。

没过多久,胡乔木就给《张闻天选集》编辑组写来了回信。信中写道:"关于张闻天同志的《文艺战线上的关门主义》一文及其考证已由力群同志转我看了。曾送陈云同志,但他说记不起来了。我同意程中原同志的考证,并认为这篇文章很有历史意义。"他肯定"这篇文章批评反对小资产阶级文学和反对第三种人,从纯粹理论上说是值得注意的",他还指出,应该注意"张闻天同志当时思想中既有'左'倾的一面,也有反对'左'倾的一面"。这个指点,使我们豁然开朗,一下子看到了这篇文章不仅是三十年代初期中共临时中央领导成员中明确反对"左"倾错误的第一篇文章,而且是张闻天思想发展历程中的一个关节点。追溯起来,可以说,张闻天遵义会议的转变,就是从这里发轫的。乔木同志对歌特的这篇文章很重视,认为可以在《中国社会科学》杂志上作为史料重新发表,并建议编者"可加一按语,说明此文情况和价值"。遵照乔木同志的意见,《中国社会科学》杂志重新发表了这篇文章。《文艺战线上的关门主义》和《论我们的宣传鼓动工作》都收入了《张闻天选集》。

此后,乔木同志一直关注着《文艺战线上的关门主义》这篇文章重新发表后的反响。1985年,他在写回忆张闻天的文章时,以欣喜的心情说,这篇当年登在《斗争》上的文艺论文重新发表以后,"受到很多党史研究者和文学史研究者的注目"。1991年夏天,乔木同志抱病审阅修改《中国共产党的七十年》。在讲到三十年代初对"左"的指导思想有所突破的那一段文字中,乔木同志特意加写了这样一段话:"在临时中央有些领导人中,也多少出现这种变化的征兆。张闻天1932年11月在《斗争》上发表《文艺战线上的关门主义》和《论我们的宣传鼓动工作》两篇文章。他指出：'使左翼文艺运动始终停留在狭窄的秘密范围内的最大的障碍物，却是'左'的关门主义。'并且强调：'要使中国目前的左翼文艺运动变为广大的群众运动，坚决地打击这种'左'倾空谈与关门主义，是绝对必要的。只有广泛的革命的统一战线，才能使我们的活动，从狭窄的、秘密的，走向广泛的、半公开与公开的方面去。'"这是《中国共产党的七十年》一书的执笔者之一郑惠同志告诉我的。乔木同志对这篇文章这样重视，当然不单是出于对闻天同志的敬重，我觉得主要还是着眼于面对现实、总结历史的经验教训。他当时的注意力，是在纠正我们党内根深蒂固的"左"倾错误上，所以他特别赞赏张闻天同志的这篇文章，不忘记在党史书上写上一笔，给它应有的历史地位。

还有一件给我帮助、使我难忘的事，是乔木同志对编辑《张闻天早期译剧集》的指点。

1982年初，我正为这本书的选目犯愁。选了歌德诗剧《浮士德》中的《监狱》一场，选了安德列耶夫的《狗的跳舞》，选了倍那文德的《热情之花》和《伪善者》，这些都不成问题。问题是张闻天还翻译了一个邓南遮的剧本，名为《琪娥康陶》（又译《江孔达》）。剧本通过雕塑家吕西荷的婚姻和爱情纠葛，描写道德与艺术的冲突。译剧的第一幕在《少年世界》上登过，还出过单行本。但作者邓南遮，后来是法西斯分子，很为墨索里尼效了力的。我请教过左翼戏剧运动的元老于伶。他认为这个剧本是好的，不收可惜。但我还是缺乏勇气，一时定不下来。只好暂时放在一边。请成仿吾同志为张闻天的这本集子写序的时候，这个剧本也就没有列在里面，所以，成老的序中当然也就无从提及这个剧本。

1982年春节，徐达深同志去看望胡乔木同志，谈起邓南遮的这个剧本，请教可不可以选收。乔木同志说，邓南遮的剧作，思想深邃，文字也很优美。这个人后来变成法西斯分子，那是后来的事情。

闻天同志译他的剧本，也不知道他后来要当法西斯。徐达深同志很快就把乔木的话告诉我。这时，经北京图书馆老专家郑效洵先生的指点，我也从刚出版的沃罗夫斯基《论文学》中译本中，读到这位马克思主义文艺评论家对邓南遮这个剧本的评论。他称道剧本"创造出了一个全新的妇女典型，一个强有力的、以自已的人格而自豪的、完全没有小市民气味的典型"。认为"这个典型对于我们还是非常亲切和难能可贵的"。沃罗夫斯基有此评论，胡乔木同志又有那么明确的意见，邓南遮的《琪娥康陶》可否选收的问题，就迎刃而解了。

一个难题终于得到解决，我如释重负，这本《张闻天早期译剧集》可以毫无遗憾地出版了。同时，又若有所失，心中感到惭愧，为我知识的浅薄和思想方法的机械。

有幸觌面直接听乔木同志的谈论，是在1985年春天。为纪念张闻天诞生85周年，我们拟编一本《回忆张闻天》的集子，他答应写一篇。4月中旬的一天，他忽然找我们编写组的几个人去。他住在三〇五医院。一落座，他就很客气地说，因为眼睛病了，只得麻烦你们。他拿出一张纸来，说：已经写了一页。看来一时无法接着写下去，生怕耽误你们出书，请你们帮忙。

这次谈话大约有两个多钟头。他对这篇回忆文章该怎么写，已经酝酿多时，早就成竹在胸了。他跟我们讲他这篇文章准备写哪几件事，详细地说明每一件事情的来龙去脉，并指出哪些写到文章里面去，哪些则不必写到文章里面去。他还特别讲到，有几处如何措词，比较难，要好好推敲。他娓娓道来，语调沉稳、平静。我们如坐春风，随着他的谈话的展开，增进了对张闻天同志的了解，也增进了对胡乔木同志的了解，对于党的历史，是十分难得的、生动具体的一课。

我怎么也没有料到，乔木同志给我们讲的第一件事，是他1938年上半年受到张闻天同志批评的事。那时，乔木同志是陕西安吴堡

活在心中的故事

青训班的负责人之一。青训班负责人冯文彬同志有事到延安去了。这时，班里有一个广东青年，在学员中宣传托洛茨基派的观点，还有一两个跟着共同活动的。乔木同志和另一位负责人就决定把他们逮起来，准备送延安。不久，张闻天发来电报，说青训班办在国统区，国民党正想用种种办法来取消它，青训班又不是政权机关，居然逮人，这正好给国民党一个借口。张闻天指出，要坚决纠正这个错误，立即把人放了。乔木同志说：这个电报给了我极大的教育，自己也认识到确实太幼稚。乔木同志一开始就忆述这样一件往事，讲得这样坦率，这样真诚，我听了深为感动。

乔木同志从自己的交往、感受，评价张闻天的生平业绩，提要钩玄，知人论世，我领略到了一个大历史家和大理论家的博学和睿智。他说到，1941年秋，党的高级干部会议讨论党内两条路线，张闻天对自己在六届四中全会到遵义会议前所犯"左"倾错误，作了很诚恳、很彻底的自我批评，而在整风运动中对他的批评则有些过分的地方；张闻天在遵义会议前后对党作出了重要贡献，这些贡献被抹杀，那就更加不公正了。他评论张闻天编著的《中国现代革命运动史》，说虽未写完，某些论述可能有不正确的地方，但就总体说来，仍不失为关于这个题目的重要著作之一。他对在枣园时看过的张闻天写的一本大事年表式的中国革命记事，特别重视，认为有很高的史料价值。这本珍贵的文献，在1947年撤离延安后紧急情况下烧掉了。乔木同志提起来十分惋惜，说这实在是一个极可痛惜的无法弥补的损失。他赞扬张闻天在东北用心研究经济建设方针问题，给中央写的报告很有见地，还特别提到农村合作社要实行赢利分红的主张。对张闻天在庐山会议上的发言，乔木同志说，这个发言对当时"左"倾错误的分析批判是认真的、周到的，也是客观的，是为了认真总结"大跃进"的经验教训，以便彻底纠正"左"的错误。他发言前，已经预感到一场风暴将要来临。但是，他还是把想讲的话都讲了，充分表现了他忠实于党的事业而不考虑个人安危的崇高品质。在庐山会议受到错误打击、"文化大革命"中横遭迫害的情况下，张闻天依然坚持探索，写下了许多读书笔记和文章。乔木同志说，这些文稿他是后来才读到的。闻天同志的这些马克思主义的战斗论文，不仅不迎合当时"左"的错误思想，而且鲜明地给予批评，表现了非常可贵的理论上的勇气。

乔木同志在谈话中一再提到张闻天独立思考、坚持真理的精神，语气和神情中充满着钦佩和尊敬，流露出一种自叹不如的真情。他最后总括评价说：纵观闻天同志的一生，我觉得，敢于独立思考，敢于独立地系统地提出和坚持自己正确的政治见解和理论见解，这是他的品质高尚之处。

这次长谈后，《张闻天选集》编辑工作小组组长萧扬同志（他原是张闻天的秘书）很快就整理出了一份稿子，我连夜抄清，送胡乔木同志。过了两三天，经他仔细斟酌修改的稿子退回来了。他让我们打印出来，再交他修改。这样来回改了两三次，才算定稿。可以看出，对几处表述上较难把握的地方，乔木同志动了许多脑筋。他一丝不苟，绝不含糊其词，而是反复推敲，使措词准确、鲜明，恰到好处。譬如，对张闻天担任驻苏大使一段，乔木同志写道："闻天同志在驻苏大使任内根据中央当时方针，在对苏关系方面掌握得比较好，使馆内部工作也井然有序，因而很受使馆同志们的拥戴。他尤其勤于调查研究，注意了解苏联政治、经济动态。他给国内写的一些报告，曾受到中央的重视。"平实中肯，举重若轻。又如，在赞扬张闻天庐山会议后的战斗论文的同时，乔木同志又这样来指出它的局限："当然，在今天看来，这些文章仍然不免有某些'左'的观点的遗痕，这是当时的历史条件难以避免的投影。"陈言务去，言要其中，这些古来就有的为文的要求，乔木同志是始终贯彻、毕生追求的。

收到乔木同志的定稿，我们很高兴，《回忆张闻天》这本书又有了一篇不可多得的佳作。就在这时，乔木同志的秘书打来电话，传乔木同志的话，要我们做好编辑应该做的那一份工作，对乔木的稿子也不要马虎。他是这样的认真、严格和谦逊，给我留下了永志不忘的印象。

  4月的那次谈话，内容相当丰富，不可能都写到那篇回忆文章中去。当时我正在写一本《张闻天与新文学运动》的小册子，对谈及文学方面的内容，印象比较深刻。1941年2月，乔木同志在他主编的《中国青年》上，曾经重新发表过张闻天的小说《飘零的黄叶》，还亲自加了编者按。我就此请教。乔木同志说明，闻天同志的这篇小说，可以说是中国青年思想历程的写照。他所提出的问题，在当时若干青年中间仍然存在着。当时有一批青年学生从米脂等地来到延安，他就把作者16年前的这一旧作拿来发表。闻天同志不大愿意，以为少作幼稚。不过，从闻天同志那里，他听说，这篇小说发表的时候，郁达夫跟张闻天说，你这篇小说像一首诗一样，你完全可以做一个诗人。乔木同志还谈到唯美主义代表作家王尔德。他认为张闻天的《王尔德介绍》是一篇较好的作家论。就对王尔德的评论而言，此后中国似乎没有更为系统、全面的论著问世；而张闻天翻译的王尔德的《狱中记》，直到现在也还没有新的译本来代替。乔木同志的这些评论，以及他提供的珍贵史料，我都把它们写进我的那本小册子和《张闻天传》中去了。十分可惜的是，《张闻天传》出版的时候，乔木同志已经不幸作古了。我没有机会向他表示感谢，也没有机会请他批评、指正了。

终生不忘的导师

——怀念邓力群同志

从1981年秋参加《张闻天选集》传记组工作开始，我就在力群同志领导下工作，直到他于2015年春去世，前后长达33年。其间，在他的直接指导下，参加了编辑《张闻天选集》《胡乔木文集》和编写《张闻天传》《胡乔木传》《中华人民共和国史稿》的工作，记录整理了他的口述历史《十二个春秋（1975—1987）》《邓力群自述（1915—1974）》。在编书写书过程中，受到他的教诲和熏陶。在他的言传身教下，逐步领悟他的政治思想和学术思想，学习他的治学方法和工作作风，我的学术水平和写作能力得到很大的提升。在我一生中，力群同志是教我时间最长，给我指点最多，对我帮助最大的导师。

一、力群同志指导编辑《张闻天选集》

二十世纪七十年代末，我在淮阴师专教书，邓力群同志是中央领导同志，本来一点关系也没有。把我们联系起来的是张闻天研究。那时，我因为教"中国现代文学史"而研究"五四"时期新文化运动，注意到张闻天在"五四"时期有重大作为但鲜为人知，就把"张闻天早年文学活动"作为我的研究课题。

活在心中的故事

在 1979 年 8 月 25 日举行张闻天追悼大会之际,《人民日报》接连发表了张闻天"文化大革命"期间流放肇庆时写的《无产阶级专政下的政治和经济》《党内斗争要正确进行》两篇著作。跟着,我写了几篇评介张闻天早年活动和文学作品的文章,在报刊上发表。引起了当时正在筹划编辑《张闻天文集》(后改称《张闻天选集》)的曾彦修、何方、徐达深等几位老同志的注意。他们关于编辑出版《张闻天文集》的报告由邓力群同志转报上去,已经得到耀邦同志(时任中共中央秘书长)批准。随后,我被吸收参加"张闻天文集传记组"工作,不定期地到北京参加选集的编辑工作。力群同志是"张闻天文集传记组"编辑领导小组的组长。

当时,编辑工作小组借用人民出版社四楼一间房子做办公室。晚上我就在那里休息。那时力群同志很忙,我在那里干了几年也没有见过他面。他对选集编辑工作的意见,都是通过编辑领导小组成员、人民出版社总编辑曾彦修同志和编辑工作小组组长萧扬同志传达和落实的。

对怎样编辑《张闻天选集》,我一点都不懂。参加编辑小组工作后,陆续听说,乔木同志强调要精选,选集要经得起时间的考验,实践的检验,若干年后还站得住。力群同志不断结合具体篇目的取舍谈如何贯彻精选原则。归纳起来,入选文稿有三条标准:一、文章观点必须有创见,是张闻天首次提出的,有独立见解的。宣传解释性的文章,跟着别人说的文章,写得再好也不要。二、经过实践检验是正确的,不大正确的不宜收入。因为这是一本公众读物,不是供进行学术研究的文集。三、在历史发展中产生过影响的,或虽然没有发表或没有产生影响,但在特定历史时期其思想观点处于前列的。他要求在基本掌握张闻天全部著作(包括报告、讲话、发言、电报,主持或亲自起草的文件等)的基础上,按照这三条标准,确定入选篇目。这三条标准使我懂得,什么叫历史主义的观点。

编辑领导小组的几位老同志，都是先后在张闻天领导下学习和工作过的。他们进行了分工，各抓一段。我的印象中，为达到力群提出的要求，先后进行了两轮工作。第一轮，搜集各段张闻天公开发表的文稿，包括用众所周知的笔名洛甫、思美在党内外报刊上发表的文章。然后在搜集到的全部文章的基础上，分头分段提出选目，由萧扬同志汇总。萧扬搞出了一个分拟用和备用两部分的初选篇目，送请编辑领导小组成员曾彦修、何方、徐达深、孙尚清和人民出版社的谭吐、王庆淑、周静审阅。第二轮，张闻天在一些重要会议上的发言、讲话，起草的重要文件，草拟的重要电报，大多并未公开，鲜为人知。通过访问知情的老同志，了解线索，查阅档案，搜集发掘。力群同志先后提出一批好文章，如：在延安积极分子会上反张国焘的讲话，分清抗日战争两条路线（国民党路线和共产党路线）的文章，六届六中全会或会后的文章，晋西北调查中张闻天自己写的调查报告，延安《参考资料》上能看出思想方法的文章，合江省委的土改总结，《东北日报》引列宁的话讲干部问题的社论，东北经济构成文件，供销合作社赢利分红问题文件，城工会议文件，"六十一人叛徒"问题材料等，要我们编辑工作小组的同志查找。

程中原向邓力群（中）汇报工作，右一为李力安（时任当代中国研究所所长）。

通过这一轮工作，发掘了不少非常有价值的文稿，如：署名刘梦云的在社会性质论战中反对取消派、论证中国社会性质和中国革命性质的文章；署名歌特的反对文艺战线上的关门主义和反对宣传工作中的党八股的文章。这些文章的发现，说明张闻天在犯"左"倾错误的时候，由于接受事实的教训，已经开始反对"左"倾错误的转变。力群同志看到这些文章以后，非常高兴，即把原来确定的《张闻天选集》从遵义会议决议作为开卷篇的编法，改变为由张闻天在三十年代初发表的反对"左"倾错误的文章选起。

1983年9月，编辑工作小组搞出选目第二稿，连同第一批送审稿一起，报送给力群同志审阅。他看过以后指出，入选目录中还有若干重要文章和讲话应该入选而没有选进去，如：1937年5月张闻天在苏区代表大会上致的开幕词，8月在洛川会议前中央召开的会议上的报告，1938年2月在中央政治局会议上反对王明右倾错误的发言，1948年8月张闻天在东北局第一次城工会议上的总结报告，1948年冬关于发展农村供销合作社特别是赢利分红问题的文件和文章，等等，点了八九篇，要我们到档案馆去找出来，研究入选。

力群同志还要求，对张闻天庐山会议以后在经济研究所当特约研究员期间和在"文化大革命"中被流放到广东肇庆期间写的文稿，要继续花力气学习研究，把好文章编到选集中去。因为这些文章对当前的改革开放有更为直接的启发以至指导作用。

遵照力群同志的指示，增选了十多篇重要文稿，使得这本《张闻天选集》基本上反映了张闻天一生为中国革命和建设所作的卓越贡献，特别是宝贵的理论创造，同时也从张闻天革命活动和理论创造这个侧面，一定程度上反映了中国革命、建设和改革的历史进程。

二、力群同志支持在河海大学建立张闻天铜像

在 1985 年春《张闻天选集》编辑工作完成的时候，适逢张闻天夫人刘英同志 80 诞辰。力群同志和马洪、曾彦修、何方、徐达深等编辑领导小组成员和萧扬、张培森、施松寒、金松林、张青叶、程慎元、刘银雪、郑小燕等编辑工作小组的同志和责任编辑李定国同志等在刘英同志三里河家中聚会庆祝。我才第一次见到力群同志。他满脸笑容，带着夫人罗立韵同在场的每一个人握手。

这次聚会气氛特别温馨、欢畅。马洪刚从印度访问回来，把带回来的一个五彩缤纷的花环献给师娘。刘英戴着花环端着糖果盒送到各人面前，请大家吃糖。各人高高兴兴地向寿星鞠躬，从果盒里挑糖果。真是其乐融融！

当时，张闻天的母校河海大学要建立一座张闻天的铜像。刘英同志要我向力群同志汇报。我说，河海大学校长左东启向我提出他们的这个想法。左东启是留苏学水利的。那时，闻天同志是驻苏大使，曾同他讨论过农田水利问题。张闻天留美时与左校长的岳父须恺同住一室，交情非同一般。当然，主要的因素是张闻天在河海读书期间参加五四运动，发表文章宣传马克思主义，并结合中国实际，探索中国革命道路。他是南京宣传马克思主义的第一人，走到了"五四"青年的最前列。

力群同志很赞成河海大学的设想。他前不久刚访问日本。他说，日本不少企业都有创始人的铜像。这对纪念先人，发扬前辈的创业精神是有积极作用的。只是塑像要做好了，要表现出人物的气质和精神风貌，不要搞得像庙里的菩萨似的，那就不好了。

1985年1月28日，刘英、邓力群听取程中原关于河海大学拟建张闻天铜像的汇报。左起：程中原、刘英、邓力群、罗立韵。

按照力群同志的要求，张闻天铜像请著名雕塑家程允贤创作。作出泥塑样稿后，力群同志亲自前往创作室观看，提出修改意见。在张闻天诞辰90周年时，河海大学举行张闻天铜像揭幕仪式。力群同志陪同薄一波同志前往南京参加。他亲自主持起草了薄老在揭幕仪式上的讲话，还审定了新华社对此盛事发的新闻稿。

三、力群同志指导编写《张闻天传》

在1985年春天刘英生日聚会后不久，力群同志就把执笔编写《张闻天传》的任务交给我。他明确交代曾彦修、何方两位做指导，要萧扬、张培森、施松寒等全组同志支持我，提供材料，共同研究。我当时颇为惶恐，生怕完成不了任务。多少年以后，我读到力群同志陪同毛主席读苏联《政治经济学教科书》的笔记，才明白他为什么一开始就作这样的安排。原来,毛主席在读书的时候发现,苏联的这部教科书有一个缺陷,前后缺少呼应,不大连贯。毛主席说:"看起来,这本书是几个人分工写的,你写你的,我写我的,缺少统一,缺少集中。因此,同样的话反复多次讲。而且常常前后互相矛盾,自己跟自己打架,没有一个完整的科学的体系。要写一本科学的书,最好的方法,是一个人为主,带几个助手。"力群同志对《张闻天传》编写工作的组织安排是按照毛主席的这个要求来做的。实践证明,对于集体写书来说,《张闻天传》编写工作的组织安排是适宜的、可行的。

《张闻天传》初稿,经过全组同志共同讨论、反复修改,又在曾彦修、何方两位老同志先后逐章逐节具体指导下加工打磨,到1992年暮春基本完成。之后,报送力群同志审阅。

过了十来天,力群同志把我找去,说:闻天同志的传记,涉及党史上的一些重要问题。把这些问题写好,有扎实的材料,科学的分析,传记才站得住,对写好党史也有作用。我这里提出一些问题,如:二十八个半布尔什维克问题,对张国焘的团结争取与批评斗争问题,西路军问题,与王明、博古关系问题,庐山会议问题……一共有十一个问题吧。对这些问题,党史界有哪些不同的看法?你对这些问题是怎么看的?你在传记中是怎么写的?为什么这样写?他要我写一个材料,对这些问题,作出回答。

我感到,力群同志真能抓住关键啊!的确,这些问题写好了,整部传记就立得住脚了。诚然,这些问题都是在传记写作过程中认真研讨过的,但要一一写下来、说清楚,还得花点力气。我花了大约一个星期,把这份答卷做了出来。我怀着不安的心情向力群同志交卷。

力群同志当即看我的回答。当场解决问题,这是他一贯的做法。他一个一个问题看下去。看过一个问题,就在上面打一个对勾。可以看出来,他比较满意。看到最后一个问题,关于庐山会议的问题,他没有打勾。对我说：《彭德怀传》的清样已经出来了。那是经过军委审批的。你到出版社找来看看，看他们是怎样写的，作为参考，进行修改。他当即交代秘书给《彭德怀传》编写组和出版社打招呼。

力群同志还叮嘱我："人家的意见，你要好好听，你要研究，但究竟怎么写，你定！包括我的意见，你觉得能接受就接受。"

我再次修改后把书稿送上去。没过多少天，力群同志就找我去，把书稿退给我。只见他在第一页上面用红铅笔批了四个字：照此付印。他说，书稿写得很饱满，不干巴。还说，你真会调动人的感情啊！

回家翻阅书稿，看到力群同志对《庐山风云》一章中"蒙冤"一节作了九处修改。对《整风前后》这一章中的一处改动，给我的印象尤为深刻。原稿写道：张闻天主动提出进行农村调查，其根本目的是为了"补课"，补缺乏实际经验这一课。力群同志在"实际经验"前面加了"基层"两个字。这句话成为："补缺乏基层实际经验这一课"。他的这一改动令我折服。的确，如果笼统地说缺乏实际经验，脱离中国实际之类的话，那么，就说不通张闻天何以能够在实现党的伟大历史转折、在实现从内战到抗战的历史转变中发挥了领导作用。

四、一份礼单和两个苦力

力群同志对《张闻天选集》传记组的工作是比较满意的。

1998年5月5日是延安马列学院成立60周年。4月初，力群同志把我找去，要我把十多年来已经出版的张闻天本人的著作和研究张闻天的著作整理一个目录给他。经整理，到这时为止，一共编辑出版了51部。他看过这个目录以后很高兴，用蓝铅笔写上"一份礼单"四个字，要秘书印制150份。5月5日开会那天，他把《一份礼单》发到每个老同学手里。

会上,力群深情地说:老同学们信任我,交给我一项光荣的任务,要把我们的老院长闻天同志的著作整理出来,把他的贡献和业绩记录下来。今天送给大家的一份礼单,就是我给老同学们的汇报。主要的工作是一期的老同学曾彦修和何方、萧扬同志领导做的。我还找到了两个苦力,一个是党史研究室的张培森同志,一个是当代中国研究所的程中原同志。他们两个埋头苦干了将近二十年。没有他们的踏实工作,不可能有这份丰厚的礼单。说到这里,力群同志招呼:张培森、程中原,站起来让大家认识认识。我们是列席旁听,坐在最后面。大家回头朝后看。力群就说:两位到前面来吧!我们在上百位老同志的热烈掌声中站到了力群的两边。这是对我们最高的奖赏。

此后,遇到有人对我的能力表示怀疑,对我的工作缺乏信心,力群同志就指着他书柜里的《张闻天传》等一溜书说:你看,他做得多么好。在一些人因不了解我而对我采取否定态度的时候,他坚持护我、挺我;给我信心,给我力量。没有力群同志的爱护、鼓励、支持、帮助,我是不可能完成那么多后续的任务的。

五、力群同志主持编写中华人民共和国史

1990年,邓力群同志接受中央交代的任务,创建了研究编撰中华人民共和国史的专门机构——当代中国研究所。我调到当代所以后,力群同志同我谈了一次话。

他问我,大学在哪里读的?教你们的有哪些有名的教授?

我告诉他,我是在无锡当了三年小学教师之后保送到南京师范学院读的中文系。教现代文学和文艺理论的有朱彤、吴调公,教外国文学的有刘开荣、许汝祉,教古典文学和古代汉语的有唐圭璋、徐复、孙望、杨白桦,他们在考据方面很强。他听后"噢"了一声,

好像是知道了我之所以能够写出《"歌特"为张闻天化名考》这样的文章的渊源。

1992年春节，邓力群参加当代中国研究所联谊会。自左至右：王怀臣（邓力群秘书）、程清波（程中原的女儿）、邓力群、程中原、夏杏珍。

他又问我：你来当代所愿意搞哪一段呢？当时当代所按照国史的发展阶段分了四个研究室。我说：我参加第三研究室搞"文化大革命"这一段吧。因为我在"文革"中受冲击，吃了很多苦，我要把这段历史写清楚，让大家汲取教训，让"文革"这样的动乱不再重演。力群同志说：那好。第三研究室就由你负责。力群是搞研究出身的，知道有兴趣是搞好研究的前提。

力群同志在主持《中华人民共和国史》的编写过程中，继承和发展了中国历史编纂的优良传统，创造了富有中国特色的新颖的历史编纂方法。这是他对中国历史科学发展作出的贡献。

第一，力群同志以恢弘的视野，提出并构建了中华人民共和国史著作全新的架构。

他认为，司马迁的《史记》所开创的表、志、本纪、世家、列传的体例，在中华人民共和国史的编纂中应该继承和发展。我们编纂的中华人民共和国史著作应由以下几方面组成：一、中华人民共和国通史。这是中华人民共和国史的主干。在他主持下写成了多卷本的《中华人民共和国史稿》，于2012年正式出版。二、《当代中国丛书》。这是叙述各地方、各部门、各行业历史和现状的史志结合的历史著作，共出版了152卷。它具体总结了各方面的历史经验，为通史写作奠定了坚实的基础；它全面、具体、生动地向世界介绍了中华人民共和国的发展历程和成功经验，产生了广泛深远的影响。修史规模、队伍及成果都是中国历史上前所未有的。大大发展了司马迁开创的"志"这种形制。三、《当代中国人物传记丛书》。从《史记》开创本纪、世家、列传以来，重视人物传记是中国史书的优良传统。力群同志突破了历代史书中人物传记仅为单篇的格局，大大扩展了人物传记的规模。列入丛书的传记都以专著的形式出现，详细记述人物的经历和贡献，从一个侧面生动具体地反映中华人民共和国的历史。

应该说，力群同志这种以通史为主干，以部门史、行业史、地方史和人物传记为两翼的中华人民共和国史框架，对于中国历朝历代撰写的历史来说是别开了国史著作的新生面；对于世界各国编纂的历史来说，也是独树一帜的。

第二，力群同志提出了编写中华人民共和国史的指导思想和体现国史特点的基本要求。

力群同志一开始就十分强调国史研究和编纂要"维护中华人民共和国的利益和荣誉"。要以写成就、写发展、写经验为主，对错误不应回避，但要辩证分析，讲清楚犯错误的原因，讲清楚我们是怎样认识错误、自觉地改正错误并从错误中吸取教训，走上正确的轨道。他要求我们做到两个必须（必须以马克思列宁主义、毛泽东思想、中国特色社会主义理论为指导，必须运用辩证唯物主义和历史唯物主义的立场、观点和方法）、两个努力（努力做到实事求是、具体分析，努力做到历史与逻辑的统一），达到一个目标（写出一部具有国家水平权威版本的信史）。为体现国史的特点，他在《当代中国史研究》创刊号上发表文章，提出《中华人民共和国史》必须包括十七个要素。他用孔子"笔则笔之，削则削之"的话，要求国史书要详略得当，重点突出。

第三，力群同志对中华人民共和国史各阶段的编写进行了具体细致的指导，把他提出的指导思想和原则方法落到实处。

为编写好国史稿的每一卷，力群同志对各卷都亲自主持进行三轮讨论。第一轮，讨论各阶段的重大事件和重要人物；第二轮，讨论各卷的编写大纲；第三轮，讨论写出的初稿。每次讨论在充分交换意见的基础上，力群同志都作总结发言。对有关史实进行澄清，说明对相关事件和人物应该怎么认识，怎么评价，指出还应当怎样进一步搜集材料，深入研究。他的这些讲话非常具体地解决了写书中遇到的问题，明确了应该怎样写的问题。

我参加的是第三卷"文化大革命"时期，力群同志对这一时期历史的分析和评论，廓清了认识上的迷雾，使我们能够从整体上正确把握这段历史。

力群同志反复说明要把握四个要点：

（1）区分十年"文革"和"文革时期"十年，"文革时期"不等于"文革"。

（2）"文革时期"十年有三件大事："文革"动乱和破坏是第一件大事；第二件大事是经济建设取得进展；第三件大事是外交局面取得突破。"文革"动乱对经济和外交都有很大破坏，要写透"文革"动乱对经济、外交的破坏作用。

（3）十年"文革"分为三个阶段。

（4）社会主义道路的探索在"文革"时期没有中断，两种发展趋向中正确的和比较正确的趋向继续得到发展。

他要求对"文革时期"十年中的重大事件和理论问题都要深入

研究，把我们在书中作出的论断建立在充足的史料和严密的论证的基础之上。他亲自抓了《"文革时期"经济建设情况研究》这个题目，由陈东林同志写出专题论文，说明通常所说的1976年"文化大革命"结束的时候"国民经济到了崩溃的边缘"的说法是不对的。

六、力群同志指导编写《胡乔木传》

经中央批准，《胡乔木传》编写组于1994年正式成立。由邓力群同志任组长，继续1991年经中央批准成立的"胡乔木回忆录编写组"的工作。主要任务是"编辑出版各种专题文集，同时在此基础上对胡乔木的生平进行研究，写出有思想历史深度的《胡乔木传》"。中央要求，"所有专题文集和传记文稿完成后，仍请邓力群同志、胡绳同志及了解乔木同志的有关老同志审阅定稿"。力群同志要我协助他做具体工作，让我担任副组长。

力群同志是个非常讲情义的人。他总是说，乔木同志是我的老朋友，他的事要放在前面。在他领导下，完成了胡乔木生前编定的《胡乔木文集》三卷出版任务后，陆续编辑出版了各种专题文集十三种，包括：《胡乔木回忆毛泽东》和《胡乔木回忆毛泽东（增订本）》，"乔木文丛"六种：《胡乔木谈中共党史》《胡乔木谈新闻出版》《胡乔木谈语言文字》《胡乔木谈文学艺术》《胡乔木书信集》《胡乔木诗词集》和《胡乔木集》（论文选集一卷本）、《胡乔木与中国社会科学院》以及《邓小平的二十四次谈话》，还有两本回忆录：《回忆胡乔木》及其增订本《我所知道的胡乔木》。每一本书他都进行指导、审读定稿。特别是《胡乔木谈中共党史》这一本，凡重要篇目，他都听读全文，直接参与编辑工作。他听读了两个上午。那认真细致、一丝不苟的作风，令人感动；发现问题的敏锐和解决问题的果断，令人钦佩。

活在心中的故事

在组成《胡乔木传》编写组以后，力群同志即明确指出胡乔木著作编辑和胡乔木传记编写的指导思想。他说："乔木同志一生在理论、历史、新闻、文艺、教育、科学和语言文字诸多方面的思想遗产还很多，有待系统搜集、编辑出版，一部应有思想历史深度的《胡乔木传》也有待在深入全面研究的基础上撰写。这些工作实际上是从一个侧面系统地总结党的思想理论工作、宣传教育工作、文化科学工作的历史经验，对于党的建设和社会主义精神文明建设，对于教育党员、干部和青年一代，都具有深远的意义。"

力群同志对胡乔木是非常推崇的。他非常赞赏胡乔木对党和人民的忠诚。他说，乔木同志确实忧国忧民，忧得很深。认为最可贵的是"乔木的一生同党的事业融成了一体"。他非常重视胡乔木的理论贡献，钦佩胡乔木的才情和文笔。说"党的理论财富中，胡乔木所做的贡献，占着相当大的份额"。对胡乔木的工作精神和个人品德也很赞扬。说他做了很多工作，从来不张扬。为党工作，孜孜不倦，从不停步，从不歇脚，不计得失，不求闻达。

力群同志对朋友讲情义，但并不因朋友交情而影响客观公正的评论。对胡乔木同志的弱点和短处，他也毫不含糊地指明。他要求《胡乔木传》要全面具体充分地写出胡乔木的生平业绩、理论建树，同时不要回避他的错误、缺点、弱点。他指出，乔木同志有知识分子的通病，总是要附着在一张皮上，一旦上面不大信任，就于心不安。还有，就是独立见解和坚定性稍显不足。不过，在这方面他也是不断有所改善的。在传记中要恰当表述。

《胡乔木传》在2006年写出初稿后，力群同志出面请逄先知、龚育之、有林、卫建林、蒋振云等熟悉胡乔木的同志审读，提出修改意见。编写组经过反复修改，逐章报送力群同志审阅。按照力群同志的意见和要求，我们又认真进行了修改。修改过程中不断向力群同志请示汇报，至2010年9月终于完稿。

这时，力群同志的眼睛已经看不见了。他听身边工作人员朗读了全部书稿，并于 2010 年 9 月 19 日写下审读意见。他说：

> 我的眼睛看不见了，不能看书看报看文件。《胡乔木传》书稿，我不能看，就让身边工作人员读给我听。《胡乔木传》书稿全部四十六章，我听工作人员读了一遍，一字不落。这部传记写得好。符合乔木同志对党史著作的要求。
>
> 乔木同志要求党史要有战斗性，同时要有科学性、可读性，做到党性和科学性的统一；要夹叙夹议，有质有文，脉络清楚，生动感人。这部传记的作者是朝这方面努力的。可以说，基本上达到了一部好的人物传记的要求。对事件和人物的叙述和评论，有不同看法，在所难免。传记作者坚持党性立场，依据两个历史决议精神和用历史事实说话，是站得住的。对若干存在不同看法的问题，例如关于人道主义与异化的问题、关于反对资产阶级自由化的问题，等等，传记作了有理有据的分析和评论，说服力较强，可以明是非、正视听。听读的过程中我提了一些意见，执笔的同志都作了修改补充。
>
> 《胡乔木传》跨度很大，从辛亥革命、五四新文化运动直到改革开放新时期。我觉得，这部传记可以作为党史和国史的辅传来读；对于毛主席四十年代、五十年代、六十年代前半期的传记，对于小平同志六十年代后半期到九十年代初的传记，尤其可以起到丰富、补充的作用。
>
> 听了《胡乔木传》以后，我的文字、理论水平，我的历史知识，都有提高，都有收获。《胡乔木传》有吸引力，有可读性。我认为《胡乔木传》书稿已经达到出版水平，请中央领导审定。

力群同志的这篇审读意见，不单是对《胡乔木传》的肯定，而且提出了编写党史人物传记的基本要求。对党史人物传记具有普遍的指导意义。

《胡乔木传》经中央八部委（中央办公厅、中央政策研究室、中央党校、中央文献研究室、中央党史研究室、中国社会科学院、国家发展改革委员会、新闻出版总署）审读修正后，力群同志又特邀中央文献研究室常务副主任金冲及替他最后把关。他还决意将此书交由人民出版社和当代中国出版社联名出版。他说：这样，才对得起老朋友。

七、力群同志自述的撰写

从二十世纪九十年代起，我和当代中国研究所的刘志男、李建斌、夏杏珍等同志协助力群同志记录整理他的口述历史。先记录整理的是1975年至1987年，成稿后以《十二个春秋》为题印制成征求意见本。接着又记录整理1915年至1974年这60年。除原先的几位之外，又有杨凤桥、丁明等同志参加进来，并由李捷同志担任首席专家。成稿后，由宋平同志作序，以《邓力群自述（1915—1974）》为书名，交由人民出版社出版。这两部自述，丰富深刻、生动感人，是力群同志革命生涯的真实记录。它反映时代风云，又极具个性特征。读者可以通过邓力群富有独特个性以至传奇色彩的个人经历和他对历史事件、历史人物的独到观察分析，更为生动具体地认识中国革命、建设和改革的历史进程。从中可以看到在时代大潮中，邓力群怎样从一个爱国青年成长为共产主义战士，进而又怎样经过在实践中不断学习和反复历练，从一个能够独立承担重要任务的干部，成长为中央领导人的重要助手以至中共中央领导集体中的一员。与此同时，力群同志的个性特征，他的革命的坚定性和不屈不挠的硬骨头精神，也得到了充分的展现。力群同志的自述记录了许多重大历史事件的前因后果、来龙去脉，特别是重要历史文献形成与诞生的过程，是党史国史的重要史料。力群同志还以他独特的经历和观察，在回忆录中展现了毛泽东、刘少奇、周恩来、邓小平、陈云、张闻天、王震、李维汉、胡耀邦、胡乔木、姚依林等众多中共高层人物，评述了张国焘、高岗、林彪、陈伯达、赵紫阳等不少重要人物。力群同志的口述史，既有要人大事的叙述、描写，又有切要精到的分析、评论，称得上是"以事辞胜"的信史。

我在聆听力群同志回忆个人经历、评论历史事件、臧否历史人物的过程中对他有了进一步的认识和理解。

近距离接触力群同志以后，不能不对他的惊人的记忆力佩服。回忆往事，历历如在目前。几十年前的事情，时间、地点、人物以及许多细节，他都记得清清楚楚。更让人叹服的是，他并不自恃记性好，谈及重要事情都要我们找档案核对。他说，光凭我说的不算，要看当时的会议记录、当时的谈话记录是怎么记的，当时的文件是怎么说的。这种尊重历史真实的态度给我留下难忘的印象。

祝贺邓力群八十大寿。中坐者：邓力群。自左至右：王晓伟、刘中海、张启华、徐国林、段若非、万光明、有林、陈斐章、罗立韵、程中原、邱德新、杨洪友、刘建国。

活在心中的故事

更为感人的是力群同志的自我批评精神。在回忆录中谈到自己并不一味说好，富有自我批评精神。他讲了毛主席对他起草的增强党的团结的决议稿不满意，要胡乔木重写；讲了经整理修改重新发表的《论共产党员的修养》存在一个大的疏忽；讲了毛主席对由他起草的《关于市场和物价问题的报告（草稿）》的批评；甚至还讲了自己在婚恋问题上的过失，表现了共产党人光明磊落的坦荡胸怀。

在回忆往事时，力群同志常有对人物的评论。在对高层人物的褒贬臧否中，他的一个重要标准是看这个人有没有独立见解，是不是敢于负责，能不能坚持自己的正确主张，听起来大有"曹操煮酒论英雄"的味道。他胸襟开阔，总是从大处着眼，表现了中国共产党高级干部的政治素养。

力群同志把我看作忘年交，我同他谈话也没有什么顾忌。有一次谈到不同意见讨论的问题，我说：力群同志，我们起初不同意你的意见，后来通过讨论，听了你的解释，赞成你的意见了，你一定

向邓力群祝贺八十寿辰。自左至右：邓力群、吴建国、有林、程中原、万光明。

很高兴吧。他说：也不，只要能够动脑筋、想问题，把不同意见说出来，我就很高兴。力群同志这种民主作风，鼓励人想问题、讨论问题的精神，我非常钦佩。还有一次，我说：香港、台湾有些报纸天天骂你、污辱你，你一定很生气吧。他说：我才不上他们的当呢！

孔夫子说：人不知而不愠，不亦君子乎！我觉得力群同志真正做到了，是真君子。他是永远值得我学习的导师！

（2016年清明节，2017年10月稍作修改）

至诚长者耿飚同志

1990年8月29日,纪念张闻天诞辰九十周年座谈会在北京人民大会堂举行。会上的发言,最令人难忘的是耿飚同志。他讲了一桩张闻天的历史功勋,是关于遵义会议的前所未闻的大事。

耿飚同志说道:这件事发生在红军过乌江之前。我当时是红一军团二师四团团长,强渡乌江的就是我指挥的这个团。就在部队还没有到达乌江江边,进军到贵州黄平这个地方的时候。那时大约是阴历11月中旬,正是南方橘子收获的季节。黄平那个地方的橘子结得又大又好,非常甜。那时张闻天身体不大好,坐着担架。王稼祥因腹部有伤,也坐担架。两副担架走在一起。在树上挂满橙黄色橘子的一个橘子园里,他们叫担架停下来,两个人头靠头躺着说话。

王稼祥问张闻天:我们这次转移的最后目标,中央究竟定在什么地方?

张闻天忧心忡忡地回答道:咳,也没有个目标。这个仗看起来这样打下去不行。接着又说:毛泽东同志打仗有办法,比我们有办法,我们是领导不了啦,还是要毛泽东同志出来。

对张闻天这两句话,王稼祥当天晚上首先打电话给彭德怀同志,然后又告诉了毛泽东同志。几个人一传,几位红军将领也都知道了,大家都赞成开个会,让毛泽东同志出来指挥。这可以说是遵义会议最早的酝酿。

我怎么会知道这件事情呢?首先告诉我这个情况的是左权同志,接着刘伯承同志也把这个情况告诉了我。他是总参谋长,当时在前线指挥。他们把这个情况告诉了我之后,我就率部队拼命地打,很快就打过了乌江。过了乌江之后,中央就布置在遵义开会。又叫我们二师到遵义北面去抵挡敌军。当时二师师长是陈光,政委是刘亚楼。他们指派我们四团到靠近四川边上凉峰崖下边离重庆不远的渡口那里,去堵来自四川方面的敌人,掩护中央在遵义开会。

耿飚同志讲出的这个关系张闻天与遵义会议的十分重要的史实,对于我这个承担《张闻天传》写作任务的人来说太重要了。耿飚同志所讲的这个重要情节无疑要写到传记中去,要充分地写到传记中去。这样,我迫不及待地联系前往拜访。

耿飚同志住在故宫东边角楼斜对面马路拐角处的一套平房里。

耿飚同志

他详细谈了强渡乌江对召开遵义会议的重要意义。说明红军部队过了乌江就把敌人甩掉了,这才有时间有空档开遵义会议。他把张闻天、王稼祥橘林谈话的前因后果、具体情况又讲了一遍,特别指出:张闻天、王稼祥说毛泽东打仗有办法,比我们有办法。实际上是明确说比周恩来有办法。他在座谈会上发言讲比我们有办法是故意不点出总理的名字。熟悉这段历史的同志一听也明白,这里的"我们"主要是指周总理,因为长征出发后到遵义会议前负责军事指挥的是最高三人团:博古、李德、周恩来。

这次谈话,内容很广泛。除了着重讲黄平橘林谈话之外,还讲了耿飚当驻瑞典大使时张闻天对他的指导。明确大使的工作重点是对驻在国进行调研,掌握第一手材料,做好中央的参谋。印象特别深的是,耿飚同志还说到,十月革命胜利后,列宁对俄罗斯联邦内

活在心中的故事

波罗的海四国（爱沙尼亚、拉脱维亚、亚美尼亚、立陶宛）仍保持原来的制度，实际上就奉行了一国两制的政策。

耿飚同志特别强调，现在对张闻天的评价远远不够，你们要提高。这是大大出乎我们意料之外的，对我们以后的工作具有深远的指导意义。

又一次拜访耿飚同志是为撰写中华人民共和国史中关于粉碎"四人帮"的重要段落。因为耿飚同志是重要参与者。

我们向耿飚同志请教的第一件重要的事情是：关于有没有所谓"按既定方针办"的"毛主席临终嘱咐"？事先我们到中办秘书局查阅了华国锋对乔冠华到联合国发表演讲稿中引用"按既定方针办"所写的批语。

耿飚回忆那天晚上解决此事的经过，说：国庆节过后，10月2日晚上，华国锋同志突然打电话要我去国务院会议厅东厢房会议室商量事情。我到了以后，他要我坐下来，说：乔冠华在联合国大会的发言稿上，提到了"毛主席的临终嘱咐""按既定方针办"。我昨天见到这个送审稿时，在稿子上批了几句话。我说发言稿中引用毛主席的话，经我查对，与毛主席亲笔写的错了三个字。毛主席写的和我在政治局传达的都是"照过去方针办"，为了避免再错下去，我把它删去了。但是乔冠华9月30日已去联合国，10月4日要发言，他带去的稿子上并没有删去那句话。我连忙说：不着急，删掉那句话完全来得及。因为时差的关系，北京比纽约早13小时（按夏令时计算），离发言还有两天时间呢。

耿飚还对华国锋说，这事也不需要你直接出面说，只要让外交部韩念龙他们办就行了。华国锋说那好。当场就把韩念龙、刘振华找来，交代他们办理此事。韩、刘走后，华国锋还对耿飚提出的问题进行了详细解释，讲了江青等人为什么要制造"按既定方针办"的所谓"临终嘱咐"，来取代毛主席对华国锋的"照过去方针办"的指示。这天晚上谈完话临走时，华国锋对耿飚说："近日有事，要找你，你在家里等着。"

耿飚特别说明，华国锋为什么把耿飚视为知己，因为华刚从地方到中央，认识的人很少。耿是湖南人，先前回湖南探亲时，华任湘潭县委书记，接待过他，两人很谈得来。故而华有事就找耿商量。

我们向耿飚同志请教的第二件要事是：实施粉碎"四人帮"过程中耿飚参与接管广电总局的情况。

耿飚说：1976年10月5日，华国锋派车把他接到东交民巷15号院住处，要他谈谈对最近事态的看法。耿飚说：10月4日《光明日报》头版发表的梁效的文章《永远按毛主席既定方针办》是人家在下战表了！这篇宣言书式的文章是"四人帮"要动手篡夺最高领导权的一颗信号弹。

华国锋点头同意。不慌不忙拿出毛主席写给他的那几张纸条来，给耿飚看，并解释这几张纸条的来由。接着跟耿飚讲那几个人跟政治局多数作对、江青无理取闹的情况。问耿飚：你认为他们还会有什么动作？

耿飚说：据我推测，三五天内，他们会有行动。

华国锋问：有何根据？

耿飚答：他们在上海搞了个功率很大的电台，增加了民兵，增发了武器、弹药，那是他们的根据地。在北京，我数了数，大概有十来个部门，甚至不止这个数目，要跟他们走。还有一种说法，他们计划10月8日在长沙开始搞游行，9日在上海搞游行，假借"人民群众"的名义提出由王洪文（或江青）为党的主席、张春桥为总理。接着向国外广播，同时北京也搞游行庆祝。北京有"两校"还有几个部带头游行，逼着那些他们尚未控制的部门跟着参加。到那时形势就严峻了。

华国锋问：你们中联部怎么样？

耿飚说：中联部未沾边。部内有人想整我，但大多数干部和群众跟我是一致的。当然,少数人也可能会跟着他们跑。

华国锋笑了。接着,郑重地对耿飚说:中央决定,有一项任务要交给你去完成,是叶帅提名的。

耿飚站起来,答道:坚决完成任务!

华国锋拉耿飚坐下,说:具体任务到时会向你交代。你在家里等我的电话。要我亲自打的电话才算数。秘书打的不算。

1976年10月6日晚上八点来钟,耿飚家中的红机子电话铃响了。华国锋亲自打电话给耿飚,要他坐自己的车迅速赶到中南海怀仁堂。这时华国锋、叶剑英等已对江青、张春桥、王洪文、姚文元实行隔离审查,一举粉碎了"四人帮"。

耿飚进入怀仁堂,华国锋立即向他交代任务:"你和邱巍高到中央广播事业局去,要立即控制住电台和电视台,不能出任何差错,否则后果不堪设想。"

叶帅郑重嘱咐:"要防止发生混乱,防止泄密,注意安全。"

华国锋问耿飚:"你要不要带支手枪?"

耿飚说:"手枪不必带了,但需要有你的手令。"

华国锋说"好"!当即提笔在一张白纸上给当时的广播事业局局长邓岗写了一道手令:

邓岗同志:

为了加强对广播、电视的领导,中央决定,派耿飚、邱巍高同志去,请你们接受他俩的领导,有事直接向他们请示。

华国锋
十月六日

耿飚接过手令,就和邱巍高一起前往广播大楼,接管中央人民广播电台和中央电视台去了。

华国锋给耿飚的手令

耿飚同志的回忆和叙述，不仅把当时的历史场景再现在我们眼前，而且把事情的前因后果、人物之间的相互关系，交代得清清楚楚，分析得非常透彻。回来后，我们就把谈话记录整理成稿，第二天就送请耿飚同志审阅。

过了两天，耿飚同志就让李秘书送回来了。李秘书说：首长说谈话记录整理得好，没有意见。李秘书还对我说：首长挺赞赏你，特意写了一幅字，叫我裱好了送给你。展开一看，上书两个大字：奋进！

我非常感动。他对我的鼓励和期待，我一直记在心里。每当我困倦、懈怠的时候，他那虎虎有生气的"奋进"二字就会浮现在我眼前。

他是一个真人

——缅怀曾彦修同志

二十世纪八十年代，我在偏僻的苏北小城，曾彦修同志在首都北京，本没有一点关系。把我们联系起来，成为忘年交的是张闻天。粉碎"四人帮"以后，淮阴师专复校，我在中文系讲授中国现代文学史，并担起了创办学报的重任。我了解到张闻天在五四新文化运动中颇有作为但鲜为人知，加之他"文化大革命"中在我家乡无锡含冤去世，我深为同情，遂确定把"张闻天早年文学活动"作为我的研究课题。我心存一种期望，做好这个别人没有做过的题目以后，学报上可以发表一两篇有点特色的文章。皇天不负有心人。正当1985年为张闻天平反之际，我在《淮阴师专学报》上发表了评介张闻天早年活动和文学作品的文章，引起了当时正在为编辑《张闻天文选》而谋划的曾彦修等同志的注意。他们向刘英同志和邓力群同志作了汇报，邀约我参加编辑张闻天选集、传记的工作。在学校领导的支持下，我在完成本职工作的同时，不定期地到北京参加张闻天选集的编辑工作。这样我才认识了彦修同志，并在他和其他老同志指导下工作和学习。由此，我的人生也步入了一个新的境界。

初识曾公

大约在1981年的秋天，我利用国庆假期，到北京参加《张闻天选集》的编辑工作。起初，书名叫《张闻天文集》。当时，文集编辑工作小组在人民出版社四楼一间房间办公。说来正巧，隔壁就是戴文葆先生。交谈起来，非常亲近。戴先生是阜宁人，他的夫人同我的二姐是无锡竞志女中同学。我去的时候，戴先生正同彦修同志一起为人民出版社编辑一套四卷本《鲁迅选集》。我也算是研究鲁迅的。在淮阴主编过一本《鲁迅杂文选讲》，已由江苏人民出版社正式出版。他们是怎样编选鲁迅作品的呢？我不能放过这个学习的机会。

进到戴先生的办公室，只见他和曾公对面而坐，正在讨论《鲁迅选集》第三、四卷杂文的选目。两张办公桌上铺满了卡片。鲁迅的每一篇杂文都有一张，除了该文题旨之外，是入选还是不入选的理由。经过商量，把不拟入选的摆到一边，把入选的留下。我已经记不清我看到的那些卡片是鲁迅哪一部杂文集的篇章了。

原来，为了编辑这本鲁迅的杂文选集，他们对鲁迅十六部杂文集逐篇都做了研究，做了卡片，写下了是否入选的意见。在此基础上再商量决定。这样做完全遵循了鲁迅的遗教，避免鲁迅所力戒的那种选本如同摘一片云彩的毛病。

他们问我那本杂文选讲是怎么编的，意思是向我取经。我感到很惭愧，在他们面前，我们那本书简直不值一提。我说，我们那本《鲁迅杂文选讲》是给中学语文教师函授学习用的，选目三分之二是选入中学语文教材的鲁迅杂文，另外三分之一选了代表鲁迅杂文各种风格的名篇，以便让学员对鲁迅杂文的全貌有个初步的具体一点的认识。他们鼓励我，说这也是一种编法，好处是实用，针对性强，可以解决教学的需要。

《张闻天文集》的选编用的也是他们的这个办法。组长邓力群与彦修等同志商定了三条入选标准：一是该文观点是张闻天首次提出的，跟着别人说的说得再好也不要；二是经过实践检验是正确的，错误的不要。因为这是一本公众读物，不是供学术研究的文集；三是在历史发展中产生过影响的，或虽然没有发表或没有产生影响，但在特定历史时期其思想观点处于前列的。按照这三条标准，一些在党内以至社会上流传的名篇，没有花多大劲就选定下来了。要花力气的是还有一些重要篇章，如：重要会议上的发言、讲话，起草的重要文件，草拟的重要电报，大多并未公开，鲜为人知，需要搜集、查找、发掘。也就是说，必须在掌握张闻天全部作品的基础上才能编辑出比较真实可靠的张闻天选集。

除了编辑指导思想高明之外，这个编辑组的组织形式也是很有特色的。彦修同志是领导小组成员，实际负责的一层。领导小组的成员还有：何方，当时任中国社科院日本研究所所长，以前在张闻天身边，当过辽东省共青团书记，驻苏使馆调研室主任，外交部办公厅主任；徐达深，当过安东市委书记，驻苏使馆参赞，当时是社科院西欧研究所所长。另外还有几位：马洪，时任社科院工业经济所所长；陈茂仪，人民出版社社长。主要参与领导小组工作的，就是曾、何、徐三位。下来，就是我们这些做具体工作的同志。萧扬，这个工作小组的组长，当时是世界知识出版社总编辑。他从驻苏使馆到外交部就在张闻天身边，1959年随张闻天上庐山。他知道上层政治生活那一套办事的规矩，政治水平高，文字能力强，我帮他打下手，跟他学。参加工作小组做具体工作的，还有人民大学的张培森、经济学院的施松寒，他们都是党史专业，科班出身。所以，《张闻天选集》编辑组有三个层次，参与其事的人中有四个主编。最上面，邓力群，领导小组组长，原来的《红旗》副总编辑；领导小组主要成员曾彦修，是人民出版社总编辑；工作小组组长萧扬，是世界知识出版社总编辑；我，当时是《江海学刊》主编，是最低的一个。我能参加这个组工作，真是一个难得的学习、提高的机会。

指导考证"歌特"是谁？

经过调查、访问，查档、发掘，陆续发现了不少张闻天的重要文稿，特别是遵义会议前的好文章。

我们在王礼锡主编的《读书杂志》（1932年4月出版的第1卷第4、5期合刊）上发现了署名"刘梦云"的长篇论文《中国经济之性质问题的研究》。此文论证中国社会性质是半封建半殖民地社会，因而革命性质是资产阶级民主革命，从理论上和方法上批判了"动力"派任曙、严灵峰的谬论，有力地支持了"新思潮"派，奠定了马克思主义者对取消派论战胜利的基础。彦修同志指导张培森同志等通过深入研究，并采访王学文等当事人，确定刘梦云就是张闻天的化名。

我在中央档案馆收藏的党中央机关油印刊物《斗争》上，发现了署名"歌特"的三篇文章。其中《文艺战线上的关门主义》和《论我们的宣传鼓动工作》是直接批评"左"倾错误的。"歌特"是谁？一时难以回答。我写了三四百字，从几个方面说明"歌特"很可能是张闻天。彦修同志说，这还不够。这两篇文章对于认识张闻天从"左"倾到反"左"倾的转变，实在是太重要了。我们还是要用乾嘉学派的方法，来考证。要铁板钉钉子，才能把文章选到选集里面去。于是发信请教，从陈云、杨尚昆、周扬、夏衍问到差不多所有健在的三十年代初在上海地下党的老同志，没有明确的答案。于是，彦修同志指导我们进一步考证，从各方面进行论证。其中最过硬的证据是概括出了"个人惯用语"这个"试纸"，从张闻天1932年写的54篇文章中，概括出了他个人独有的惯用语。如：不用"虽然"而用"虽是"，不用"如果"而用"如若"，不说"直到现在"而说"一直到现在",不用"和"而用"与",不说"表现"而说"表示"等。这些"个人惯用语",均一点不差地存在于"歌特"的三篇文章中。我写了一篇《"歌特"为张闻天化名考》,考定《文艺战线上的关门主义》等署名歌特的三篇文章为张闻天所作。张培森同志还下很大工夫,用张闻天的"个人惯用语"去检验瞿秋白等一切疑有可能为"歌特"的人的文章,所有这些人的文章都没有张闻天的"个人惯用语"。考证达到了彦修同志提出的"铁板钉钉子"的要求。发送出去征求意见,得到领导和专家的肯定。胡乔木同志把张闻天的《文艺战线上的关门主义》和《"歌特"为张闻天化名考》推荐到《中国社会科学》上发表。

刘梦云和歌特的这些文章的发现,有力地说明张闻天在犯"左"倾错误的时候就已经开始了反对"左"倾的转变。彦修同志很高兴,专门写了关于张闻天反对党八股的《论我们的宣传鼓动工作》的评介文章在《文献与研究》上发表。邓力群同志也很高兴,把《帝国主义与中国资本主义》(《中国经济之性质问题的研究》第三节)、《文艺战线上的关门主义》《论我们的宣传鼓动工作》,都收进了《张闻天选集》。从而改变了最初考虑的《张闻天选集》把《遵义会议决议》作为开卷篇的打算。

编辑、出版《回忆张闻天》

为了纪念张闻天,也是为撰写《张闻天传》搜集资料,在编选《张闻天选集》的同时,彦修同志指导我们编辑了两本书,一本是供内部使用的资料:《张闻天自述》,把张闻天在各种情况下谈自己生平、思想的材料,主要是各种自我检查材料,按时间次序编纂起来;另一本是可供公开发表的熟人对张闻天的回忆录。我们访问了各个时期同张闻天有交往的老人。有的约请他们自己撰写,有的我们代为记录整理。正式出版的《回忆张闻天》一书是由彦修同志经手完成的。我随他一起到湖南人民出版社交稿,协助他做点事。一路随行,领略到他的出版家的风采。

1992年5月,曾彦修(左)、程中原瞻仰无锡汤巷45号张闻天旧居,在张闻天塑像前留影。

1985年8月30日是张闻天85周年诞辰。这本《回忆张闻天》一定要赶在此前出版。到7月中旬我们到长沙送稿时还缺一篇最重要的稿子:杨尚昆的回忆文章。当时杨主席正忙于处理裁军一百万的大事,又不幸遇到夫人李伯钊病危。怎么办呢?彦修同志说:等!等待杨尚昆同志定稿签发。因为尚昆同志是张闻天在莫斯科中山大学的同学,他们一路回国,一起负责宣传工作,长征途中一道参加遵义会议,庐山会议以后杨尚昆是中办主任,还尽可能给予张闻天照顾。杨尚昆的四哥杨闇公是张闻天早年在重庆从事新文化运动时的战友,杨尚昆的夫人李伯钊是张闻天在二女师的学生。杨尚昆对张闻天的回忆有着无人可以取代的作用。期望杨尚昆的回忆文章对于张闻天的评价可以达到应有的高度。这样,彦修同志就同湖南人民出版社的同志商定,在《回忆张闻天》一书第一篇预留12个页码。其他各项准备工作都预先做好,包括其他文章从第 13 页开始排校完毕,封面用纸、插图用纸、内文用纸都从纸库调到印刷厂备用。尚昆同志的文章最终在 8 月 24 日定稿,赶上在《人民日报》上发表,《回忆张闻天》一书也赶上张闻天诞辰 85 周年纪念时出版。

《回忆张闻天》的书名由邓小平同志题签,陈云、胡耀邦、习仲勋等领导同志为此书题词。彦修同志觉得耀邦题词的款式不大符合传统规范,叫放大复印两份。他拿来剪开,放在办公桌上,重新摆布。力求搞出一个合乎传统的款式。搞好以后,他准备让复印一份采用。

我心里嘀咕,重做以后看起来是好看了,但如果有人不高兴,怎么交代啊!湖南的同志也觉得没有把握,劝他不要惹麻烦吧。彦修同志是以编辑家追求完美,想不到我们都胆小怕事,不理解他,不支持他,只得作罢。我们当时不知道,《南方日报》这个报名,就是当年担任总编辑的彦修同志从毛主席题写的好几个报名中选字重新组合而成的。他也没有说。说了,恐怕也觉得说服不了我们。

1985 年 6 月,朱正(左)、曾彦修(中)、程中原(右)在长沙橘子洲留影。

在这趟送稿期间，湖南出版局让朱正同志陪我们到韶山去瞻仰毛主席故居。看过韶山毛主席故居、毛主席纪念馆、毛家祠堂等之后，第二天，还去看了滴水洞。这是困难时期开山给毛主席修建的别墅。我们看了以后低声议论：当年不该修建，现在不该开放。参观结束，管理干部请北京来客留言题词。这当然难不住彦修同志。他提起笔来，稍加思索，写下一行遒劲的大字：学习毛主席的正确思想。我和朱正两个附笔签名。临往韶山时，彦修同志就交代，到那里只能说好话，不能说坏话。现在这句题词，真是最得体不过了。

指导《张闻天传》的写作

二十世纪八十年代初，我接受了编写《张闻天传》的任务。按照原来约定，《张闻天传》要在1990年8月30日张闻天90诞辰时出版。事实上有难度。加上我1989年秋大病一场，预定的计划眼看无法完成。于是，想出了一个应急的补救办法：把已经写出的部分传记，同我先前发表的一些论文，按张闻天的生平经历编到一起，权应纪念张闻天90诞辰之需。这样，在河海大学领导及其出版社的支持下，就出版了《张闻天论稿》。

这本书固然勉强解决了一时之需，但离正式的传记毕竟还有很大的差距。此后又经过将近四年的劳作，在领导的指导和全组同仁的支持下，到1992年暮春我才完成全书的初稿。上报以后，首先由彦修同志、何方同志审阅，指导修改。他们审定以后再报力群同志定稿。

第一位同我详谈修改意见的是彦修同志。他当时已经年逾古稀，我也还处在病后恢复阶段。无锡市党史工委热情邀请我们到太湖之滨的疗养院住下来修改书稿。这样，1992年春末夏初，我们就一起在无锡苍鹰渚的江苏省干部疗养院住了一个多月。

活在心中的故事

全书二十多章，一章一章修改。每天上午，他谈意见并商讨，有的段落他写了稿子。下午、晚上，我就修改。修改稿随时交他审阅。一天一章，连续搞了个把月。

彦修同志是"一二·九"时期投身中国革命的先进青年，马列学院第一期学员。他和宋平、邓力群等是同班同学，没有结业就被张闻天留校当干部或教员了。以后他又随张闻天参加了陕北、晋西北农村调查。在改稿过程中，他讲了不少关于马列学院的教学情况和农村调查的情况，丰富了《张闻天传》的内容。特别是关于1942年7月1日晚张闻天在杨家沟打麦场上同调查团全体成员和驻在该村的晋西北后方机关干部谈论毛泽东在中国革命过程中无可比拟的伟大作用，生动深刻，十分感人。

他对张闻天活动的时代风云有切身体验，而我在传记初稿中写重大事件的时代背景往往不得要领。有的段落彦修同志干脆就亲自执笔重写。例如：写中央红军落脚陕北时的形势一段就是彦修同志重写的。他写道：

> 1935年秋冬，中央红军到达陕北的时候，中华民族的危机达到了空前深重的地步。1935年夏季，日本侵略华北的行动急剧升级。5月，日本借口中国破坏《塘沽协定》，要求中国政府铲除华北抗日行动，撤退军队和国民党军政机关。6、7月，国民党北平军分会代理委员长何应钦与日本华北驻屯军司令官梅津美治郎秘密签订了《何梅协定》，国民党政府全部接受日本的无理要求……照此办理，实际上将非武装区从冀东各县扩大到了整个河北省。6月底，察哈尔省代主席、民政厅长秦德纯又和日本关东军特务机关长土肥原贤二以换文方式签订了《秦土协定》，规定……成立察东非武装区。按照这两个卖国协定，国民党嫡系力量基本上退出了河北、察哈尔两省。1935年9月，日本新

任中国驻屯军司令官又发表声明,鼓吹华北五省(河北、山西、山东、察哈尔、绥远)"联合自治"。10月,日本内阁又通过"鼓励华北自主案",图谋将整个华北变成第二个"满洲国"。11月,日本侵略者嗾使汉奸殷汝耕在北平城东40里的通县组织"冀东防共自治政府",使冀东22县脱离中国政府的管辖,成为日本操纵的一片敌伪统治区。接着,日本又逼迫南京国民政府接受华北政权"特殊化"的要求,妄图在北平设立"冀察政务委员会",虽然名义上仍归南京政府管辖,实际上就是"冀东防共自治政府"的翻版。华北主权断送,中国形势危如累卵,中华民族到了最危险的时候!

他的修改意见,给我印象特别深的有两点。一点是对人物的评价要恰如其分。传记初稿对张闻天"五四"时期运用马克思主义唯物史观探索中国革命道路进行了高度评价。按照彦修同志的要求写了一段符合他当时所达到的水准的话,使评价比较客观公允:

> 张闻天在《南京学生联合会日刊》的活动,展露了他日后成为革命理论家的才华。诚然,他这时所发表的许多见解,有些是对各种思潮所作的学理上的选择,有些是对现实生活的直觉中得到的朴素认识,还没有经过实践检验而形成稳定的思想体系,所以,在他此后的发展道路上必不可免会出现反复与摇摆。这是完全正常的。这并不妨碍作出这样的估价:在五四运动当时,以思想、政治方面的成绩而言,张闻天是全国最先进的青年学生中的一个。

对《遵义会议决议》,彦修同志指导我们在充分肯定其伟大意义的时候,加上一段话:"我们当然不应回避《决议》存在着'转变'

时期或尚未完全觉察,或难免需要保存的旧的痕迹,毋庸讳言,这同时也反映着《决议》起草人张闻天的'转变'还有不够彻底的地方。"并具体列举了四条"旧的痕迹",表现了历史主义的科学态度。

另一点是十分注重语言的朴素。他对初稿的表述有好几次表示不满,说:不要像文学小青年那样说话;不要故作高深;这样写,花里胡哨的,像文学小青年写的书了。他多次开导我:张闻天是个很朴实的人,传记叙述他的言行要同他为人的风格一致。朴素而又生动,这是很高的要求啊。

还有,说到马列学院几个优秀学员,我在初稿中说当时曾彦修、田家英等四人,并称延安四大才子。彦修同志看了连连摇头,说断断不能。当时才子是一种贬称,谁都不愿意让别人称为才子。大约是受鲁迅在《上海文艺之一瞥》中批评"才子+流氓"的影响吧。

为潘汉年彻底恢复名誉及其他

在太湖改稿期间,无锡市委主管宣传文教的书记曾把彦修同志接过去请教。我陪同前往。在这次本属礼节性的交往中,彦修同志提出了一件比较重要的事,这就是地方上要为潘汉年同志彻底恢复名誉做点事。他对市委书记说,潘汉年是个很了不起的人物。他是无锡宜兴人。这是你们无锡人的光荣。他现在是平反昭雪了,但他的功劳大家并不完全知道,他的名誉没有完全恢复。建议你们组织力量搞一个电视片。地方上出头来搞容易些。无锡市委对他的建议很重视。

彦修同志就是这样,看来并不是他分内的事,只要事关大局,他看到、想到了,就提出来,并尽力促成。据我所知,全国人大开幕时,主席团和部分代表向人民英雄纪念碑敬献花圈的仪式,就是彦修同志提出而为中央领导采纳的。从小事想到全局，成为彦修同志思考问题的习惯。有一次，我随彦修同志到人民大会堂参加纪念鲁迅诞辰九十周年大会，听一位宣传文化界的领导同志作报告。这位领导同志念了一个别字。我们听出来了，不禁对视莞尔一笑。他说：这都是小时候老师教的，可见基础教育和小学老师是多么重要。

他对于文字的要求是极其严格的，绝不允许出错。凡是拿出去的东西，他都要认真看过。有一次写信送材料出去征求意见，信中提及鲁迅在新雅菜馆请客的事。信稿是我草拟的。彦修同志把我找去，问道：上海有两家有名的菜馆，一家叫新雅，一家叫新亚，读音是一样的。你说的是哪一家呢？我老实承认，上海不熟，我根本不知道有两家新雅（新亚）。彦修同志说：鲁迅住在北四川路，请客应该就在附近。你查一查，北四川路的那家是新雅，还是新亚（经查应是新雅，新亚在临近外滩的天潼路）。在彦修同志的熏陶下，我对文字的表述更加考究了。

对于胡乔木的看法

1994年8月，邓力群同志要我参与撰写《胡乔木传》。彦修同志很为我担心，认为这是一件吃力而不可能讨好的事情。他明知这事落到谁的头上也推托不了，实际上还是不断给我帮助。从中我也更加认识他的率真和坦诚。

他对胡乔木是敬重的，但同时又多有不满。他从不讳言他的不满。积极支持人民出版社出版"黑条本"的是胡乔木，回过头来大为不满、批评此事的也是胡乔木。叫下面的人怎么工作！诸如此类，大多是工作上的问题，当然也有思想上的分歧。

但这并不影响他向我谈应该彰显的胡乔木的业绩。胡乔木肯定我们进行"歌特"为张闻天化名的考证，指出此文说明张闻天在犯

"左"倾错误的同时滋长着反对"左"倾错误的一面,并批给《中国社会科学》重新发表。此事表现出来的乔木同志思想解放、批判"左"倾错误的精神是彦修同志所深为感佩的。还有,曾彦修和田家英协助胡乔木编辑了《中等国文课本》。曾彦修对胡乔木关于这套教材的全新设计,其新颖构想和独特创意,赞不绝口。特别是在西柏坡新华社集训的情景,彦修同志谈得有声有色。胡乔木过人和服人之处,跃然如在目前。彦修同志叙述的这些亲身经历,成为《胡乔木传》的动人篇章。

彦修同志对我是非常关心爱护的。每有著作出版,他都签名馈赠。我的书柜里几乎有彦修同志的全部著作,包括公开出版的和自费内部印行的。无论是读他的单篇杂文还是大部著作,都能感受到他那颗炽热的心,爱人民爱国家爱党爱民族的炽热的心。同时,这种感情,这种热情,又都是建立在扎实的事实基础之上的,是进行辩证分析得出的结论。他的杂文和著作是个人人生体验和国家民族命运考察相结合的产物,是史论结合、情理交融的力作。特别是《天堂的神话及其破灭》和《平生六记》,完全可以进入新中国成立以来优秀社会科学著作的行列。

最后的一面

2014年10月的一天,我受朋友之托向彦修同志请教:解放战争期间在山东渤海区进行土改时的一张照片,上面有曾彦修、田家英和跟他们学习的毛岸英等人。朋友要曾老谈其中一位同志的情况。那天彦修同志精神不错,回忆了在山东的往事,谈了毛岸英学习的情况,也谈到了康生,只是要询问的那位同志,彦修同志带着歉意说,记不起来他叫什么名字了,估计是地方上的同志,不是延安一起去的。延安一起下去的同志,大家都熟悉。

请教完问题以后，彦修同志郑重其事地跟我说，老程，张闻天为和平解决西安事变起的作用，你还要写文章。并鼓励我说：你能够写好这篇文章！这是继杨尚昆同志交代对张闻天还要拨乱反正、耿飚同志告诫对张闻天还讲得不够，又一位当面交代我任务、对我寄予厚望的人。没有想到的是，过了三四个月，他老人家竟一病不起、与世长辞了。他的嘱咐成为他交给我的最后一项任务。

二十世纪三十年代末，在马列学院，张闻天曾把一副自勉的对联书赠曾彦修："根深不怕风摇动，身正何愁月影斜。"彦修同志一直把它作为座右铭。他以一生的实践做到了。他不仅是一个坚人，而且是一个真人。

终生效学的榜样

——纪念二姐夫吴宝康

1950年清明放春假,我同中锐小兄弟俩随母亲到上海去看望桂姐和姐夫吴宝康。桂姐还是九年前1941年夏天见过。那时我才三岁。她护送李坚真大姐找东进到黄土塘一带活动的新四军谭震林的六师,领李大姐一起回到老家。姐夫吴宝康没有见过。只隐约听说他是南浔人,桂姐的战友。

出了上海北站,我们母子三人坐上一辆三轮车按地址前往桂姐家。可是到那里转了两圈,没有找到。我们很着急。三轮车工友拿过地址一看,说从辣菲德路进去就对了。那时上海还没有改路名。地址上写的是辣菲德路1360弄/霞飞路××弄,新康花园。意思是这花园的一头是霞飞路(今淮海中路),另一头是辣菲德路(今延安路)。车进新康花园,桂姐正着急地等着呢!

新康花园很漂亮。中间一条林荫道,两旁是对称的五层小洋楼。小楼之间有雪松、草坪。桂姐家住右首第二幢的四楼。房间里是细条拼木地板,打了蜡,走路都有点打滑。我们从未见过这样漂亮的花园,这样漂亮的房子。高兴极了!把沙发垫子拿下来,推着在光滑的地板上跑,还在上面竖雀子(头手倒立)。傍晚他们下班回来,我才见到姐夫吴宝康。高高个子,穿一身洗得泛白的旧军装。他见到我们,很高兴。他知道我们在梅村无锡县师读书,只不经意地问了一声,泰伯庙里那几棵古柏还在吧。那时,我们还不知道,梅村

终生效学的榜样

是宝康阿哥离开上海汇丰银行到乡下参加地下工作的第一站。

与桂姐的絮絮叨叨相反，宝康阿哥沉默寡言。那时上海刚经过"二六轰炸"，形势还相当紧张。这里是原来的法租界，外国人多，情况复杂。交代我们晚上不要外出，交代我们不要同陌生人攀谈，交代我们对外国人要保持警惕，这些话都是桂姐跟我们说的。只有一次，我看他擦枪，擦他那支放在壁橱里的用红绸布包着的白郎宁手枪。他正色地跟我说，现在还有坏人，不能放下手中的枪。

他很忙，但还是尽可能抽时间陪我们。我记得他陪我们一起到国泰电影院看过电影，还一起到华东局机关保育院去看过全托在那里的大米和小米。她们第一次见到比她们大不了几岁的小舅舅。

春假匆匆结束，母亲留在上海继续看病，我们兄弟俩回无锡开学。宝康阿哥不声不响送给我一支他正在用的金星钢笔，说中原你拿去用吧。我很珍惜他的这份礼物。我的字写得还算好看，与此不无关系吧。

1945年11月10日，吴宝康、程桂芬夫妇在淮安河下镇的合影。

1952年10月，宝康哥和桂姐一起奉调北京。其背景是撤销大区加强中央集中统一领导。五个大行政区的领导人高岗（东北）、饶漱石（华东）、习仲勋（西北）、邓小平（西南）、邓子恢（中南），都调到中央。号称"五马进京"。一批高级干部随他们进京，充实中央各部门。在华东局担任办公厅秘书处副处长兼档案室主任的吴宝康，奉调进京担任中办秘书处副处长；后来负责筹办中国人民大学档案专修科，为新中国培养档案人才，建设新中国的档案事业。

此后我同宝康哥的接触和交往就多多少少都同档案事业有关了。

活在心中的故事

我仿佛成了新中国档案事业开创发展过程的一个见证人。

1955年我做了三年小学教员以后被保送考入南京师范学院中文系。桂姐和宝康哥先后带学生到南京第二历史档案馆实习。江苏省和南京市档案界请他们作报告。他们要我帮他们在南师图书馆找材料。有关于中国档案史方面的,也有关于档案学基本理论和档案馆建设与管理实践方面的。我这才知道他们虽然经过苏联专家培训,但还是搞出了中国自己的一套,对建设中国自己的社会主义档案学和档案事业起了开创性的作用。

1962年春天在贯彻"调整、巩固、充实、提高"的八字方针过程中,宝康哥参加了中国第二个科学技术发展远景规划即《1963—1972年科学技术发展规划》的制订,其中档案事业的发展规划就是主要由他执笔起草的。毛主席、周总理接见了参加起草的各学科科学技术专家,并合影留念。他认为这不仅是他个人的荣誉,更要紧的是说明档案事业的地位。这张照片一直挂在他办公室的墙上。

1945年11月,新四军北撤山东。中途在淮安、淮阴集中。吴宝康、程桂芬与在二十四军卫生部工作的二弟程中孚、在华中银行工作的弟弟吴健重逢。这是程桂芬(中)、吴宝康(左)与吴健(右)在淮安河下镇的合影。

宝康哥很关心我学业上的进步。听说我想报考研究生，在涟水拿不到报名表，特地从北京取了寄过来。看到我在"文化大革命"后期主持编写的函授教材，很高兴。江苏人民出版社决定公开出版我主编的《鲁迅杂文选讲》，他更是大力支持。

1976年7月，我和几个同事为编好这本杂文选讲到北京向专家请教。当时"四五运动"后的整肃工作正在进行，北京的气氛比1950年"二六轰炸"后的上海还要紧张。我们一行四人到北京的当天没有找到旅馆，遂到我姐姐家投宿。桂姐和宝康哥在家里给我们作了安排，并同我们一起商议日程安排。我们第一个想去的是长城。决定明天就去。我们没有带照相机。宝康哥说，好不容易到了长城，好汉总要留个影吧。他自告奋勇，连夜乘公共汽车到西郊人民大学女儿大米那里把照相机取来。游览过长城以后，第二天他又带我们到北京市高校工委联系安排住宿。那时人民大学还没有复校，他在北师大担任校务委员。高校工委表示现在是非常时期，你们还是另想别法吧。但我们对宝康阿哥的这份热情是感激不尽的。

我对宝康哥的真正了解也是经过"文化大革命"之后。1974年他得到"解放"。那年冬天，他到无锡探亲。那时桂姐还在进贤中办五七干校，审查尚未结束。我们坐在稻草打的地铺上交谈。他对受冲击没有怨言，用爸妈打孩子也有打错的话来宽慰我们。不过，他很关心抗日战争时期他在阳澄湖边办的《东进报》和《江南》杂志，想找到这些旧物。只是到这时，我才了解二姐夫是"沙家浜"式的人物。

他是江南社社长，主持编辑发行路东特委的一报（《东进报》）、一刊（《江南》杂志）。鲁迅杂文《写于深夜里》中写到的曹白，萧红、萧军的好朋友锡金（姓蒋），都是他手下的编辑。带有传奇色彩的是，编辑部和印刷厂都放在船上，三条大木船在河湖港汊中游动。印好的报纸、杂志放在各村镇的码头上，由负责发行的新四军战士取走。他当过常熟董浜办事处主任，经历过清乡几乎被抓的风险。

粉碎"四人帮"后，桂姐得到解放，回到北京。十一届三中全会以后，心情舒畅，桂姐和宝康哥到南京会会老战友。1979 年 5 月初，他们到了南京，通知我们去见面。他们住在高门楼南京部队炮兵招待所。南炮的彭司令员是宝康哥以前的部下。在南京的六七天是我见到的宝康哥最开心的日子，也是说话最多的日子。我们在一个老同志家里同省委老书记陈光见了面。他主管农业，因办农业中学在全国出了名。饭桌子上还关切地问我在无锡乡下的小妹子（名叫严寒）农民负担的情况。我们又被姚家礽、朱涛夫妇邀请到孝陵卫华东工程学院的家中吃饭。说来也巧，他们的女儿姚真理是淮安师范的工农兵学员，我们的学生。

三中全会以后，宝康哥为档案事业的繁荣和发展更加积极地奋斗。我觉得他最可宝贵的一点，是富有独立见解。能够提出别人没有提出的见解。

他不无骄傲地说，称得上我们党的宝贵财富的有两样，一样是老干部，一样是档案。他是从这样的高度来认识和从事档案事业的。

他总结档案工作的经验和规律，提出并坚持"利用为纲"。强调一定要围绕利用来做好保管等各方面的工作，开展各方面的档案工作。我参加《张闻天选集》传记组，负责撰写《张闻天传》，与档案发生十分密切的关系，深深体会到"利用为纲"是对的，是符合档案工作规律的。我们工作中有什么与档案工作有关系的事，我在利用档案过程中有什么体会，都跟他谈。

编《张闻天选集》时，我们编辑组搞出了一个初编目录，报到力群那里。邓力群看了说：初选目录中还有若干重要文章和讲话没有选进去，如：1937 年 5 月张闻天在苏区代表大会上的开幕词，8 月在洛川会议前召开的中央政治会议上的报告，1938 年 2 月在中央政治局会议上反对王明右倾错误的发言，1948 年 8 月张闻天在东北局第一次城工会议上的总结报告，1948 年冬关于发展农村供销合作社特别是赢利分红问题的文件和文章，点了八九篇。说：你们到档案馆去找出来，研究入选。宝康哥听我讲了这件事，连说，是啊，档案利用起来，就起作用了。

我向姐夫说，王震同志在力群回忆张闻天的文章上写批语：历史要真正实。要把闻天同志主持和参加的中央会议记录都找出来。宝康哥听后很感慨，讲：谁说王震是老粗，他是真懂档案的一人。把张闻天主持和参加的中央会议记录都找出来，张闻天在一个相当长时期对全党的领导作用就看得清清楚楚，谁也抹杀不了。

我在档案馆看到了刘英在长征中做的两河口会议、沙窝会议等记录，刘英高兴地到档案馆去看了记录，并回忆了当年毛泽东、张闻天、周恩来等对张国焘又团结又斗争的情况。

宝康哥听了很兴奋，连连说：这是对利用为纲的最好注脚。档案得到了利用，历史也得到重现，变得生动活泼起来。

宝康哥在档案事业上另一个突出贡献是注重培养人才，使档案事业后继有人。他第一个亲自招收硕士研究生，先后招了八名，精心教育培养。这些研究生都成为档案界的骨干。在1987年8月宝康哥七十寿辰的前夕，他们由衷地送给导师一幅贺词，特意请启功的门生王强书写。天头是"树蕙滋兰"四个大字，下面是一首情真意切的祝寿诗："教书育人千秋事，传道授业一代宗。先生桃李满天下，

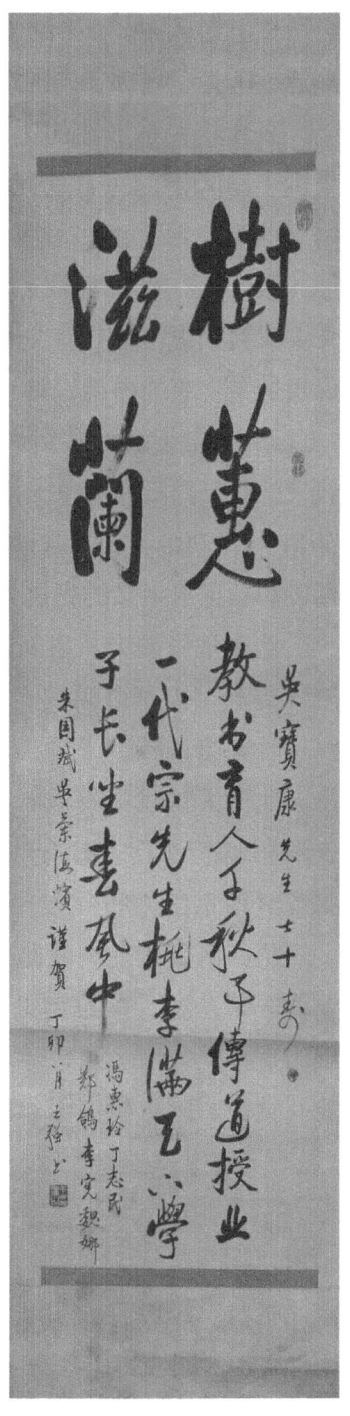

学生祝寿贺词

学子长坐春风中。"八位学生署上了他们的名字：冯惠玲、丁志成、郑鸽、李宪、魏娜、朱国斌、吴兰、海滨。

人大档案系培养的学生遍及全国各省、县档案馆。宝康哥真的是桃李满天下。可喜的是，他们都是吴宝康的忠实信徒，"利用为纲"的自觉奉行者。对我的研究工作来说，提供了很大的方便。

张闻天在南京河海工程专门学校参加五四运动，传播马克思主义。我到二史馆查找有关五四运动时期张闻天在南京的档案。他们听说我是吴宝康的内弟，特别告诉我，最近他们那里有人查到了张闻天"五四"时期发表许多文章的《南京学生联合会日刊》，并把那位同志找来。几经周折在南京大学图书馆一堆报纸中找到了这份日刊。在现存51号日刊中找到了张闻天的32篇文章，说明张闻天是"五四"时期传播马克思主义的先进人物之一，走在全国先进青年的最前列。

重庆是张闻天从事新文化运动的主战场。他在那里主编了《南鸿》周刊，因革命活动产生巨大影响而被反动军阀驱逐出境。我到四川档案馆查档，受到吴宝康的学生、档案局局长张仲仁的热情接待。他派人替我买好成都到雅安的车票。到雅安四川省档案馆，不仅顺利地查到了《南鸿》《爝光》等重庆出版的刊物，还意外地看到了《南京学生联合会日刊》。

从西南到东北，我跑了很多档案馆，亲身感受到了全国档案事业的繁荣发展。作为党史、国史工作者，我是档案工作贯彻利用为纲的直接受益者。可以这样说，没有档案事业的有力支撑，就不可能有党史、国史研究工作的繁荣发展。宝康姐夫功德无量啊！

（2017年8月19日匆草）

说明：2017年9月4日是吴宝康百年诞辰。他的家乡浙江湖州南浔定于8月22日举行吴宝康纪念馆开馆仪式，并召开纪念座谈会。本文为纪念他的百年诞辰而作。

我的老同学唐去非

唐去非是我在南京师院中文系 55 级中第一个认识的同学。那年 7 月，我们到苏州参加高考，一天三顿都在一个桌子上吃饭。他在市里机关干部学校任教，我在市郊东垮小学当教师。他想考俄文系，叫我也学俄文。我听了他的建议，第一志愿报了俄文，第二志愿报了政教，都是在苏州的江苏师范学院。相处几天，我觉得他热情、坦诚，可以做朋友。

唐去非（左）、程中原在徐州淮海战役纪念碑前。

活在心中的故事

不想那年院系调整,俄文、政教都停止招生,中文、化学、生物都并到南京师院,历史、数学、物理都归江苏师院。于是,我同唐去非成了南师中文系55级乙班的同学,住到了宫殿式的六百号宿舍。他住在楼梯旁边的小房间,我住在靠门的大房间。这倒同我们两个不同的性格正合适。老唐好静,我爱活动。那时体育实行劳卫制,要跑100米、1500米,还有10公里行军,我不知道他是怎么过的关。

说到读书、研究,班上没有几个人能比得上他的。可是他不大说话。那时学苏联,盛行"习明纳尔"(课堂讨论)。他从不抢先发言。老师点到他,他总能要言不烦地回答,寥寥数语,很得要领。

老唐是个很重情义的人。毕业以后我们没有间断联系。先后在扬州、南京、徐州等地的同学聚会,他都是热心的参加者。他还在无锡主持了部分同学的聚会,并酝酿编辑出版同学的著作集。有一次来北京,刚好老夏有病住院,他还特地到军区总医院探望。

唐去非与同学在无锡开校友会时合影。自左至右:顾崇仁、闵抗生、唐去非、章壮余、王鹏、朱建良。

老唐还有一个令人钦佩的地方,是能坚持、有韧劲。他的腰有毛病,年纪大了,直不起来。一个弯背老公公,而且越来越严重。可是,后来见到他,他的腰竟直了起来!走路像个年轻人。真是奇迹!问他这奇迹是怎么来的,他说:坚持走路。真是不容易啊!

　　老唐是有福气的。他的子女都很孝顺。小儿子正宇不但出资让老唐和胡老师周游欧美,还亲自陪伴照应。出资已属不易,亲自陪伴更不多见,令我们羡慕不已。

(2017 年 12 月 28 日)

永存心中的印象

——追忆老院长王炤生同志

第一次见到王炤生同志是在涟水师范。他是淮阴地区的文教处长,来视察工作。大约是1962年初夏吧,那时涟水师范已经搬到南门。他是涟水人,不时听人谈起。这次觌面相见,果然是胖得出奇,但并没有什么威仪。一脸和颜悦色,说话轻松幽默,让人如坐春风。当时我脑子里闪过一个念头:要是盛夏酷暑,敞胸临风,活脱脱是弥勒佛现形。

"文化大革命"劫后余生,我有幸到他手下工作。1977年,淮阴师专复校。当时挂的是"南京师范学院淮阴分院"的牌子。王炤生同志担任院长。我当时在淮安师范当进修部主任,被抽调到淮阴分院中文系当教员。教"文选与习作""中国现代文学",担任一个班的班主任。

淮阴分院办在淮阴师范的校址上,原来的淮阴师范当然是基本的依托。但教学骨干是从整个淮阴地区调集的,就中文系来说,原在这里有点名气的教师,相形之下,显得没有原来那么高,心里不免有点不平衡。王院长大约听到了一些互相不服气的议论,看到了不团结的苗头。所谓"文人相轻",知识分子成堆的地方,是件很难处理的事情。他一点也不回避矛盾,立即找那位同志说,都是自己人,合作共事,要互相取长补短。他又同我谈,叫我肚量要大,不要为一些闲言碎语心烦。并告诉我,他已经给那位同志打过招呼。

正视出现的问题，运用领导干部个人的威信和影响及时解决问题，这是他的一个特点，也可以说是一种很有胆识的领导艺术。此后，我也利用适当的机会，同那位同志坦诚交谈。我说，我这个人的哲学同曹孟德正好相反，宁可人负我，我决不负人。我是一不会让人吃亏，二不会自己躲懒。由于王院长已经打过招呼，我又这么推心置腹交谈，从此再没有什么疙瘩。

淮阴分院的工作走上正轨以后，大约开学后两三个月吧，有一天，王院长到我宿舍来看望我。我住在二层小楼上，他爬上楼来，颇有点气喘。在方桌边坐定，随便闲聊了几句就切入正题，对我说："老程，看来你只能从讲师、副教授、教授这条路上发展了。当干部这条路，有困难。"他是专为说这几句话而来的。没有一点官样文章，毫不转弯抹角。他把底交给我，实实在在，指点我向前走的方向。我听了很感动。我知道，他想提携我而不得，颇为惋惜。因为我有一个姐姐，抗战时到了延安，后来又到了重庆，新中国成立前随姐夫（一个颇有名望的农学家）到台湾一所大学去了。尽管我其他的哥哥姐姐都在她的影响下参加了革命，但在那时，有这一层"海外关系"，是入不了党，也做不了"官"的。1960年时，我才22岁，涟水县委宣传部把我这个有"海外关系"的小伙子提拔起来，当涟水农大的副教导主任，思想真是解放啊！好在我爱搞业务，喜欢教书，要求入党多少年，无非想多做点事。王院长同我谈这番话，视同知己，肝胆相照，感激之余，心里也踏实了许多。

中年王炤生

活在心中的故事

十一届三中全会以后，纠正了"左"的路线、方针、政策，思想解放，拨乱反正，我的入党问题在1979年3月就顺利解决了。

这时，发生了一件令我难忘的事。大约是1979年初夏，学校恢复了淮阴师专的名字，不叫南师淮阴分院了。学校归地委管。地委常委、宣传部长张景良同志到学校来看望、听意见。王院长主持座谈会。我这人嘴快，好发表意见。在这次座谈会上提了不少意见。其中谈到学校管理，说还不及县里普通中学来得正规，显然有点言过其实。以后阅历稍长，知道向上级领导说本单位的不足是非常犯忌的事情，何况言过其实呢！但王院长虚怀若谷，他从大处着眼，认为我关心学校建设，满腔热忱，所提意见，不少确是说到了症结所在。不仅没有恼火，反而认为我是个"人才"。没过多久，提拔我当了教务科副科长，要我同孙礼让同志一起负责学校的教学管理工作。我真庆幸我遇到了这样一位具有"海纳百川"胸襟的领导。他这种求贤若渴的长者风范，一直是我效法的榜样。

1983年10月，我告别工作了25年的淮阴，奉调到江苏省社会科学院工作。有机会回淮阴时，总要去看望老院长，向他汇报，听他指点。记得是1990年初夏，我到淮阴出差，左文龙同志陪我去看他，他很高兴。他衰老多了，但依然是那样幽默风趣，说了不少鼓励我的话。我们起身告辞时，他一定要送。送出房门，要他留步，他不肯。一直送到单元门口滴水檐前才站定。久久握着我的手，互道珍重。我们正要走时，他突然转身对夫人说：把我的放大镜拿来。我们再次同他握手道别。他接过放大镜，嘴里咕哝着："让我再看一眼。"我走了几步，回过头去，向他挥手。只见他硕大的身躯，一动不动。放大镜后面，是一只眼睛，大得异常，那样慈祥，那样亲切，充满着对后辈的爱和期待。我禁不住热泪盈眶，拱手向他致敬。

没有想到，这次一别，竟成永诀。第二年春节期间，就传来了他不幸逝世的消息。我那时正准备赴北京新的工作岗位，未能前往淮阴作最后的送别。但他是永远活在我的心里的。这十年间，每当提起他时，放大镜后面那只慈祥、亲切的大眼睛，就会浮现在我的面前，激励我切勿懈怠，要有所作为，来回报他对我的爱和期待。

我心目中的周本淳先生

什么时候认识的周先生，记不起来了，但初次见面留下的印象却异常深刻。古铜色的脸上爬了太多的皱纹，平头，光脚，穿一双凉鞋：活脱脱一个老农民。那时刚过了"五一"，天还不热，他已经提前换季了。后来知道，这双凉鞋，他一直要穿到国庆节。

真正接触得多，是在粉碎"四人帮"后得到第二次解放的那个春节。在两淮地区的朋友们，从年初一到正月半，天天相聚，开怀畅饮。周先生夫妇从他们下放的平桥来，多次参加这样的聚会。在淮安、淮阴城里的几个朋友，也曾赶到平桥周先生家里叨扰，吃过有名的"平桥豆腐"。周先生是能作豪饮又十分健谈的一个。他率真坦诚，放言无忌。你尽可以同他倾心交谈，用不着作任何戒备。听说他被打成右派，主要的一条罪名，是公开指出毛主席行文的一个差错。毛主席在《中国农村的社会主义高潮》中为阳谷县一篇材料写的按语说：这里就是景阳岗上打虎的武松的家乡。老周说，错了！《水浒》第二十三回写得很清楚，武松是清河县人氏，他是回清河县路过阳谷县的景阳岗打死了老虎，怎么成了阳谷县人呢！说了真话，吃了苦头。可是，书生本色不减，还是实话实说，无拘无束，实在不易。

没过多久，淮阴师专以南京师范学院淮阴分院的名义重建。我和周先生都在中文系任教，朝夕相处，交流日多，他成了我的良师益友。

从他那里，我才真正懂得什么叫做"手不释卷"。在办公室，在家里，不用说，他总是看书。就是听报告、开会，他也都是一卷在手，得空就看。他以发现书中的差错为乐事。看到哪一页上有差错，

他就在那一页上夹一个条子。他看过的书，往往夹了不少条子。这不是一件容易的事，学术功底深，且眼光要敏锐，不然你发现不了问题。条子多了，周先生就会说，看，看，把中国人的面子丢光了。有一回，他看一本相当权威的出版社出版的新校注的陆游的《老学庵笔记》，非常失望，书中夹了许多条子。周先生把他校改过的这本书给这家出版社的那位在学术界很有影响的责任编辑寄了去，提请他们注意出版质量。很快就收到这位编辑寄来的一包书和一封非常恳切的回信，对周先生的意见心悦诚服，万分感谢，并约请先生在他们预定的选题中任择一二，进行编校和注释。那本《苕溪渔隐丛话》新的校注本就是这样来的。周先生学识的渊博由此可见。

1990年左右周本淳老师摄于书房

　　自到淮阴师专以后，在思想解放运动形成的宽松的学术环境中，周先生几十年的学术积累释放出来，形成一种喷涌之势。他的"读常见书札记"，很见学术功力，成为《淮阴师专学报》和《活页文史丛刊》的一个带有标志性的固定栏目。以后结集成书公开出版。对于诗词，他既精于研究又长于创作，在普及与提高相结合上下功夫。继编注的《唐音癸签》出版以后，他又撰写了《诗词蒙语》和《唐人绝句类选》两本普及性的读物。他在这两本书上花费的力气并不比写学术著作少。我最初读到的是油印本，似乎是他自己和他的夫人钱煦先生共同刻写的。其认真严谨的态度，精益求精的学风，

活在心中的故事

真让人感动，令人钦佩。

周先生的记忆力惊人的好，这同他从小就熟读、背诵许多作品，基本功十分扎实，后来又不断把玩研究是分不开的。我每有问题向他请教，总能从他那里得到满意的回答。在我接触的先生中，对古典文学作品博闻强记者多多，但似无出周先生之右者。

大约是1983的春天吧，为参加纪念茅盾的学术研讨会，我写了一篇论文，评述茅盾和张闻天自二十世纪二十年代末起，60年间，几番聚散，但目标一致，神交心通，情深谊笃，始终不渝。张闻天去世后，茅盾还是不忘旧情，接连写文章怀念。论文完成后，想不出一个具有概括力的、比较适称的题目。一天晚饭后散步，遇到周先生，我向他求教。他几乎不假思索地说：杜甫有一句诗："九重泉路尽交期"。是老杜送别朋友的。你看如何？我一听，犹如得了神助，欣然用这句诗做了文章的题目。看到的人都说，贴切极了！这句诗简直就像是杜甫特为茅盾同张闻天的友谊写的。

周本淳夫妇在日本名古屋大学讲学

有问题问周先生，总是能立即给你回答，他问不倒，而且很少说要查一查书。这样，我有什么关于古典文学方面的问题，总是问他。我1983年调到南京，1991年调到北京，遇到这方面的问题，也还是问他。

1999年6月30日上午，《当代中国》丛书总结大会在北京人民大会堂举行。江总书记接见来自全国各地的代表，即席讲话。讲话中随口背诵了王勃、韩愈的一些名篇。第二天，当代中国研究所秘书处的同志按录音、录像整理他的讲话，整理到这些诗文，感到为难。他们找我帮忙。王勃的《滕王阁序》，韩愈的《祭十二郎文》，我读过，即便背不周全，找原文来对，也就解决了。可是，韩愈的一首诗却把我也难住了。第一句"一封朝奏九重天"是听清楚了。底下的句子，因为不熟，听了几遍都不得要领。怎么办呢？我想到了周先生。随即拨通了淮阴他家里的电话，向他请教。电话里传来周先生略带沙哑的声音："那是韩愈晚年上《论佛骨表》惹恼了皇帝被贬岭南途中写给侄孙的诗。是一首七律，八句诗是：一封朝奏九重天，夕贬潮州路八千。欲为圣明除弊事，肯将衰朽惜残年。云横秦岭家何在，雪拥蓝关马不前。知汝远来应有意，好收吾骨瘴江边。"千里之外，一个电话解决了问题。在对周先生钦佩之余，我不免为自己的浅薄而汗颜。

最令我敬重周先生者，还在于他那片赤诚的爱国之心。他常挂嘴边的一句话是：不能让日本人笑话，要让他们知道中国有人。他是就中国古典文学研究说的，因为他的专业在此，他力所能及的也就是这一块。他的手不释卷，他的精益求精，他的喜欢匡谬正误——越是权威越要碰，虽吃尽苦头而未悔！我想，都是同他那根深蒂固的爱国情结分不开的。这正是在内忧外患、颠沛流离中成长起来的那一代中国知识分子最可宝贵的品格。

（2004年10月27日于北京）

留在记忆中的几件事

——缅怀纪普洲部长

1958年9月，大学还没有毕业，我就同夏杏珍一起被派到涟水。先是作为全职的教员"实习"。一年后，即留在那里正式工作，直到1963年秋天调往淮安。

这五年，是我们一生中的重要段落。我们在这里结婚，成家，生儿育女。我们在这里受到锻炼，得到提高。学校和宣传、文教部门的领导同志，对我们言传身教，使我们终身受益；他们的音容笑貌，活在我们的记忆之中。他们一直是我们仿效的榜样。其中之一，就是当时的县委宣传部副部长纪普洲同志。

依稀记得，最初见到纪部长是听他作报告。讲的什么内容已经记不起来了，但留下的印象是：有水平。那时的大学生，虽然没有90后、21世纪一些大学生那样"狂"，但眼界也是很高的。在南京，俞铭璜、陶白、李进这些江苏名人的报告，我们都听过。纪部长的报告得到我们的好评，与领导的权威无关，完全是因为语言生动，内容实在。他年轻英俊，也是得分的一个因素。他大我们只不过六七岁吧，讲得这样好，佩服！

纪部长分管文化。同他接近起来，是因为他抓戏剧、抓创作。

涟水是苏北的一个穷县。谭震林在全国人大会议的一次关于农业问题的发言中说，涟水是全国最穷的县，人均收入只有五十几元。可是，涟水人好读书，教育事业、文化水平远远高于经济。说它文教发达、经济落后，一点也不假。就说专业剧团吧，我记得有三个：越剧团、淮剧团、淮海剧团。

最初找我去，大约是1960年暑期吧，在涟水剧场的一个会议室里，纪部长要我参与改编越剧团的一出看家戏《蝶花仙史》。那是类似《天仙配》一类的神话爱情戏，讲樵夫与花仙恋爱，得到众花仙的帮助，冲破观音菩萨的重重障碍，终于成就好事的故事。加上机关布景，天上人间，很好看。但有些黄色的东西掺杂在里面，剧情中漏洞不少，唱词也不够优雅。我同越剧团的导演林青一道，搞了半个月光景，焕然一新。重新排演后，又修改了一遍。剧场效果不错，演出更加叫座。

纪普洲部长

接下来，又替淮剧团改编他们的传统戏。纪部长约请好几个人参与其事。我是同剧团的团长（一位有点名气的演老生的演员）一起改编一出折子戏：《隔墙相会》。我对我重新编写的一段滚板比较满意，觉得淮剧的滚板，可以滔滔不绝地抒发内心感受，表现力很强。我这个江南人爱听淮剧，跟这次参与改编很有关系。

1962年夏天，提倡编现代戏，反映新中国成立以来特别是当前的生活和斗争。纪部长是积极响应的一个。他亲自组织这项工作，要县文化馆具体落实。县文化馆的张师祝同志找夏杏珍，还有县淮剧团的一位导演写小戏，找我和杨犁、康牛编大戏。从夏天忙到秋天，颇有收获。淮剧团那位导演写的本子在省里得了奖。夏杏珍写了两个小戏:《落地生根》《一双布鞋》。张师祝也写了一个小戏。这几个小戏都铅印成小册子，发给各公社。到七八十年代，听说涟水乡镇的业余剧团还有演出的。为写剧本，纪部长安排我同杨犁、康牛到徐集公社红旗大队去体验生活。红旗大队是个穷队。那里是盐碱地，还常遭水灾。那个大队的书记，领导社员修水利、治盐碱，穷队得到翻身。那位书记当上了华东地区的劳模，到上海参加了劳模大会。我们到徐集红旗大队住了一个多星期。结识了书记，同社员交谈。他们的事迹很感人。回来后写了一个多幕淮剧《翻身记》。有一个油印的本子。好像没有演出过。

后来，我们从事现代文学和当代文学的研究和教学。从全国范围来看，一个县，而且是一个穷县，能够这样重视群众文艺，这样重视旧戏的改编和新戏的创作，实在不多见。随着岁月的流逝，我们越发佩服当年纪部长的眼光和魄力。

还有一件很少有人做而纪部长领导做的事情，那就是对清朝编辑的《涟水县志》做白话翻译。大约是1962年冬天吧，纪部长找我和杨犁，要我们做这件事。没有讲什么原因。后来，我猜想，恐怕是他听说毛主席他老人家下去视察，每到一地总要看当地的地方志。纪部长是个很灵敏的人。想必是从毛主席的做法，悟出方志的重要，知道当干部的必须读地方志了解当地历史、风情的道理。我同老杨忙碌了一个冬天，干得很有兴趣。的确增长了许多知识。比如，涟水有名的佐餐小菜叫"安东萝卜干"，"安东"二字从何而来？就是因为早在宋代这里就设了县级政府，名为"安东军"。再如，关汉卿的《窦娥冤》写到涟水的邻县淮安，老天显灵，六月飞雪以昭示窦娥冤屈。本来总以为是作者的浪漫主义。从《涟水县志》看到，确有六月飞雪这一事实的记载。可见民间的传说，作者的描写，并非完全出于想象。我同杨犁把《涟水县志》译完，纪部长就让印刷成《涟水县志今译》一书。想必当时涟水县的领导干部手中，都会有一册吧。

六十年代初，为度过困难时期，贯彻执行"调整、巩固、充实、提高"的八字方针，我所在的涟水农校于1961年夏撤销，我调到涟水师范工作。1962年秋，涟水师范又撤销，改为教师进修学校。1963年夏，涟水教师进修学校又撤销，改为涟水函授辅导站。淮阴地区保留淮阴师范、淮安师范两所老的省立师范。原来教师进修学校的少数教师调往两所老校任教。发了调令，要我们到淮安师范报到。其时，我正在淮阴参加地区剧本创作会议，纪部长正在南京开会。关心我们的朋友对小夏说，赶快抓住这个机会，到淮安师范去报到。这样，我们就到地区文教局办了手续。当时我们没有任何家具，整理一下书籍和被褥衣物，雇了一辆自行车送往淮安。

纪部长从南京开会回来，得知县文教局已经把我们放走，很不高兴。还批评他们不懂得留人。

十一届三中全会以后，淮阴师专恢复。我们调到那里任教。不久，纪部长也到清江市工作。我们去看他，经过"文化大革命"的洗礼，他依然是那么英俊、潇洒。谈到"文化大革命"中，革命小将把我们在涟水写的剧本，从《蝶花仙史》到《一双布鞋》《落地生根》，直至《翻身记》，不厌其烦，全部抄出来，张贴在淮安师范大礼堂内外的墙上，供大家批判，我们不禁笑出声来。他留我们吃晚饭。他的夫人陆少华同志，已经熬稠了一锅咸粥，里面除青菜之外，还有豆子、花生。我们美美地吃了一餐，感到是世上少有的美味。可我们却从来没有请纪部长吃过一餐饭啊，更不用说送什么礼物了。人说，君子之交淡如水。我们常笑说，也有君子之交稠如粥的。

1983年，我们调到南京工作。1991年，我们又调到北京。地北天南，与纪部长断了联系。不过，每遇熟人，我们都打听他的近况。前几年，淮阴师专升格为师范学院，我们前往参加庆典，抽空前往拜望，方才知道他曾患大病，在北京医院动了手术。他说，你们忙，没敢惊动你们。

　　去年5月,我到淮阴参加一个聚会。多方打听,才知道纪部长病重,住院已经多时。赶去看他。他很高兴,强打精神,还关照家人要好好款待。从医院出来,我默默地祝愿这位时时想着别人的好人早日康复。没有想到几个月后,他就离开了人世。

　　到今年10月,纪部长离开我们一周年了。他是我大学毕业后第一批上级和领导中的一位,对我信任、培养,给我帮助、教益。我写下留在我记忆中印象最深的几件事,寄托我不尽的哀思和缅怀。

(2008年8月24日)

姚士贵印象

二十世纪六十年代初，正当三年困难时期，贯彻"调整、巩固、充实、提高"八字方针，我工作的学校接连撤销。随着学校的撤销，我从涟水农校调至我爱人夏杏珍所在的涟水师范。一年后，涟水师范撤销，降格为涟水教师进修学校。到1963年夏天，教师进修学校也保不住了。撤销以后调到哪里去呢？只有离开县城到农村中学去了。这年暑假，我们把两个孩子海涛、清波送回无锡老家，准备新学期开学下乡，到涟水农村中学去教书。

万万没有想到，9月初忽然下来一个调令：着程、夏二人到江苏省淮安师范学校工作！当时，我们正被县委宣传部抽调参加剧本创作，任务还没有完成。心想，先到地区文教局转了关系前往淮师报到后再回来吧。

到淮安师范，见了朱树人校长，交了介绍信。我们说，涟水编剧本的任务还没有完，还得回去一下。他说，你们既来了，就听这里安排吧。涟水那边你们不用管了，我们会同他们谈的。他吩咐狄秘书带我们到教务处去见葛主任。后来我们才知道，决定淮阴地区各县的教师进修学校停办，其业务由淮安、淮阴两所老的省立师范接过来时有一条措施：两所师范从各进修学校选调一些教师。我们两人就是由葛主任选来的。老狄带我们同葛主任见面的情形已经不记得了，印象深的是，踏进教务处办公室就见到地上铺着一副写好的对联。那字，颜骨柳风，自成一体，煞是精神！我们同葛主任谈罢又去看那对联。葛主任见我爱字，忙说：这是我们的教务员老姚写的。正说着，老姚回来了。葛主任连忙作了介绍。他那时还不到五十岁，脸上已经布满皱纹，加上一副高度近视眼镜，重重叠叠的圈圈看不清他的眼神，同他那精气神十足的书法，怎么也联不到一起。

狄秘书跟我们说，这个姚士贵，他的字在淮安很有点名气。淮安城中心的"镇淮楼"，那三个字就是他写的。要说知名度，淮师人当中，他的知名度要算最高了。

姚士贵先生

后来发现，有些学生的字写得跟他很像。原来有些好学的后生把老姚写的过时的布告揭下来，当做字帖一样临摹。就这样，一届一届学生毕业出去，"姚体"也就在淮安城乡，在淮阴地区各处流传开来。从这个意义上说，"姚体"真的是不朽，"姚体"的创立者姚士贵先生也因此而不朽了。

老姚不喝酒，不搓麻将，不打扑克，没有什么嗜好。那时，淮师的朱校长可是一位兴趣广泛、很有雅兴的人。每天下午四五点钟，课外活动时间，银杏树下小楼的会计室里，经常有一桌麻将。打牌的常客是朱校长和会计王鼎祥与数学老师曹伟。不够四个人，就来扑克；再不够就着象棋。所谓不够，是指上桌子的人不够。相牌观棋的看客有的是，士贵先生就是常去的一个。他的好处是循规蹈矩，从不插嘴。真正是一位"观棋（牌）不言"的真君子。他并非只会看热闹不会看门道的人。他很在行，一盘完了会不经意地发一点议论，诸如：这张五万不该打，下家明明听的是嵌五万嘛！那匹马是无论如何不能跳下去的，孤军深入，还不被人拦死。都是很有见地的。

那时，新教师都是上面分配来的。水平怎样，课教得如何？葛主任总是带着老姚去听一听。怕新教师紧张，先是站在窗户外面走廊里听，然后再坐到教室后面听。葛主任怕一个人看不准，总要听听老姚的意见。老姚语文功底好，分得出优劣。经过这一道检验，加上学生的反映，一学期下来，在淮师的讲台上站不下来的就调出去了。

领导看重老姚，老姚也爱校如家。他住在校外，从家里到学校，步行将近半个钟头。不管刮风下雨，每天都是安步当车，前来学校，从不迟到。你看他寡言少语，实际是个很有情趣的人。他是个戏迷，常常边走边哼京戏，大抵是《空城计》《借东风》里诸葛亮的唱段。

像淮师的多数职工一样，老姚的集体荣誉感特别强烈。这不能不说是受朱校长的影响。淮安可说是篮球之乡，男女老幼都热衷于此。淮师和淮中两校的教工球队是两支旗鼓相当的球队。每当两队比赛，朱校长必亲临现场，鼓劲、指导，非争取大获全胜不可。老姚虽然目力欠佳，也必到场助威。我不是球员，不怎么起劲。令我特别感动的是我们演出话剧《年青的一代》的时候，老姚不是演职人员，不担负任何责任，可是，他每场必到，跟演员、工作人员一起到剧场。看化妆，看布景，看演出，从头至尾，毫不懈怠。这回演戏，绵延一两个月，在淮安人民剧场、淮阴人民剧场，公演了十几场，场场爆满，大获成功。他比我们这些主要角色还要高兴。情不自禁地赞扬我们，说老夏扮相俊俏，如果唱花旦一定走红；说怎么也想不到演调皮的初中生小李的，竟是我们学校的进修部主任！同时，他又很中肯地指出，什么地方演得火了，什么地方演得温了，说得导演、音乐老师夏荣轩连连称是。

从老姚身上，我读懂了什么叫休戚相关，什么叫荣辱与共。

活在心中的故事

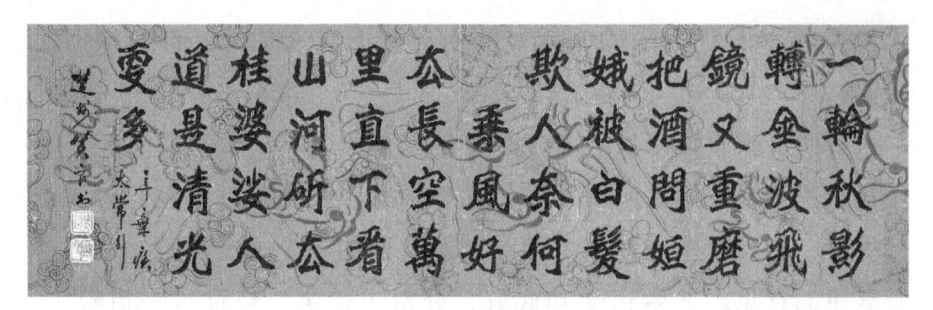

姚士贵书法作品

六十年代初期，淮安师范办得朝气蓬勃、欣欣向荣，除了教职员工中充满这种与学校休戚相关、荣辱与共的感情之外，还有一种上上下下都敬业爱岗，尽量要把本职工作做到极致的追求。老姚不仅人家央请他写字总是一丝不苟，力求完美，就是写一张公开张贴的布告，发一个内部传阅的通知，也是款式规范，行文美观。没有一点涂改，不留一点瑕疵。这样自觉的认真严格的作风，不仅士贵先生如此，其他先生也是如此。图书管理员胡炳华，一个人管理图书资料室的全部业务，井井有条不说，还把报刊上对语文教材的讲析，一一做成专题资料汇编，供语文老师查阅。负责印刷讲义兼上下课打铃的刘荫庭，对工作质量的要求严格到苛刻的程度。要给一个班级印发讲义或考卷，这班级50人，加上教师自用的一份，留底的一份，共52份。开印前他数好52张白纸，印出52张讲义或考卷，张张清晰。他说，我是的的确确，一张不多，一张不少。的确，他在他的岗位上做到了精准。

从老姚和淮师那些可敬的职工身上，我学到了什么叫忠于职守，什么叫一丝不苟。

每当春节，淮师的干部一大早就前往职工家里拜年。我记得到老姚家去过两三次，给我留下极好的印象。简朴，整洁，给人舒适惬意的感觉。炒米茶喷香，一股淡淡的甜味，很为爽口。

我同老姚的关系因为他的儿子比一般人更深一层。十一届三中全会以后，淮阴师专以南京师范学院淮阴分院复校，我调到中文系教书。学校刚恢复，他的二儿子姚杰仁就考取中文系。杰仁为人谦和，办事牢靠，擅长书法，完全传承了老姚的家风。杰仁毕业的时候，就留在淮阴师院教务处做我的助手，协助我编辑创办不久的学报。这样，他的政治智慧和文笔特长得到比较充分的展现。这是他胜过他父亲的地方。没过几年，由于他的品格和才能得到领导的赏识，群众的认可，就被任命为淮阴师范学院党委办公室主任了。有这样的后辈，姚士贵先生当可含笑于九泉之下了！

记北大的几位先生

几次走进北大的校门,都油然产生一种神圣的感觉。但接触了北大的几位名流,觉得"神圣"之感还是稍嫌空泛,北大给我的印象远非"神圣"二字所能概括。北大,确实有比神圣更实在的东西,或许正是这些东西,成就了北大的神圣,支撑了北大的神圣。

第一次走进北大,是在"文革"后期的1976年夏天。那时我在苏北淮安的一所师范学校教书。为了编好一本给中学语文教师进修的《鲁迅杂文选讲》,到北大向王瑶先生求教。当时正是"天安门事件"后不久,对外地来的人,到处是警惕的目光。到北大中文系接洽,气氛却是轻松的。办公室的同志知道了我们的来意,立即安排我们同王瑶先生见面。王瑶先生名气很大。他的《中国新文学史稿》,是那时能够读到的内容最充实的著作。可是他一点架子都没有,咬着他那个大烟斗,随即和我们交谈起来。一点也不小看我们这些小地方小学校来的小人物。他的山西口音重,我们没有听明白的地方,他都耐心解释,一点也不厌烦。回答完了我们提出的具体问题以后,还同我们漫谈。他说:鲁迅后期,在《申报·自由谈》上发表的那些杂文,篇幅很短,思想性和艺术性结合得非常好,你们的选本中为何不选呢?我们告诉他,这个选本是供中学教师进修的,重点在编进中学教材的鲁迅作品。他没有再说什么。不知怎么,话题又转到鲁迅杂文同他的小说的关系。王瑶先生说了一个很新的观点:《故事新编》中间插进了不少杂文式的议论,这是一个特点,不知你们注意到没有。我说:这恐怕同受到评弹的影响有关。评弹中有一种表现手段叫

王瑶先生

"咕"(也叫"咕白"),用来进行人物的心理描写,也用来对发生的情节、事件以至人物性格进行评论。先生听来很有兴趣,说他是北方人,无从体会,叮嘱我深入研究。

王瑶先生的意见,我们当然听。我们把《〈杀错了人〉异议》《文章与题目》《二丑艺术》等几篇都选进了《鲁迅杂文选讲》。这本书由江苏人民出版社正式出版。后来,我写了《〈申报·自由谈〉的革新与鲁迅杂感的发展》,这篇颇得学术界好评的论文,也是受到王瑶先生这次谈话启示的。

通过同王瑶先生的交谈,给我留下了对北大教授的好印象:博学而谦逊,诲人不倦而又平等待人。这种风范,成为我学习和追随的榜样。

再一次到北大,是去拜访宗白华教授。那时我借调到北京,住在人民出版社,准备写《张闻天传》。不知怎么得到信息,说郁风交给北大出版社某人一张老照片,郁达夫留下来的:1920年夏送宗白华赴德国法兰克福留学时的合影,上面有张闻天。我们转辗找到了这张照片,照片上六个人,是在轮船的客厅里。宗白华坐在椅子上,张闻天紧贴着站在他身后,左手扶在椅背上。右边站着郁达夫。再往右,顺次坐着沈泽民(茅盾的弟弟)、汪馥泉和张健尔(张闻天的弟弟)。北大出版社的这位编辑一点也不保守,让我们借去翻拍了。于是我们带着照片,去访宗先生。

大约是在1984年的秋冬之交,天有点冷,屋里没有生火。进门就是一个客厅,只觉得到处都是书,桌子上、茶几上、沙发上都是。由这张照片,谈六十多年前他同张闻天的交往,沧桑变化,感慨良多。"五四"时期,宗先生在上海当《时事新报》副刊《学灯》的编辑,张闻天的不少诗文,就是他编发的。他们成了知心的朋友。宗先生从往事的回忆中醒过来,对那时的张闻天下了十个字的评语:"文章很锋利,但人很文雅。"

1920年夏送别宗白华赴德国留学合影。右起:宗白华、张闻天、郁达夫、沈泽民、汪馥泉、张健尔。

我们又谈到1921年春夏之间,在上海的张闻天同在法兰克福的宗白华之间就《红楼梦》的通信。宗白华给张闻天的回信中说自己是一个很乐观的人,张闻天信中说"一个人要经过一度的深刻的悲哀,再在悲哀中找出一线光明来",宗白华认为"这话就是见道之语"。并说,能同时深知世界之罪恶痛苦,又不失其天真赤子之心,这就是坚人、佛人了。张闻天在《民国日报·觉悟》上发表《读〈红楼梦〉的一点随想》作为回应。强调"人的中心",强调要"不失赤子之心",说我们做不了坚人、佛人,但要努力保持赤子之心。

宗先生说,六十多年前同闻天进行的这种学术讨论已经没有什么印象了,但始终保持赤子之心,则是我们毕生的追求。张闻天确实做到了,他是真人!我自己还要继续努力。

我们从宗先生逼仄的住所走出来，想到他青年时代作为诗人、副刊编辑的贡献，想到他六十年来孜孜不倦研究美学的贡献，由衷地感到，他也是一位始终保持赤子之心的真人。

与其说北大是藏龙卧虎之地，不如说是众多真人聚集之所啊！

再一次深深感受北大的精神，并非亲历，而是听到的故事。这故事的主角，一个是当时还不认识后来成为朋友的北大副校长梁柱，一个是曾有过接触的国家主席杨尚昆。

大约是在1989年的四五月间吧，全国上下反腐败的呼声高涨，大家都希望肃贪反腐，

梁柱副校长

保持共产党执政的清明廉洁。正在这当口，全国党史学会开会，杨尚昆接见与会代表并合影留念。在队伍排好，首长到来，准备拍照之际，梁校长突然大声对杨主席说：腐败的问题中央要管管了！不能再腐败下去了！杨主席咕哝了一下，梁校长的话他是听进去了。

我当时住在党校南院的91号楼，当天就听说了。我很佩服梁柱的勇气，此举充分体现了北大追求民主、践行民主的精神。诚然，梁校长也不莽撞，他知道杨主席有纳谏的胸怀。自此，我把这位红脸膛的福建才子引为朋友。

总而言之，"五四"以来，北大是中国的一面科学、民主的旗帜，要永远高举。

三十多年来，我从北大人（当然不止上述几位）身上感受到了博学、开放、勇敢，北大人的自由意志和保持赤子之心的精神，永远是我学习的榜样。

（2008年3月30日）

冲破禁区　不断求索

——傅兆龙著《求索集》序

1983年10月，我到《江海学刊》当编辑，才与兆龙同志相识。这时，他已年过花甲，但仍不知疲倦地工作。他的积极进取，热情正直，给我留下了深刻的印象。大约是志趣相投吧，我们成了很谈得来的朋友。在多年相处中，兆龙同志特别令我敬佩的是强烈的政治责任感和学术上勇于探索、敢为天下先的精神。兆龙同志是学法律的。总结"文化大革命"的惨痛教训，在思想解放的潮流中自然地想到国家权力制约的问题。他看到，国家权力的运转是否正常，是关系到一个国家能否兴盛，人民能否安居乐业、生活蒸蒸日上的最根本的大事。而在国家权力的运转中，能否保证权力的不被滥用，真正做到"权为民所用"，又是权力运转中的大事。而"文化大革命"之所以能够发生，许多冤假错案之所以能够酿成，缺乏权力制约，特别是缺乏最高领导层的权力制约，不能不说是原因之一。为避免历史悲剧的重演，为国家的长治久安，必须解决国家权力制约这一第一等重大的问题。但是，在80年代初，对这一类重大问题，学术界尚不能畅所欲言。在有关权力制约问题上，多年来形成一种偏见，认为我国是社会主义国家，人民当家作主，权力无须制约；权力制约是资产阶级用来欺骗群众，保护其剥削实质的外衣，是资产阶级的专利，而"三权分立"又为我们所不取。兆龙同志表现了一个理论工作者大无畏的精神。他从党和国家的至高利益出发，冒着受批判的风险，提出并论证作为一条规律，不论哪个阶级统治的国家，都离不开权力制约的支配。社会主义国家，也不能例外。我当时担任《江海学刊》的主编，认为他的这个论点有理有据，虽前人所未涉及，却是站得住的。他这种求索真理的精神，理论创新的勇气，更应得到肯定和鼓励。在编辑部的支持下，他的文章发表了出来，引起了强烈的社会反响。《文摘报》《报刊文摘》等多种报刊予以转载；另有部分人则认为社会主义的刊物，不应刊登如此文章。有人甚至在会议上当面向我提出不同意见。我们顶住了种种压力，提出如有不同意见可在刊物上争论。

1987年10月，党的十三大报告在"关于政治体制改革"部分中提到了"合理制约的原则"，权力制约论遂公认合法。兆龙同志并没有就此止步。他持之以恒，锲而不舍，继续对这一课题深入探讨，企求达到真理的顶端。在此之后，他对某些古希腊、罗马的思想政治家以及文艺复兴时期的思想家、政治家的有关著作，以及当代资产阶级的分权制衡学说，都进行了研究，并在写作多篇论文的基础上，形成了一部专著《国家权力制约论》，系统地阐述了这一理论。由于这部著作的出版，兆龙同志站到了我国法学理论研究的前沿。

兆龙同志在学术研究中，始终注意贯彻理论联系实际的原则，正视现实社会生活中的实际问题，作出比较恰当的回答或提出如何实践的意见。如收入本书中的一些论文，对工会、农会、青少年犯罪问题做了有益的探索。固然，其中有的观点，只是作为探索过程中的一种意见问世，不够完善在所难免，期待有志之士继续探讨。

兆龙同志参加工作以来，坎坷多于顺利，磨难大于如意。解放初期的50年代，他在《新华日报》任编辑、记者时期，是他风华正茂写作旺盛时期，写过大量作品，但多是适应那个时代的"应景"之作。50年代后漫长的二十余年，本应是出成果的时期，但他基本上失去了发言权。80年代初进入江苏省社会科学院从事法学研究，始遂了他的心愿。虽然人生的黄金时期已过，然而他还是以他的忠诚、勤奋和智慧，竭尽全力，取得了可观的收获，特别是写出了有独立见解的有关宪法研究的权力制约的一系列论文和专著。他以创造性的学术成果追回了耽误的光阴。"老骥伏枥，志在千里。烈士暮年，壮心不已。"兆龙同志虽然在1992年前后三罹脑梗阻，影响了健康，但仍然继续他的思索。他花费许多精力，把长期心血铸成的篇章结成《求索集》出版。这是一个笔耕半个多世纪的知识分子给予社会的最有价值的奉献。我为有这样执着于事业、专注于学术、致力于求索的朋友感到荣耀。我要向他看齐。我想，读者朋友们也可以从他的学术成果中得到滋养，从他始终不倦求索的精神中得到启迪。

(2003年11月2日于北京安贞桥)

充满爱心是成为优秀教师的要诀

——王鹏著《挚爱》序言

得知王鹏要出书,比我自己出书还高兴。他是我的老同学、好朋友。他约我为他的书作序,我一口答应。我自以为对他是了解的。

1955年9月,我们一起进入南京师范学院中文系。谈起来,我们都是严家桥人。不过他家是南京珠江路严家桥,我家是无锡东北乡严家桥。天下竟有这样的巧事!大约因有这一层因缘吧,我们很自然地觉得亲近。

我是个喜欢体育活动的人,不想他比我更加爱好而且擅长。他身体素质好,100米跑进12秒,水平在二级运动员以上。他还是学校舞蹈团团长。他招兵买马,我和班上同学张鸿德、庄叔炎、刘仁虎成了他的团员。第一学年结束跳了一出《小放牛》,轰动全校。村姑的扮演者是幼教系的女生们。我和张鸿德当时是学校乒乓球队的主力,王鹏常来,起初他一点不会打,陪练的资格都不够。可是不过两三个月,他就可以同我们对垒了。我那时还是学校排球队的二传手,我们班上的高个子邹天鹤是校队的主攻手。班级的男生组织了一个"海燕"排球队。在学生宿舍前面的那片排球场上,我们打遍全系无敌手。王鹏和时裕承、刘一凤、庄叔炎都是"海燕"的主力。同学们没有看到他怎样刻苦攻读,可是他的考试成绩都在良好以上。他在同学和老师中留下聪明、乐观、活泼、热情的好印象。

1958年9月起教育实习,我们都响应号召,报名"到最艰苦的地方去"。结果一起分配到了淮阴地区。他在清江市,我去了涟水县。刚报到,我们都被召去参加江苏省第六届运动会。他是田径队,我是排球队,朝夕相处了两个来月。实习一年以后,我们都留在原单位。寒暑假从涟水回江南老家,必得在清江市转船或转车,我们常在王鹏那里落脚。1963年秋季开学,我们调到淮安师范,王鹏调到淮安中学,我们到了一个城市,来往更加密切了。当时经济刚刚复苏,困难还没有完全过去。王鹏的夫人在粮站工作,他俩给我们很多照顾。逢年过节,都是推着一自行车吃的,送到我们家来,同我们分享。他俩简直成了我们生活上的靠山……

"文化大革命"动乱结束以后,因工作需要,我们先到淮阴师专教书。找王鹏,他舍不得淮安中学那方宝地,不肯来。以后,我们南下金陵,北上首都,同王鹏一家两地相隔,但联系没有间断。王鹏评上江苏省优秀教育工作者了,评为全国优秀班主任了,评上……喜讯频传,我们为他高兴,因他骄傲!他两次进京,第一次在1990年第六届教师节,作为全国十名优秀德育工作者之一,应邀参加庆祝活动,出席国家教委主任李铁映主持的座谈会。那时我们还在南京。第二次在2006年吧,他带队参加全国中学生乒乓球比赛,住在华北饭店。我们去看望,才知道他以惊人的毅力,坚持打乒乓球,神奇地战胜了好几种绝症。

2015年9月,程中原、夏杏珍和女儿清波探望病中的王鹏。

充满爱心是成为优秀教师的要诀

从今年4月起,王鹏陆续用电子邮件给我发来他的书稿,我一篇一篇打印出来,读来感到非常新鲜,岂止新鲜,而且新奇!

这本书打破了我自以为了解王鹏的老观念,我对王鹏的了解实在是过于肤浅,太不全面了。这本书是王鹏的"淮中纪程,执教心史"。生动具体地总结了他培养中学生的宝贵经验,真诚切实地记录了他对教育事业的忠诚、热爱和深刻认识。王鹏半个世纪的实践告诉人们,做一个好教师,对学生执着的爱是核心,对事业执着的爱是根本。还要讲究方法,善于做思想工作。王鹏从青少年的心理特点出发,从每个学生的个性特征出发,创造了"赏识教育""激活自信"等有效方法。再有一点也很重要,就是教师本人的素质。王鹏知识渊博,口才极好。跑步,学生赶不上他;玩球,篮排足皆能,乒乓球尤其打得好。学生喜欢,佩服,这样的教师同学生朋友般交往,开导学生,自然容易见效。每一个教师不可能都文武双全,但每一个教师都应该全面发展,必须有令学生钦佩的地方。淮安中学的教师和领导,都很敬业且各有特点。王鹏事业的成就和人生的成功,得益于这样的群体。不用说,也得益于淮安这个地方深厚的文化底蕴,得益于改革开放的时代风尚。

我觉得,他的一辈子,他的这本书,为怎样做一个优秀的教师树立了标杆。他说:"待学生要有颗爱心,干工作要有股傻劲,对事业要有片深情。"他又说:"教书育人,问心无愧于天地;一生努力,学子成才慰我心。"我以为,这样的胸怀,是王鹏成功的秘诀。我自愧弗如。我要把他的这些话作为座右铭,激励我的余生。

王鹏的文风也值得我这个搞文字工作的人学习。文如其人。他的文笔清新俊逸,生动活泼,吸引你一口气读下去。

王鹏的成功可以做我们五十年代知识分子的代表。我觉得,我们南师中文系五五级的同学,都同王鹏有着一样的忠诚,一样的执着,一样的勤奋!他们一辈子在平凡的岗位上工作,不追求当官,不谋取私利,过着清贫的生活。这大约就是五十年代知识分子的共同特点吧。

瞻仰淮海战役纪念碑。自左到右：王鹏、夏杏珍、程中原、朱优庆。

写到这里，我骤然想起当年在六百号学生宿舍里经常背诵的两段名言。一段是普希金自题的墓志铭[1]，带几分谐谑幽默；一段是保尔·柯察金的人生总结[2]，严肃深沉。读罢《挚爱》全书，不用说，谁都会首肯：王鹏这辈子没有虚度年华，并非碌碌无为，他把青春和生命献给了人民教育事业；他一生做了许多好事，他实实在在是一个好人。

在淮安过年的时候，曾为当时情景激动，又遥想起南师生活，心里迸出一联：两个馒头舞半夜，一瓶白酒乐一天。现在回忆将近

---

[1] 全文为：这儿安葬着普希金和他年轻的缪斯，爱情和懒惰，共同消磨了年轻的一生；他没有做过什么善事，可在心灵上，却实实在在是一个好人。

[2] 保尔·柯察金是小说《钢铁是怎样炼成的》中的主人公。他关于人生经验总结的名言是："人最宝贵的是生命。生命属于我们只有一次。一个人的生命应该这样度过：当他回首往事时，不因虚度年华而悔恨，不因碌碌无为而羞耻。这样，在他临死时，可以说，我整个生命和精力已献给了世界上最壮丽的事业，为人类的自由和解放而斗争。"

60年的岁月，凑成一首《赠王鹏》①，祝贺他的新书出版——

来自宁锡严桥前，
相知已近六十年。
诵经戏球南山下，
树蕙滋兰淮水边。
两个馒头舞半夜，
一瓶白酒乐一天。
古稀回首无怨悔，
厚积薄发谱新篇。

---

① 《赠王鹏》诗句大意如下——

第一句：王鹏家在南京珠江路严家桥，程中原（以下简称程或我）家在无锡东北乡严桥村。因为两人的家都叫严桥，内心油然生出一种亲切之感。

第二句：我们于1955年9月进入南京师范学院中文系，相识、相知已经58年了。

第三句：南师校园中有南山，教学楼、图书馆、体育场、宿舍都在南山下。中文系男生宿舍楼"六百号"前有一片排球场。班上高个子邹天鹤是校排球队主攻手，程中原是二传手。以这两人为骨干，中文系五五级乙班男生组织了"海燕"队，王鹏、时裕承、庄叔炎、刘一凤等是主力。程和张鸿德也是乒乓球校队主力。王鹏不会打乒乓球，常来陪练，水平很快上去。

第四句：1958年程中原和王鹏都分配到淮阴地区实习，王在清江市，程在涟水县。一年后留在那里当教师。

第五句：每当元旦前夜，南师必在大饭厅举行迎春舞会。其时济济一堂，青年男女翩翩起舞。院长陈鹤琴必到，同学生跳舞谈心。零点正，陈院长扮新年老人，在春姑娘（他的嫡系幼儿教育系学生）簇拥下驱车进入会场，全场欢呼，舞会进入高潮。有时，陈院长还会肩扛木棍，表演舞蹈《我是一个小兵丁》，学生们击节伴唱，乐不可支。嗣后，在场者可领取馒头两个，还有热汤一碗，作为夜宵。我虽曾是学校舞蹈团成员，但不好交际舞（当时教授交际舞是体育课的一项内容），只是到新年来临之际，到舞场去"摆测字摊"而已。这种场合，我似乎也没有见王鹏的身影。他虽是学校舞蹈团团长，大约因家在南京，回家同父母一起迎接新年了。诗中"两个馒头舞半夜"，是说在南师求学时代愉快的学生生活。方法是"使事"。但既然事已成陈年故事即典故，说是"用典"也可以。

第六句：1963年秋季开学，王、程都调到淮安县。王在淮安中学，程在淮安师范。王的夫人在粮站工作。那时物资紧缺，春节时，王鹏夫妇即送年货上门，给我们分享。两家欢聚一日，开怀畅饮洋河酒。此句言共在淮安15年的愉快交往。

第七句：在南师同住六百号宿舍，当时同学们经常以背诵保尔·柯察金名言"人最宝贵的是生命……"共勉。现在我们都已年过古稀，回首往事，能够不因虚度年华而悔恨，不因碌碌无为而羞愧；可以说，我们的一生献给了人民的事业。当时背诵的名句还有普希金的墓志铭（他实实在在是一个好人），《牛虻》中的名句（不论我活着还是死去，都是一只快乐的牛虻）。

第八句：王鹏将一辈子经验积累和人生感悟，写成《挚爱》一书出版，程也续有新作问世。说得上是"生命不息，奋斗开拓创新不止"。

中国诗歌鉴赏与研究的集大成之作

——庄叔炎编著《中国诗之最》序言

庄叔炎君穷 20 年心力编著而成的《中国诗之最》，对泱泱"诗国"之诗的方方面面，作了全面系统的总结。该书词目搜集之广泛，体制编排之精当，都大大超过已出版的同类书籍，且在某些方面有所突破，有所创新。我和庄君是老同学。1955 年一起考取南京师范学院中文系。二十世纪九十年代在一次同窗聚会时，他告诉我，退休后想搞出一本有关中国诗之最的书来，以实现自己"少年梦，老年圆"的愿望。从一开始，我就关注他的这一重要课题，支持和鼓动他完成这一重要工程。如今，大功即将告成，他邀约我为他这本 57 万余言的书写序，我非常乐意。

编写这样一部大著作，需要眼光、学识和毅力。庄君三者得兼，终于完成了这样一部惠及后学的力作。我有幸最早展读他的书稿，只觉得真知灼见扑面而来，大有如走山阴道上，目不暇接，美不胜收之慨。约略说来，我认为《中国诗之最》有以下显著特点——

第一，内容繁复，搜罗广泛。

从诗篇来说，从远古传说中黄帝时期的"弹歌"到当今成为时尚的"网络诗""博客诗""手机诗"，无所不有；从诗人来说，有男有女，有老有少，有传世名家，也有乡间野老；从诗集来说，有一时期、一诗体的总汇，有一诗人、一流派的专集；从民族来说，有汉族的民歌，也有少数民族的史诗，体现了中华民族一体多元的特点。全书列词目548条（"存目"中27条未计算在内），比先出的同类书籍所收诗词条目最多者，还多出一倍有余，堪称中国文学分体工具书类中最为翔实完备之作。可以说，它穷尽了有关中国诗创作、理论、运动、典籍之最，林林总总，包罗万象，细大不捐，基本上做到了没有缺失，很少遗漏。

第二，结构完整，体例科学。

作者将"中国诗之最"分为八个类别：诗人，诗集，诗篇，诗论，诗史，流派社团，报刊工具书，外加"其他"，确实涵盖了中国诗的方方面面，做到了全面、完整。作者的功力，更重要的体现在每一大类的编排和相近类别之间的科学区分上。例如，"诗集"这一大类的编排：古代部分循诗歌自身发展过程，按时代先后由最大的总集领起，余皆按作者、编者生卒年或活动年代排序，生卒年或活动年代不详者列于朝代（或时代）之最后。既是诗集又是诗篇的长篇英雄史诗和创世纪史诗，则列于"诗集"古代部分之最后。既是诗篇又是诗集的长篇叙事诗，则在"诗篇"中收录。"诗集"现、当代部分则按出版年月排序（有年无月列于该年之最后）。这样的编排体现了史家的眼光。再如，作者对"诗史"与"诗论"作出严格的区分，明确规定：本书的"诗史"类目，一般仅选收狭义范围内的诗史。"诗歌史论""诗歌概论""诗歌通论""诗学史论""诗学通论""诗歌研究"等之"最"者，均不视为诗史，一律列入"诗论"类目。这样的区分体现了科学的精神。

第三，观点独到，评述简要。

作者坚守学术研究工作的独立创造精神，即使是已出同类书籍已经选用的词目，也决不随便移用，而是坚持自己的学术观点，有着自己的独到见解；凡发现同类书籍的解释有误者，均以新说纠正。这样的例子是很多的。

例如，"诗人"之最，讲中国最早的大诗人屈原，就是一篇简明扼要的评传。作者说他是战国时楚国的政治家，是中国最早最伟大的爱国诗人。在介绍了他的生平遭遇和爱国情怀以后,着重评论他的创作。书中写道:屈原给世人留下了一批极为宝贵的诗篇。《汉书·艺文志》著录《屈原赋》25篇,因已失传,后人所见皆出自西汉刘向辑集的《楚辞》。这些作品从不同的方面表达了屈原热爱祖国的深切情怀,追求进步理想的强烈愿望,批判腐朽统治的愤激心情。代表作《离骚》,表现了强烈的爱国主义思想和不屈不挠的斗争精神,是我国古代最长的抒情诗。名篇《九歌》,系一组在民间祭歌基础上加工而成的礼神乐章,是我国最早的文人创作的组诗。奇特的《天问》,由170多个问句组成,表现出作者对旧的传统观念的怀疑和对事物的探索精神,是我国最早的问句体诗。在评论作品的基础上,又进而论定他在中国文学史特别是诗歌史上的影响和地位。指出:屈原是中国文学史上第一位浪漫主义诗人,是我国积极浪漫主义诗歌传统的奠基人。他的作品大量运用神话,想象奇特,形象鲜明,多姿多彩,辞藻繁富,是古代浪漫主义诗歌的典范。他的富于浪漫主义色彩的不朽著作,把我国文学浪漫主义推向了第一个高峰。屈原是"楚辞体"(亦称"骚体")的开创者。他在南方民歌的基础上创造出"骚体"这一新的诗歌样式,为一代文体的兴起起了先驱作用。他那句法参差灵活的"骚体"诗歌新形式,较之四言诗更富表现力,为诗歌向五、七言过渡开辟了道路。屈原也是我国有标题诗歌的始

2016年,步入耄耋之年的庄叔炎。

祖。"楚辞"以前的诗歌，如《诗经》中的作品，仅以诗篇的首句或择其中一两个字来标示。而到了"楚辞"，则出现了揭示全篇思想的标题。这种从无标题到有标题的变化，正反映着诗歌由群众性民间创作，到作家作品出现的变化。故可认为：屈原的出现，开始了诗人个人创作的时代。屈原以其个人的文学活动和丰富的创作，在中国文学史上确立了崇高的地位，对后世影响极大。后世把《诗经》中的《国风》和《楚辞》中的《离骚》并称为"风骚"。其所开辟的道路，两千年来一直为我国优秀作家继承和发展。鲁迅在《汉文学史纲》中称屈原的作品"逸响伟辞，卓绝一世"，"其影响于后来之文章，乃甚或在'三百篇'以上"。屈原不仅是中国最伟大的诗人之一，也是世界最伟大的诗人之一。1953年，他被列为世界文化名人。而早在1852年，他的代表作《离骚》就有了外国译本。以后，他的作品陆续被译为英、俄、日、法、德、意等多种外国文字，流传于世界各地，成为中华民族贡献给人类文化的一份珍贵遗产。

庄君在"诗人"之最中讲流行于当代诗坛的新诗潮诗人，也相当精彩。他说，舒婷是中国当代"新诗潮"中最具影响力的女诗人。她于1969年在厦门一中初中毕业即下乡，到闽西山区上杭插队落户，开始写诗，并得到诗人蔡其矫的指导，其诗在知青中流传。1972年回城，在厦门当过各种临时工。1977年认识了北岛等北方诗人，并成为地下民刊《今天》的撰稿人，她的诗开始在社会上流传。1979年，《诗刊》4月号发表了她的《致橡树》。两个月后，又发表了《祖国啊，我亲爱的祖国》和《这也是一切》。1980年，《福建文学》以"关于新诗创作问题"为题，围绕着舒婷的作品，开展历时11个月的讨论。虽然她的《流水线》和《墙》等作品受到批评，但仍被推上了朦胧诗代表人物的地位。1982年上海文艺出版社出版她的也是朦胧诗派的第一部诗集《双桅船》，获得中国作家协会第一届（1979—1982年）全国新诗（诗集）评选二等奖。庄君这样评价她的"朦胧诗":作为该诗派的主将之一,她的诗歌充盈着浪漫主义和理想的色彩,有着深沉的对祖国、对人生、对爱情、对土地的爱,既温馨平和又潜动着激情,特别善于自我情感律动的内省,在把捉复杂细致的情感体验方面凸显出女性独有的敏感。她的诗擅长运用比喻、象征、联想等艺术手法表达内心感受,在朦胧的氛围中流露出理性的思考。朦胧而不晦涩,是浪漫主义和现代主义风格相结合的产物。舒婷又能在一些常常被人们漠视的常规现象中发现尖锐深刻的诗化哲理,并把这种发现写得既富有思辨力量,又楚楚动人。比起北岛、顾城而言,她的诗歌更接近上一代载道意味较浓的传统诗人,反抗性淡漠了许多。她更偏重于爱情题材的写作,在对真诚爱情的呼唤中融入理想,展露一种强烈的女性独立的意识。

《中国诗之最》收录诗人94人,其中古代50人,现代44人。每一位都有这样简明扼要而富有独立见解的评述。全书读来,可谓是一部中国古今具有代表性诗人列传的精华版。

又如,"诗集"之最中,上起最早的诗歌总集《诗经》和最早的文人诗总集《楚辞》,下迄2013年出版的《新诗百年大典》,著录了堪称为"最"的诗集134部。

对《诗经》,作者指出它是中国最早的诗歌总集,成书于春秋时代。它原名《诗》,由于汉代儒家尊奉其为经典,故后称《诗经》;举其整数,故又以"诗三百"或"三百篇"代称。《诗经》产生地域很广,大体相当于今陕西、山西、河南、山东及湖北等地。这些诗篇,原先皆为乐舞歌词,后乐舞失传,仅剩歌词。庄君指出,其诗乐部分曾经孔子校订过,至于史载他曾删诗,则是不可信的。《诗经》的内容,按作品性质和乐调的不同,分为"风""雅""颂"三类。"风"指"国风",即各诸侯国的土风歌谣,分为周南、召南、邶、鄘、卫、王、郑、齐、魏、唐、秦、陈、桧、曹、豳十五国风,共160篇作品,绝大部分是民歌,只有少量为贵族作品,为《诗经》的精华所在。对《诗经》基本情况的介绍概括扼要又相当全面。

对《诗经》的内容和形式,作者的评论也是简明扼要而又全面的。指出《诗经》的内容广泛,有的反映阶级压迫剥削和社会不平,有的反映战争和徭役,有的反映爱情和婚姻,有的反映劳动生活,有的反映周民族的兴起,有的讽喻时政或忧国伤时,也有尊天敬祖之作。值得一提的是,它还保存有西周的典章制度及风俗民情,记录有当时的天象物候、天文历法等。它是我国上古时代社会生活的实录,是一部不可多得的周代社会历史的写照,具有极高的文学价值和史料价值。《诗经》的表现手法,有"赋""比""兴"三种。创作中往往"赋兴"相间,"比兴"同具,甚至"赋比兴"三者兼而有之。尤其是"比兴"手法的运用,增强了诗歌的生动性和鲜明性,大大提升其情韵和感染力,对后世创作影响极大;《诗经》的形式以四言为主,但也常有二、三、五、六、七、八言者,亦间有一字句和九字句。此种长短不齐的句式,错综变化,灵活自由,读来节奏自然。而呈现的多种多样句型,可谓是后代各种诗体的滥觞。《诗经》还善于运用重章叠句来表达思想感情。以回旋反复的效果,增强诗歌的音乐性和节奏感,既充分抒发情怀,又充分体现音律美。《诗经》的语言源于生活,又经润色加工,具有很强的表现力。特别应该指出的是,《诗经》的现实主义精神,一直为后世进步作家所继承和发扬,成为我国现实主义文学的源头。作者还指出《诗经》在当时政治和社会生活中的影响,并评述了诗学的流传发展。

《天安门诗抄》以中国当代影响最大的民众政治诗选集收入《中国诗之最》的"诗集"类中。作者热情洋溢地阐述天安门诗歌产生的背景,赞颂这些诗篇的作者和《天安门诗抄》的编者:1976年清明节期间,英雄的首都人民以大无畏的革命精神,冲破"四人帮"的重重禁令,写了成千上万的革命诗词,沉痛悼念敬爱的周总理,愤怒声讨万恶的"四人帮"。这些张贴在人民英雄纪念碑前,或

活在心中的故事

在天安门广场上朗诵的诗歌，凝聚着人们的血和泪、爱和憎，发自肺腑的战斗的呐喊，它们鼓舞着广大人民群众同"四人帮"作殊死的斗争。天安门诗歌在斗争中发挥了广泛作用，产生了深远的影响。由于当时特殊的环境，该书作者大多没有留下名字，人们只记住了一个勇敢者的名字：编者——童怀周（北京第二外国语学院汉语教研室16位老师的笔名，取"共同缅怀周恩来"之意）。同时，又介绍了鲜为人知的编者童怀周之外的一位特殊的成员，就是人民文学出版社已故资深编辑王仰晨。作者高度评价《天安门诗抄》的意义。称它是歌颂周总理的华章，是反击"四人帮"的战号，是矗立在我国诗歌发展史和革命文学史上的一座丰碑。就产生的背景、发挥的作用及其体现出来的文学与政治之间如此密切的关系来说，在中外文学史上，天安门诗歌都是罕见的文学现象。这些当代影响最大的民众政治诗，是有关中国民主进程的思想档案与民众心影的珍贵史料。

再如，"诗史"之最，列出现、当代诗史29部。庄君在本书编排上将"诗史"单独列类，而在此前出版的同类书中，我们还见不到有一家将"诗史"单列的。"诗史"论述的中国第一部诗歌通史，是1928年10月北平石棱精舍印行的李维的《诗史》（北京东方出版社1996年再版，江苏文艺出版社2008年重印，改名为《中国诗史》）。该书用文言写成。初版由沈尹默、梁启超题内外封签。作者自序中标明编写此书的宗旨是"综吾国数千年之诗学，明其传统，究其体变，识其流别，详其作者，而为一有统系之作"。庄君评论道："这既言明了诗史撰者的任务，也给诗史下了一个颇有科学内涵的准确定义。"对全书的评价，庄君既客观介绍了当代学者蒋寅的观点，又进而说明了自己独到的看法："尽管本书有其缺陷，但作为现代学术背景下的中国诗史尝试，《诗史》还是以开阔的诗史眼光与现代形态的编著体例，给学术界带来相当强烈的新鲜感，因而出版后受到学界好评。今天我们要了解中国诗史研究的学术史，了解近代以来文学研究的转型，李维的这部《诗史》仍然是不能不读的著作。"这样的讲述，使读者有一个相当全面、完整的认识。

在这里，我想特别指出，本书展现的庄君的学术成就，同得到名师传授是分不开的。我们在南师中文系读书期间，讲授古代文学和现代文学的导师都是国内著名学者，中文系形成浓厚的学术"气场"。我们在那里不仅学习知识增长学问，同时感受气度领悟方法。杨白桦教授讲《诗经》《楚辞》，既有乾嘉学派的严密考证，又用俄罗斯文艺理论家的观点分析作品，特别是与希腊小诗以至乌克兰诗人的比较研究，非常新颖独特；段熙仲教授讲汉赋和三曹诗风，常发表与沫若先生不同的观点；金启华教授介绍他两读研究院、专治杜诗的经历，对每首杜诗的源流都一一进行诠注、阐释、考辨，令人感佩。他的《国风今译》尽显功力与才华。谈及与杨振宁同室时谈论将来你出国只能当学生而我出国就是教授的往事，更觉气势非凡；太炎先生门人徐复教授的训诂考证，精细严密，令人折服，其《秦会要》一书，让学生仰慕；更不用说一代词学宗师唐圭璋，自然地在学生心中奉为泰斗；还有吴调公教授之论文谈诗，朱彤教授之论鲁迅，新月派诗人孙望教授、现代派诗人吴奔星教授之诗歌鉴赏讲座，也常使学生有醍醐灌顶、豁然开朗之感。这些导师作出的榜样，毫无疑问，对庄君有着教育、感染和引领的作用。

第四，抱病苦干，精神感人。

庄君编著此书经历了20个春秋。他的身体本来是好的。我们一起都曾是学校舞蹈团的成员，班级排球队的主力。可是，在2013年77岁时，他不幸身罹重症。但他没有消极悲观，仍然执着于自己的目标，孜孜不倦，一往直前。年余后，病魔又逼使他只能僵卧病榻，起身极短时间就必须卧床，且要靠服用重度止痛片度日，但他坚持侧卧在病床上改用笔记本电脑写作，终于完成了他的这部大著。这是需要多大的毅力啊！这种坚韧不拔、百折不挠的精神，实在令人感佩。

《中国诗之最》可谓是浓缩了中国诗的精华。入选的人物、作品都是中国诗史上最具代表性的诗人、诗作。真正做到一卷在手，饱览古今。它既是一部可供诗歌爱好者和研究者置于案头随时翻检查阅的工具书，又是一部既有学术价值，又具阅读品位的普及读物。我相信它面世以后，一定会得到广大读者的喜爱，对普及中国诗的知识，提高广大读者的文化素养，必将产生无可限量的影响。

（2015 年 10 月 11 日）

中国知识女性抗战历程的真实记录

——《新四军中两姐妹程桂芬、程兰芬自述》编后记

1998年10月,中国妇女出版社出版了我二姐程桂芬的回忆录《人生不是梦》。她的战友、著名作家菡子为之作序。她的老领导、新四军中的大姐李坚真节录其回忆录中相关内容作为代序。新四军中的三姐邓六金购书发给子女每人一本,要他们从中接受革命传统教育。著名史学家胡绳、戴逸等给以好评。江苏金坛市史志办研究人员范学贵读后决心用相机追寻程桂芬当年的事迹。在金坛市档案馆负责同志的支持下,他沿着主人公的足迹考察、采访,拍下了有纪念意义的地方和当年同主人公有交往的人物的珍贵照片,记录下当事人回忆的许多珍贵史实,写成了长达一万多字的考察报告:《用相机追寻程桂芬同志在金坛囚禁的足迹》。此后,他又从程桂芬的女儿吴稼青(小米)那里读到程桂芬在囚禁中写给领导同志和亲人的书信。他写了《信念照耀青春——书信展现中共党员程桂芬的革命情怀》一文,在2012年9月27日《中国档案报》发表,高度评介程桂芬被日伪囚禁时发出的这些书信。我看到范学贵同志的文章和报告以后,深为二姐的事迹和精神感动,也为范学贵同志锲而不舍、弘扬革命事迹的精神感动。70年前的这些书信具有很高的阅读价值和史料价值,历经抗日战争、解放战争和"文化大革命"而保存下来,弥足珍贵。读着这些书信,在心灵受到震撼的同时,产生了同已经出版的回忆录放在一起再版的念头。

活在心中的故事

程桂芬在囚禁中写的信

1941年夏,程桂芬为接送李坚真大姐到新四军谭震林部队,回到阔别四年的家乡。这是在家中天井的花坛前与弟弟中锐(站者)、中原合影。

得到中国人民大学档案馆的支持，我和小米一起把复印件同保存在那里的程桂芬囚禁中的全部书信原件进行了仔细核对。为发表之需，我对这些书信做了一番考证，对每封信的背景、内容作了简要的说明，对信中涉及的人物、地点和事件作了注释。经与责任编辑商定，把"囚禁中的十封书信"作为程桂芬自述的"附编"付印。对前几年公开出版的程桂芬回忆录也仔细校勘了一遍。

同时，我又想到，无锡市史志办在2005年曾以《无锡史志》增刊的形式印行了我三姐程兰芬的

1984年冬，程兰芬（右二）、程中民（右三）、须士雄（右五）由程中原（右一）、夏杏珍（右四）陪同，重访程桂芬敌伪时期被囚禁的常州特工站原址兴隆巷6号。

回忆录《往事散记》。当时我应约写过一篇序言，谈读后得到的教益，受到的感染。1937年全面抗战爆发，三姐和二姐一起参加"锡流"（无锡抗日青年流亡服务团），艰苦跋涉，到达江西南昌参加了新四军。她们都写了这一段共同的经历，却又有各自独特的体验和感受，可谓异曲同工，相得益彰。皖南事变前后，她们在新四军中又有完全不同的经历：三姐被派往家乡潜伏，历经抗日战争和解放战争，直到渡江战役以后才从地下走到地上；二姐跟随机关东进茅山地区，因叛徒出卖而被捕，受尽折磨而坚贞不屈，经营救出狱后，

活在心中的故事

找到组织，随机关渡海撤到大连，又南下山东，最终挺进上海。两姐妹的不同经历都生动具体地反映了抗日战争到解放战争的壮丽历史，都显示了新四军女兵百折不挠、艰苦卓绝的斗争精神。把两位姐姐的回忆录编在一起出版，将是一件很有意义的事情。为此，我协助三姐将解放战争期间潜伏家乡最后领导地方武装起义等事迹加以展开，增写了五万多字。

我把我的设想告诉以编辑出版口述史著称的人民出版社资深编辑李春林同志，并把新编的书稿请他审阅，得到他的肯定和支持。他在审读意见中指出："本书稿对于新四军两姐妹出生入死的战斗生活，惨苦悲壮的狱中斗争，艰险危难的地下工作，军民之间的鱼水深情，革命队伍的战友情谊、恋爱婚姻等，都有真切、细腻、独特

程桂芬被营救从常州特工站释放出来后，暂住无锡光复门内南阳里7号。1944年12月，与前往探望的妹妹兰芬（右）、妹夫须士雄（后）留影。怀抱者是他们的女儿须旅。

的展示。书稿不仅记录了革命年代新女性的个人遭遇，而且描绘了二十世纪三四十年代中国东南部从茅山地区到大上海如火如荼的革命斗争。书稿对于研究现代中国革命史和妇女运动史都有较高的史料价值。"人民出版社领导乐意出版此书。

对此，程兰芬及其子女、程桂芬的女儿，以及两姐妹在新四军中的战友及后代，都表示由衷的感谢！作为新四军两姐妹的弟弟、本书的编者，在感激之余，感到非常高兴。我能为记录我们这个家庭在中国革命洪流中的事迹尽一点力感到高兴，我能为弘扬中华民族不屈不挠、自强不息的精神出一点力感到高兴！

书中存在的不足不当之处，敬请读者批评指正。

（2014 年 4 月 17 日）

我家的三次搬迁

小引：很幸运，我搭上了福利分房的末班车，终于在首都北三环东路一幢高层建筑的十六楼安居。旭日临窗，仰望一天云霞，俯视满街车流，抚今思昔，童年时代住家变故的往事，常常涌现脑际，挥洒不去。倒不如写下来，作个过往生活的记录吧。

1942年早春，乍暖还寒时节，一天下午，从严家桥西街中段的一个石库门里，走出一队人来。打头的是家长程云路先生，中市北头瑞新布店的老板。一家男女紧随其后。每人手里拿一炷点燃的清香，目不旁视，缓缓而行，一片庄严肃穆。这支队伍跨过大河上的石桥，向左转弯，穿过北街，经黄石坝，进入李家大宅院。沿路旁观者不少，大家都默默地投以同情的目光。这一举动，名为"行香"，是中国老法的示威游行。这是我们家的第一次搬迁。我那年4岁，是这个家庭中最小的一个成员，也手执清香，跟在队伍里面。约莫十五分钟的行程，对我来说，真是刻骨铭心！

离开老屋，恋恋不舍。我生在老屋的矮楼上，在那里牙牙学语，在那个敞亮的天井里蹒跚学步。过年了，在挂着"爱敬堂"匾额的厅里"作飨"拜祖，在门堂里攒铜板，放炮仗。热天，洗过浴，在天井里乘风凉。小花坛上，凤仙花、鸡冠花开得正艳；大水缸里，荷花亭亭玉立，散发着清香。蟋蟀呀，金蛉子呀，落纱婆呀，在花丛墙角浅吟低唱。我们赤膊朝天，躺在作台板上，仰望满天繁星，看"星易场"划破长空；屏息静气，听母亲讲《西游》《聊斋》中

我家的三次搬迁

那些妖魔鬼怪故事……现在要离开这个老屋了，怎不叫人依恋呢！

长住严家桥这个小镇的人家，经商的，做手艺的，卖苦力的，种田的，都有或大或小的住宅，代代相传，是用不着搬迁的。我们家为什么要舍弃老屋而别迁他处呢？自有"不足与外人道"的缘由。

我父亲兄弟两个。祖上传下来一宅石库门房子，还是明朝的建筑。穿过墙门间进去，是两进四开间的平房，正厅后面，是一个大的天井，

抗战胜利后，1945年9月随父亲进无锡城。

最后是一造矮楼。不算宽敞，但足够两家住了。问题出在叔父的独子、我的堂兄身上。我父亲给他介绍工作，资助他娶妻成家，他总嫌照顾不够，恨恨于心。此人性格暴烈，动不动就要动刀子杀人。有一次，把我父亲绑在大厅庭柱上，幸得邻居相劝才免遭杀害。还有一次，他手持大朴刀，冲到矮楼上我家房中，企图行凶。二哥中孚藏在床底，未被发现。他接连在床柱、房里台、四仙桌上猛砍数刀，才悻悻而去。后来，他投靠了忠义救国军，在卡子上谋到一份差使。而我的两个姐姐都是新四军的干部，我家实际上起着地下交通站的作用。1941年皖南事变以后，中共东南局妇委书记李坚真从茅山地区到东路找六师十八旅，桂姐把她带到家里隐蔽起来，住过一阵。地下党领导同志钱敏等也都来过，彭炎还把他的儿子寄养在我家里。反"清乡"斗争开始，一些同志把重要物品、文件、书籍在我们家里打了"埋伏"。在这种情况

137

活在心中的故事

下，与这位堂兄住在一个大门里，实在太不安全。两个姐姐同父亲分析、商议，促使他老人家下定了舍弃老屋，别迁他处的决心。

虽然对老屋留恋，但搬到李家大房子里去住，我心里还是很高兴的：这是当时镇上最大最好的房子啊！前几天，我和三哥中锐跟随母亲一道去看过。围墙很高，进门，穿过一个很大的厅场，顺着一条很长很长的"陪弄"走一大歇，才走到我们租住的第五进也是最后一进西侧的那几间厢房。踏进屋子，眼睛顿时一亮：方砖铺的地面，平整，清爽。红漆的闼门、窗格，雕刻着花鸟、戏文，百鸟朝凤啊，刘备招亲啊，三战吕布啊，活灵活现。到楼上去看看！红漆地板转盘楼，雕花窗格配着五颜六色的玻璃，光线明亮而又柔和，比起老屋破旧昏暗的矮楼，真是好到一百廿四倍。

房间在楼上。从窗口眺望，视野非常开阔。脚下大河流淌不息。严家后头的田野，绿油油一片。几个稻柴盖顶的水车盘，静静地依着河浜。视线尽头，是晨曦暮色中变着颜色的胶山，它蹲在天边，像是在守护这一块土地。

这座住宅，给我留下了很多美的记忆。

一天夜里，母亲把我从睡梦中喊醒。我睁开惺忪睡眼，向窗外望去，顿时来了精神——啊！夜幕上斜挂着一串天灯！听，空中传来声声乐音，悠扬，浑厚，在万籁俱寂的深夜里，听来真如仙韵。这是我平生看到的最美的画图！听到的最妙的音乐！我兴奋得无法入睡了。听母亲解释，才知道，那一串天灯是点了蜡烛的灯笼，定睛数来，有十一二盏，是利用风力让它们自动沿着绳子溜上去的。声音发自"鹞鞭"——那是安放在"鹞子"身上的篾片，经风一吹，发出乐音，声音随风的强弱骤缓而变化，悠扬，动听。这是天籁！是人所创造而又是人所演奏不出来的妙韵！

那年冬天，下雪了，我，中锐，还有房东李家的两个女儿佩霞和瑞娟，高兴得在庭心里一面跑，一面用脸、用手，承接着飘落下

138

来的雪花。雪花在我们的脸上、手里融化,一点不觉得冷。雪落大了,漫天雪花在红漆回廊围住的庭心里旋转、飞舞,我们几个小孩子围成一圈,拍着手,唱着,笑着,同雪花一起跳舞。楼上楼下,大人们趴在栏杆上,望着我们笑,一任我们狂。第二天早晨,后花园菜地里,积雪盈尺。这下就是那些青年男女的世界了。他们打开了雪仗。我们这些小小孩就在旁边看着笑,很开心。

但这里绝不是世外桃源。我们搬进去没有多久,前面两进房子就做了伪警察局,住进了一批"黑狗"。大门口安了岗,站岗的扛着枪,枪尖上刺刀闪着寒光,吓得我们不敢出门。前面大厅,做了审讯室。常有人被吊起来拷打。夜深人静时,惨叫声一阵阵传进来,令人毛骨悚然。

这样的环境,做地下交通站倒好:就在敌人驻地里,不易怀疑,反而比较安全。1942年秋天,地下党的中心县委书记钱敏在梅村遭敌人追捕,逃到严家桥。我母亲受三姐兰芬(她是我们当地地下党的负责人)之托掩护他。母亲像平常一样,买了一篮小菜,挎在手臂弯里,带着钱敏,笑盈盈地同门口站岗的警察打招呼:乡下来了一个表侄儿,今朝买了点菜招待招待。警察与钱敏连连点头,一点也不怀疑。就这样,钱敏顺顺当当进了门,在我家楼上住了好多天,安安稳稳,避过了风头。

我们在李家大房子里过了两个冬天,不能再住下去了。李家房东通知我们,他们几房经过商量,决定把房子拆卖。好端端的一宅大房子,为什么要拆卖呢?起因是遭到日本兵的破坏。

记得是1943年冬天,天很冷,屋檐上挂着很长的"凌毒"。那天早晨,我随父亲到设在中市的店里去,只见黄石坝头满是日本兵。晚上回家,大厅已经破坏得不成样子。到处散发着烟火气,一些红漆雕花的窗、闼和栏杆,已经不见,厅里是一大堆焦黑的木炭,这是它们烧后的余烬。原来日本鬼子在这里烤火取暖,随手就把这样好、这样美的东西生了火堆。听说,后来把余烬扫掉,厅中间的方

活在心中的故事

砖踩上去都成了粉末——方砖全被烈火烧酥了。经过这一场劫难，房主们伤透了心。在这外敌占领、兵荒马乱的年月，这宅大房子不知哪天会遭到更大的灾殃，遂决定一卖了之。严家桥找不到买主——在那年月谁愿意要这招灾惹祸的房子呢。据说，后来房子卖给了一位姓杨的医生。他住在十几里路开外的一个偏僻村庄——杨家庄。他把房子拆过去，依样重建，成为一家私人医院。1944年秋天，我们只得再次搬家。李家大房子，这座严家桥最大最美的宅院，堪与周庄的沈厅、张厅相比的宅院，就这样拆光，运走，从小镇上消失了。那些精美绝伦的木雕、砖刻，有没有留存下来呢？直到如今，还耿耿地牵挂在我的心里。

我们搬回西街，但没有进老屋。这回租借的是老屋斜对面承裕堂最后一进W叔家的房子。承裕堂是一座不小的旧宅院，前后四进，临街是一排矮楼，大约是清代的建筑。不知什么原因，整宅房子呈锥形，前造四开间，到我们租住的后造，就只有两开间了。房子虽然远没有李家漂亮，但有后门，活动的空间不小。出后门，就是严家河。有一个石砌的码头，可以淘米汰菜。发水时，有一条水沟把河浜里的水排到大河里去。在那条水沟里，可以摸鱼逮虾，非常好玩。后门口，留下不少田园诗般的记忆。夏天的傍晚，老祖母搀着我沿河边小路摘野苋菜（她用来下面吃）。不知是谁家的几只鸭子，出去玩了一天，一摇一摆地嘎嘎叫着迎面走回来。有时，有渔夫划着小划子，踩打着船板啪啪作响，赶"水老乌"（鱼鹰）钻下水去叼鱼。这是河上最有生气、最最热闹的时刻。不过，我更加欢喜的是，静静地坐在小板凳上，看七月的巧云。河对面，烟笼柳堤，白云舒卷，在夕阳映照下，云彩不断变着颜色，变着形状。它似乎知道你的心思，你想要它成什么样子，它果然就能变出什么样子来。

又是东洋赤佬，打碎我眼前美的图画。那天傍晚，我正端一张小板凳到后门口坐下。忽听晴空中轰隆隆隆，犹如滚雷一般。

抬头望去，柳树上方，竟是日本飞机！有五六架，血色的太阳图案，触目惊心，飞行员戴着头盔，看得清楚！我真怕他们也看见了我，向我扫射，一吓，逃到屋里去了。从此，我梦中再不见云彩变幻出来的美的景物、好的故事，却不时看到东洋人的飞机而惊醒。

　　住在这里受到的更大惊吓，是在日本投降以后。

　　这年冬天，小镇上的气氛格外紧张。几条街的街口，都筑了"巷门"，有的地方还建了碉堡。晚上实行宵禁。镇上组织了自卫团，还来了穿黑制服的兵。一天晚上，天乌黑，我自恃胆大，不要大人送，一个人从中市的店里摸黑回家。经新筑的巷门，过石桥，都没事。在黑地里又走了一段，离大门口只有十来步了，冷不丁一声吆喝："哪一个？"同时"咔啦"一声，那是拉动枪栓、子弹上膛的声音，听来非常可怕。我连忙说："小孩子！"颤悠悠带着哭音。我来不及哭，拔脚就往大门里跑。想到墙门间侧厢里还停厝着一口睡了死人的黑漆棺材，心里格外恐惧。经过厅场、大厅、天井、E叔家的小厅、小陪弄、我家的小天井，终于跨过"门槛"，进了家门。我扑到母亲怀里，禁不住大哭起来。这一段路，一个七八岁的小孩，真不知是怎么跑下来的。黑地里跑过十几个高高低低的"门槛"，竟没有绊跌，真是万幸！

　　开转年来，我们借住的房主W叔家迭遭不幸，W婶带着儿女从外地回来，我家又不得不另觅住处了。

　　老是租房总不是长久之计，老屋又回不得，父亲起了买一宅房子的念头。刚巧，隔壁杨家早已举家住到东亭去了，要把老宅卖掉。杨宅不大，坐北朝南，两开间两进，中间有个小天井，后进有楼。当时我大哥中民已经有了一个孩子，一家三口。这座房子对我们一大家人比较合适，父亲有意买它下来。但经济实力不足，同杨家说好，先付大份，以后陆续分期付款。不想就在即将"做纸头"的时候，S叔插进一脚，生了变故。S叔家房子并不紧。他想买下杨宅，

活在心中的故事

是从长远考虑。从"地缘"着眼,他家紧邻杨宅,并下来连成一片。将来他三个儿子成家,合中有分,比较方便。出现了竞购的局面,于是两客一主,请了中人,在S叔厅上谈判。正在商谈之时,只见几个力夫,扛几麻袋"储备票",穿厅而过。S表示:这是为购房准备的现金。如果房子卖给他,立即当场付款。S"作秀"奏效,杨姓房主不顾对我父亲的承诺,把房子卖给了S。就因为少了几个铜钿,吃瘪受气,父亲胃病发了好几天。

1947年初夏,大姐程银娥回到阔别十年的家乡,与弟妹等合影。这是须士雄用钱敏留存的德国阿克发相机自动拍摄的。自左至右:须士雄、须一心、程兰芬、程中原、程银娥、程建新、程中民、程中锐。前站者为:须旅(左)、程真艺。

142

其实，S 叔也没有足够的经济实力。他那几麻袋"储备票"是从南街上开南货店的女婿那里腾过来的。他买下杨宅，目前并不要住，而我们家却要解决眼前住房的急需。买不到杨宅的产权，能暂住也罢。于是同 S 叔商量，房子你买下了，但你家现在用不着，就典给我们住吧。S 求之不得，我们的典金正好垫补购房款的缺口，乐得顺水做个人情，缓和一下由争购杨宅引起的不悦。所以，一口应承。杨宅过户之后，二话没说，就立了典房的字据。我们付典金十一担稻钱，典期为十一年。这样，我们便第三次搬迁，住进了被 S 叔用几麻袋"储备票"抢购去的杨宅。

在这里，父亲度过了他辛苦一生的最后岁月，直到 1949 年 4 月 4 日在楼上房间里逝世。临终时，口眼不闭。大姐随姐夫在台湾一所大学教书，桂姐和二哥也不在床前，他们在解放军的队伍里，还没有跨过长江。给他送终的只有大哥、大嫂，兰姐、姐夫，和我们小兄弟俩。他有太多的遗憾，包括劳碌了一辈子，终究没有给子孙留下一宅房子。

(2003 年 2 月 26 日完稿，2008 年 2 月 25 日听取冷洁意见后修改。全文发表在《小镇春秋》。)

我心中的故乡——严家桥

严家桥醒得早。天蒙蒙亮，河里的桨声划破了枕上的好梦，公鸡的啼鸣叫开了一家家的大门。勤快，是严家桥兴旺发达的根本。

严家桥很古老，这里通行的酒席是五簋一汤，《诗经》记载是春秋时贵族的排场。严家桥也很现代，一战后就有电灯电话，唐家的纺织厂开到了无锡，李家的机械厂开到了上海。传统与现代结合，造就了严家桥的人文气象。

严家桥文化的核心观念是认真，顶真，做事道地，不搭浆，不拆烂污；总要立到人门前，不肯躲在人背后。好学向上，奋发进取，成为风尚。

严家桥旧貌

严家桥地处偏僻，但不闭塞；传统深厚，但不保守。

这里的人们聪明能干而又自强不息，底蕴深邃而又追逐新潮，形成颇为壮丽的地方特色。三四十年代，德国的轮窑就在这里冒烟，新式的蚕种就在这里出场。玉林水蜜桃运用了遗传育种的科技，长松岗的浓荫保护着环境的清爽。华新染坊扮靓了新四军的军装，爱敬堂两姐妹保持着地下交通的通畅。……

从这样美丽、这样前卫的乡村，生出各种好的故事，走出各种栋梁之材，是一点也不奇怪的。

附白：2013年1月25日，沈冲发短信、来电话说，《无锡日报》记者写《走读严家桥》为最美乡村专栏开篇，约我写几句感言。时正在统改国史教材，推却不过，写了几段。记者选用一些在其文中，发表于1月27日《无锡日报》。蛇年初一无事，连缀成文，供亲友过年一乐。

从苦涩到欢乐

——怀仁中学读书时的回忆

日子过得真快,匆匆忙忙地,我已经到了孔老夫子所说的"耳顺"之年了。最近方才知道,我在那里读过一年半书的怀仁中学,恰好也是在今年要庆祝她六十岁的生日。啊!我和我的母校竟是同龄,1948年我进怀仁中学做寄宿生的时候,刚好都是十岁。

同我熟悉的人知道,我进怀仁,是由于校长陈伯瑜先生的一项"德政"。

小学毕业后,我考取了两所中学:一所是无锡县中,在城里学前街,当年无锡最好的中学;另一所,就是坐落在黄土塘街梢的私立怀仁中学。怀仁中学给我的录取通知书里附了一封信,说我入学考试成绩好,如果到怀仁来念,学费、宿费、修缮费可以全免。对于年迈多病、经济拮据的父亲来说,这是一个很大的诱惑。大姐银娥来信说,读县中出路好,父母亲没有听,让我上了怀仁。也不能说完全从钱上想,当时怀仁中学水准也不低。就是这一年,我们严家桥东街、在怀仁中学读书的李邦媛,考上了北京大学。她的同班同学,考上清华、交大的也有。

听说陈伯瑜先生是在北京读的大学。他延聘的教师,大多水平高,教学认真。学校的管理,也相当严格。

记得教国文的是校长的弟弟宝华先生,教了徐志摩的散文《我所知道的康桥》以后,出了个作文题:《我所知道的晃山桥》,似乎还组织大家到黄土塘街外晃山桥的米厂、轮船码头等处参观了一番。英文教师吴元孚,红鼻子,总是西装笔挺,严肃中透着和蔼。他是上海圣约翰大学毕业生,发音是标准的"剑桥"。训育处有一位职员,都叫他镜清,他的职务之一是点名。上课时到各个教室外面隔着玻璃窗往里看,记下缺席者。每节课都是如此。为了防止学生考试作弊,大考时初中各班学生混在一起,重排座位,绞花坐。真有点"把学生当敌人"的味道,但从"严师出高徒"来论,似乎不算过分。

但是,我学得并不好,学习成绩简直是一落千丈。原因是我小,受大孩子欺侮。他们的恶作剧,弄得我常常饭都吃不饱。还时不时遭到嘲笑、打骂。我无力反抗,只有落眼泪的份。他们给我起个诨名,叫"苦阿鸟"。后来索性就叫我"阿苦"。头一个学期,对我来说简直是灾难。我的日子不比狄更斯笔下的大卫·考柏菲尔好多少。先生只管教书,他哪里知道我的苦处呢!我既已沦为"阿苦",学习又怎么会好?

开转年来,父母托人帮忙,让我同高中同学吃住在一起。这位受托的人,是我的同乡徐楚材。他已经读到高三,聪明,功课好,威信很高。后来知道,在高中同学中,他,还有长泾人徐建中,这时都已经是秘密党员了。吸收他们入党的,是我的三姐程兰芬。她是皖南事变前回到家乡坚持地下斗争的。同宿舍的高中同学,有些也已经加入了地下青年团。其中顾山人张偲生,特别呵护我。我从一个"被侮辱被损害者",几乎变成了"上帝的宠儿"。

我有了"保护神",再不畏畏缩缩地过日子了,心志开始高起来。

这时,我们这个小小的初一班,采取了一个惊人之举:罢课。起因是不满意历史先生的教学,要求撤换,指名道姓要某某先生来教我们。校方不予理睬,于是激起事变,把任课的历史先生轰得踏不进教室,课也不上了。惊动陈校长,亲自到班上做工作。陈校长气喘吁吁,向我们解释:教你们的先生刚接这门课,不过是年代不太熟悉,某某先生也无非年代熟悉一点。我坐在第一排,立即站起来说:学历史就是要把年代弄清楚,年代都弄不清楚,怎么教我们?

活在心中的故事

我至今不知道班级里是谁领的头,也想不到我那时怎么有这样的胆。但事后校方也没有追究,没有要哪个学生检讨。给我的印象,陈校长还是比较开明的,学校民主空气相当的浓。

还有一件让我没齿不忘的事是,有一天到吃中饭时突然宣布:欠膳费的人,中午一律停膳,回家去拿钱。黄土塘到严家桥,有十来里路,要跑一个半钟头。我一个不到十一岁的孩子,饥肠辘辘,怎么跑得回去!幸亏张偶生,他领我到厨房阁楼上,找到厨师傅浦招生,偷偷做了一碗油汪汪的蛋炒饭,给我吃。我这才支撑着走回家。这位老浦,一解放,就离开怀仁,当了乡干部。到那时,我才知道,他也是怀仁中学的地下党。

临近解放,怀仁中学的军训教官已经不怎么神气了。在回家的路上,进步同学已经兴奋地唱起"山那边呀好地方",扭起秧歌舞了。同宿舍的高中同学们活跃起来,夜里常到附近农民家里秘密开会。我好奇,有时跟了去。会还没开,我就睡着了。我实在太小,没有参加地下活动的可能,但迎接解放的那种特殊的气息,我是亲身感受到了。

随着北面殷殷如雷的炮声,解放军过江了!无锡解放了!

解放后不过一个星期,我们都回到了学校。这时,党、团组织还是秘密的,党员、团员的身份还没有公开,但他们实际上都从地下冒到了地上,活动开了。少数几位,如徐楚材、徐建中,离开学校参加了地方工作。更多的人,很快就到南京去,进了设在孝陵卫的二野军政大学。

我的印象中,怀仁中学高中学生中的地下党团员,除了家庭困难实在不能走的和本地工作需要的之外,差不多都上了军政大学。大概有二十来人。我记得名字的有:我的好朋友张偶生,同我一路回家拿膳费的周德民(论辈分我叫她姑妈),张泾桥人金石声,顾山人顾凤清。

送他们走的情景至今依然历历在目。那是1949年6月3日中午,不走的一群人,送他们到晃山桥。有一条专为他们开的单放轮船,把他们载走。

到秋天,这一批同学大多参加了西南服务团,随刘邓大军,到云、贵、川做地方工作。在部队的极少,其中就有金石声。没有多久,就听到他牺牲的消息。他在部队当排长,在剿匪战斗中献出了年轻的生命。

解放前后,怀仁的一批同学投身革命,有的还牺牲了生命,这是怀仁校史上光荣的一页。

在这一批大同学走之前,我们初中的一批对新时代满怀热情的小同学,迫切要求参加一些政治和社会活动。于是,怀仁中学的团组织给我们这批人搞了一个组织,起名"新生少年学习会"。和新民主主义青年团的简称"新青"相应,简称之为"新少"。我是"新少"积极的一员,主要负责人好像是初三的张凯民,河南庄人,小矮个子。"新少"成立后,在黄土塘小学旁边的松坟里开过会,学习、讨论,还带有一点秘密性。

成立"新生少年学习会"以后的这一段,是我在怀仁中学过得最快乐,也是最值得怀念的日子。

参加军政大学的同学走后,县里派来了青年工作队,记得成员是徐楚材和李树勋,都是严家桥同乡。李树勋大我十岁的样子,1946年也在怀仁中学读过书。他们的首要任务,是来了解和整理地下团组织。我们"新少"的人,当然也团结在他的周围。

有一天,不记得是开过会后,还是专门集合,在黄土塘小学的花园里,工作队的李树勋同我们一起拍了一张集体照。这张照片,随我走南闯北几十年,一直保存在身边。拿到照片时,我就在背面写上了所有影中人的名字。将近四十年过去了,这些名字,唤醒我对少年朋友亲切的回忆。

照片上连树勋在内一共24人(照片见第152页)。一部分是高中同学,大约都是"新青"。按照片上从左到右的次序,他们是:张彬华(女)、张裕仁、陈锡钧、王刚毅、陈栋梁、孙秀琴(女)。还

149

活在心中的故事

有17个,都是初中生,是"新少"的成员。站着的依次是:范让平(女)、陆炳坤、周辑安、严瑞忠(严朴的儿子)、戴永康、钱逸清、李钟瑛、周行、穆和、许赞新(女)、乔月棣(女)。坐在地上的是:王耀才、翁宗德、张凯民、程中原、戴健行、赵雪奎。

这年暑假放得早,临回家时,"新少"开会决定,暑假期间办一个油印刊物《新少通讯》。大家把参加的活动和读书的心得写稿寄给我,由周行同我编辑和印发。

我这辈子同编辑有缘,这可以算是第一回。记得范让平寄来了《爱的教育》的读后感,还有翁宗德等也有稿来。我回家后,同当地的同学一起参加了借粮、征粮工作。周围好多村镇的小麦送到严家桥来。严家桥有个"唐仓厅",很大,原是全中国都数得着的民族资本家唐家的,这时做了政府的粮库。我们天天去帮忙,过磅、收粮。记得我就此写了一篇短文。还缺头条,勉强凑了一篇纪念"七一""七七"的记事。

我凑齐了稿子,到小学里去借了钢板、铁笔、蜡纸,准备刻印。正要动手,周桐涛老师走过来。他看了放在头条的稿子,觉得不行,说我来帮你吧。说着,就直接在钢板上写起来。真是文不加点,一气呵成。到今天,我还打心底里佩服他的文才。

我这第一回的编辑,实际上是被周老师给"抢替"了。小报的名字,他也给改成了"少先通讯"。

暑假过后,一批年龄满了14岁、够条件的同学被吸收加入了青年团,在怀仁中学存在过几个月的"新生少年学习会",也就没有存在的必要了。

但是,那张合影,却一直留在我的身边,那张八开小报,却一直留在我的记忆里。也许,是因为有了初到怀仁时的那段苦涩,我才更体会和珍爱初解放时的欢乐吧。

(1998年3月于北京德外关厢)

《少先通讯》的编印与
1949年暑假热火朝天的生活

我和母校怀仁中学同年。1997年怀仁中学六十周年校庆的时候，应约写过一篇回忆文章《从苦涩到欢乐》，记1948年9月到1950年1月，也即解放前后，我在怀仁中学境遇的变化。转眼之间，十年过去了。怀仁中学七十华诞就要来了。关于在母校的生活，我想，还有值得一写的事情，这就是：《少先通讯》的编印与1949年暑假热火朝天的生活。在十年前的那篇回忆中约略提到了那张油印小报编印的事，但那时我手头没有那张小报，仅凭记忆，言之不详，且有差错。我的同学范让平看到后，把她一直珍藏的小报给了我。她说："放在你那里比放在我这里有意义。"见到了原件，有条件把有关情况说得准确一些。由此引起不少回忆，也可以讲得充分一些。

那是1949年7月14日，也就是无锡解放后还不到三个月，我在家乡严家桥参与编印了一张油印小报，名为《少先通讯》。这张小报，反映了我和我的伙伴们当时的学习、工作和生活情况，特别是暑假期间那段热火朝天的生活。

先从《少先通讯》这张油印小报的来历讲起吧。

1948年秋季，我进入怀仁中学的时候，地下党、团组织已经很有力量了。我三姐程兰芬是锡北地区地下党的领导人之一。我当时只十岁，受到一些同学（都是严家桥人）的欺侮。我同他们一桌吃饭。他们对我实施"夹筷头"，即：我夹了菜，他们就用筷子夹掉，不让我吃到菜。我只能吃白饭，一点菜都吃不到。他们还经常平白

活在心中的故事

无故地打我。兰姐就请高中同学、地下党员徐楚材等照顾我。他们把我安排在高中同学的宿舍里住,吃饭也同他们一道。他们晚上到乡下农民家秘密开会,也常带着我。会开完了,我也在桌子底下睡着了。他们就背着我踏着月光回学校。

1949年4月下旬,解放军胜利渡江,无锡解放。怀仁中学的地下党员,大多直接参加工作,当了地方干部,如徐建忠、徐楚材、王刚毅等高中同学,厨房工友浦招生,等等。还有一批同学,如我

1949年6月上旬,无锡怀仁中学部分党团员及其领导的"新生少年学习会"成员留影。居中盘膝而坐的是工作队长李树勋。在他两边的是年纪小的6个初中生:右边三人为王耀才、翁宗德、张凯民;左边三人为程中原、戴健行、赵雪奎,都是"新少"的成员。后排有6位高中同学:张彬华(女)、张裕仁、陈锡钧、王刚毅、陈栋梁、孙秀琴(女),他们都是地下党、团员。站着的11个初中同学,自左至右依次是:范让平(女)、陆炳坤、周辑安、严瑞忠(严朴的儿子)、戴永康、钱逸清、李钟瑛、周行、穆和、许赞新(女)、乔月棣(女),都是"新少"成员。

《少先通讯》的编印与1949年暑假热火朝天的生活

的好朋友顾山人张偶生，张泾桥人金石声，我的表姑周德民等，大多是地下团员吧，在6月初到南京进了设在孝陵卫的二野军政大学。剩下一批像我这样年纪小的初中同学，积极要求进步，很希望学点什么，做点什么。记得就在6月3日到晃山桥送走那批到军政大学去的同学后没几天，有高中同学找我们到黄土塘小学南边的松坟里开会。说组织你们一起学习、活动，组织的名字叫"新生少年学习会"（循新民主主义青年团简称"新青"的例，简称"新少"）。当时，共产党、青年团组织都还没有公开，这个"新生少年学习会"也是秘密的。大家觉得很新鲜，很兴奋。

找我们开会的是谁，想不起来了。那时，上面已经给学校派来了工作队。工作队的队长，是我们严家桥人李树勋。他也是地下党。不过，解放前他不在怀仁中学读书。记得"新少"成立不久，6月上旬的一天，在黄土塘小学校园里拍过一张照片。当时我在照片背后一一对应地写上了影中人的名字，因而几十年后，能够准确地说出照片上24个人的名字（详见第152页照片上的人名）。

"新少"的负责人是张恺民，我负责宣传。记得成立后在黄土塘小学南边那个松坟里开过两三次会。

印象最深的是学习"怎样过民主生活"。有一位高中同学，青年团员来同我们讲，然后讨论。知道了什么是民主集中制；知道了在集体生活中有意见要在会上说，当面说，不能背后瞎议论，犯自由主义；知道了集体决定的事一定要想方设法完成，再大的困难也要克服它，战胜它。这次学习对我教育很深，影响很大。

还有一次就是讨论暑假期间怎么办。提出：一要学习，要读些书；二要工作，要参加社会活动；三要不断进步，经常检讨自己，开展自我批评。会上决定，为了互相交流，互相促进，办一张油印的小报，叫"新少通讯"。由严家桥的周行和我负责。规定回家十天以后，各人把学习、工作、生活情况写好，寄给我，交周行编辑。当时周行已读初三，其父是杭州一家报纸的编辑。

活在心中的故事

那年暑假放得早，6月下旬就回家了。7月10号前后，我收到各人寄来的报告。按约定，内容分三部分：读书报告，工作报告，生活检讨。周行当时打摆子，身体虚弱。我收齐稿子后，略加整理，就同我三哥中锐一起，到严家桥小学去刻印小报了。

那是7月14日的下午。我们借了钢板、铁笔、蜡纸，在小学的礼堂里坐下来，准备动手刻印。我自恃字好，铺开蜡纸，拿起铁笔，就要动手。这时，小学的周桐涛老师，从礼堂后面的地板房，他的卧室，走出来。问清楚了我们兄弟俩想做什么，就问：你们刻过钢板吗？我们都摇头。他说，我来帮你们吧。周桐涛是中锐的班主任，黄土塘人。我考怀仁中学时，他也是送考老师。考试那天的早饭，就是他请的客。后来知道，他是地下团员，所以这么关心我们。

周老师说，"新少通讯"这个名字不好懂，人家不知道是个什么组织。苏联共产党外围是共青团，共青团外围是少先队，不如叫《少先通讯》。我们都说好。他去拿了毛笔来，用行书写了"少先通讯"四个字。把蜡纸蒙在上面，居中，双钩描下来，成了一个好看的报头。左边分两行写上刊期和编印日期："第一期，38·7·14"（38，民国三十八年，即1949年，新中国成立前仍用民国纪年）。右边是："编者：周行"。

周老师翻看着我们带去的稿子，觉得各人写的报告还可以，就加了一个"小组通讯"的栏目标题，按成员所在地排列。他把"严家桥，程中原"调到第一个，顺次是"严家桥，周行""河塘桥，夏育明、翁宗德""兴塘，范让平""河南庄，张恺民"。这些报告写完，一张蜡纸才用去三分之一。他看我还写了一篇很短的文章，记叙严家桥纪念"七七"、庆祝解放的活动。就说："中原，我帮你改一改。"说着，就在钢板上写起来。他把标题改为"纪念七七　庆祝解放"，加了一个副标题："记严家桥小学庆祝盛况"。在蜡纸上写文章，是不能改的。周老师不打草稿，一气呵成，真是不简单。文章署了我的名字，实际是周老师抢替的。我那时怎么可能有这样的水平呢。还有空档，周老师又用《我们工人有力量》的曲子，改了几句词，突出"工作学习求进步，创造建设新中国"，题目改为《我们少年有力量》，让大家传唱。用的是"中锐改词"的名义。最后，有一点空白，他加了一栏"小辞典"，对"布尔塞维克"这个新名词做了解释。还画了一个红星照耀全中国的图案。

一张蜡纸刻好，我们兄弟俩即在周老师指导下把它印出来。印了二十来份，用掉三张白报纸。全部做完，天快黑了。

吃过晚饭，我同中锐一起，在煤油灯下，把《少先通讯》一份一份卷起来，由我用毛笔写上通讯处和收信人姓名。第二天早晨，就到设在严家桥中市的邮政代办所，作为印刷品寄发出去。

这一份极其幼稚的小报，我一直放在箱子里，带来带去。但不知什么时候，还是丢失了。所幸，范让平同学一直留着。她把当时寄给她的这一张小报交给我。我生怕再丢失，复印了几份，把原件交给了无锡革命陈列馆馆长杜松。看封皮上（也就是小报的背面）的邮戳，从严家桥邮政代办所发出的日期是 7 月 23 日，比我们交给邮局的时间迟了好几天。

从这张小报上看，"新少"成员的学习、工作都很认真，且都能作比较严格的自我批评。以读书来说，周行读了《静静的顿河》，范让平读了《爱的教育》，夏育明读的是《洋铁桶的故事》，翁宗德读的是《童年高尔基画传》。他们写的读书报告，都能抓住要点。我读的一本书是《秋风落叶话"戡乱"》。读书报告只一句话："内容：说共产党在两年内军事上和政治上获得的胜利。"当时我 11 岁，能把反面文章从正面看，并有这样的概括力，是环境使然吧。

这张小报引起我对往事的许多回忆，特别是那年暑假我们参加夏征（夏季征粮）工作那段热火朝天生活的回忆。

活在心中的故事

在《少先通讯》上，我的"工作报告"中，只说到"协助严家桥组织少先，宣传拒吃青蛙"这些事，没有提到"参加夏征"。但在那篇《纪念七七　庆祝解放》的通讯里写到了我们宣传夏征的场面：

"宣传队展开了……一学生便站在凳子上高声地对着大众演讲，解释着夏征，是如何地重要，是如何地迫切，喊大家要自动地把粮交出来。

"我亲眼看到一个老农夫，他感动地说：'是的，我要回去好好地把粮预备，缴给自己的人民政府！'"

这一段描写，如实地记录了我们当年在街头、在茶馆演讲的情景。同时，使我记起，在编印《少先通讯》的时候，夏征还在宣传阶段。夏征的实际工作是在7月20日左右开始的。

参加夏征工作的，有我吸收参加"少先"的好几个少年朋友，他们是：程中锐、周人狮、李永梧、张含中、李丕虎等。加上原来在怀仁中学就参加的周辑安、许赞新，有七八个人。具体的工作是到唐仓厅协助收粮。

唐仓厅是著名民族资本家唐家的仓库，规模很大。七开间门面，三四进深。有很大的廒间和晒场。廒间、仓房、账房、客厅、居室和晒场加在一起，占地面积有八千多平方米。前面有花岗石砌成的双面深水码头，称唐家码头，可以同时停泊三四条船。经过宣传动员，四乡八村的农民，都响应政府的号召，往这里送刚刚收下来的小麦。当时动员大家踊跃缴公粮，口号是：支援解放军，解放全中国！

时当盛夏，严家桥市河里，从黄石坝到陆家泾，自北至南，二三百米河道，塞满了送粮的船。好不容易挤到唐家码头，船上人个个满头大汗。

我们协助粮站的干部工作。船靠上码头后，我们拿着钎杆，到船上检验小麦的品质。第一次做这件事时，我很新奇。在竹竿前面装上一个中空的铁钎头，就成了钎杆。将钎杆往船舱里装满的小麦中一插，拎起来，钎头里就是一把小麦。那是中间或者底层的样品，可以代表全船小麦的质量——主要是水分是否过多，成色同面上的是否一致，有没有泥沙。检验合格才可以过磅入库。这时，主要是送粮的农民，用笆斗装上小麦往仓厅里送。要经过几道手续，大都是我们做的事了。先是给每个笆斗插筹（一种二三尺长、上面有号码的竹筹）；然后收筹、过磅，一人看磅报数，一人在旁记账；过磅后，农民扛起笆斗，沿一条斜戗着的跳板走上去，把小麦倒到廒间里。这边，一户人家过完了磅，送完了粮，开给一张收条。这最后一道工序是粮站干部做的。

农家解完粮食，就调转船头回家。这么多船，拥挤在不过五六米宽的河道里，怎么调头呢？看起来这是个大问题，但却并没有引起什么麻烦。原因在于当初严家桥市河的整体设计呈"哑铃"形，非常科学。在进入街市的河道南北两端，梓良桥内和黄石坝西，各有一个约两千平方米的圆形大水塘。两个水塘就是两个调船场。船可以在这里顺利地调头。水塘中间有一个土墩（南边的叫陆家泾墩，北边的叫龙公墩），边沿打些木桩，供船只挂缆抛锚停泊。正是这种"哑铃"形的河道，在1949年夏天空前未有的夏征热潮中，派上了用场，解决了那么多南来北往的船只有条不紊地调头的问题。

到唐仓厅协助夏征的，除了我们少先的七八个人外，还有好几个青年，其中有：我的大嫂张毓珍，我家对门的李钟玥，周人虎和他的妹妹周人凤。都是义务劳动，而且自吃饭。每天一大早，我们在家里吃过早饭就去，忙到中午轮流回家吃午饭。天天如此。没有吃过粮站的一个馒头，也没有拿粮站的一粒粮食。连续干了十几天，直到夏征结束。

这是我在家乡"组织少先"后参加的最有意义的一件事情。每想起来，都为当时那种忘我的精神振奋。近几年参加编撰国史，写到新中国成立之初上海"粮棉大战"大获全胜，稳定了市场物价，知道当年参加夏征，对陈云调集粮食战胜投机奸商也有一份小小的贡献，感到很是快慰。

（2008 年 2 月 20 日完稿）

《大众哲学》对我的影响

我最初读到这本名著是在1950年的暑假，那年我12岁，刚读完初二。每天晚饭前后坐在门口街路边，读《大众哲学》。读得很入神。一批批牧童背着草篓、牵着牛回家，从我面前经过，我都不觉得。

当时年纪还小，阅历不够。但还是能够读下去。因为这本书写得深入浅出，用生动活泼的形式，贴近大众的语言，通俗而深刻地阐明深奥的哲理。比如，他用孙悟空的七十二变来讲现象和本质，用卓别林和希特勒来讲感性认识和理性认识，都让人对哲学产生浓厚的兴趣。特别吸引我的是作者用日常生活的事例来解释哲学基本原理，我似乎真的能够领悟。书中说，两个人看同一块招牌，一个说是金字，一个说是红字，争论不休。这时来了一个和尚，说你看的这边是金字，他看的那边是红字。这块招牌，一面是金字，一面是红字。所以，认识事物要全面，片面看问题，只看到一面，看不到另一面，就不能正确地认识这个事物。由此，我懂得了要全面地看问题，避免片面性。

《大众哲学》可以说是我学习马克思主义哲学的启蒙老师。对我一生的学习和研究都有很大影响。第一，这本著作培养了我对哲学的兴趣，对理论思维的兴趣。第二，这本著作通俗化和大众化的特点启发我向艾思奇老前辈学习，比较自觉地提出"把学术研究的成果为公众所共享"的要求，在致力于当代中国史研究成果的大众化方面做了一些工作。

（中国社会科学院"学林书话"节目　宗敏记录整理）

我的心到了

　　我因杂务缠身，不能前来参加这次难得的聚会，甚为怅惘。这在感情上是一次无法补偿的损失。1989年10月的那次聚会，我也是早就向往的，可是命运不济，突然发病住院，只能从同学们相聚时的照片上，一睹别后几十年的风采，想象老同学久别重逢的欢乐情景；只能从纪念册上，约略了解到同学们现在的工作和生活。这次聚会的消息我知道得很迟。我一收到转辗寄来的通知，就按规定回寄了照片、小传。我十分珍惜这次难得的机会，两个月前就作了安排，希望躬逢其盛，与诸位学姐、学兄会面畅叙，向教导过我的老师当面鞠躬致敬。但又不凑巧，原定的计划有了变动。5月中旬我必须要在这里扮演一个角色，虽然并不重要，但确实不能走开。我真恨"身无彩凤双飞翼"，不能飞到泰伯庙的森森古柏之下，与大家一起回首少年往事，峥嵘岁月。所幸我们是"心有灵犀一点通"，身不能来心可到，形不能来神可至。这两张素笺，载着我的心灵来到你们中间了。我想老同学是会谅解我而不至于责怪我吧。

　　我和我的哥哥中锐是1950年2月来到无锡县师52届初师班这一集体的。我们是插班生。我们来到这里的时候，教师和同学们已经营造了一个很好的环境。我最突出的感受是，同学之间情同手足，相亲相爱。我年纪最小，得到大家的关心和爱护。用现在时髦的话来说，我在县师的两年半是在大家的"呵护"下度过的。这是我内心永远感激难以忘怀的。在毕业以后这四十几年中，我许多次得到老同学（恕我不一一列举这些同学的名字）的关心和帮助，有大事，也有小事；有物质上的帮助，也有精神上的支持。总之，是同学们给我的多，我给同学们的少。我希望以后有机会得以回报。

到县师后的另一个感受是老师好，书教得好，对学生好。在这里我实在挑不出一个比"好"字更能涵盖一切好处的好字眼来赞颂我敬爱的好老师。我真正开窍，真正在政治、思想、文化知识方面打下一点基础，是得益于县师老师的教导。这也是我内心永远钦佩难以忘怀的。从县师毕业以后，我当了三年小学教师。以后，又在中等学校工作了十八年，在高等学校工作了七年。在将近三十年的教学生涯中，我一直把县师的老师们作为我仿效的榜样。我觉得县师的老师对我一生都有积极的影响。1991年秋天，我曾到梅村寻访，无缘得见，这次又失良机。我只能面对南天，遥祝老师们健康长寿！特别要庆贺徐祖樾老师的八十大寿！徐老师，您对我的厚爱和教诲，我一直铭记在心。我们几个小同学围在您的办公桌边，吃您在煤油灯上烤出来的一小片一小片年糕，那甜丝丝的香味，至今似乎还留在嘴边呢！

人生是一连串偶然性的连续。我自己也没有想到，在我人生的最后阶段，竟会站在编撰"中华人民共和国历史"这个起跑线上来。这是一个新的十分吃力的学科。我看不到这条跑道的尽头，也不可能跑到终点。阶段性的成果大概会有。老教师、老同学都是共和国历史的亲历者，也是共和国的建设者。历经曲折艰难，备尝甜酸苦辣。我们写出来的东西，如果老师同学看了能说一句"大差不离"，我也就心满意足了。从1955年离开无锡，到外面转了四十余年，方才知道，最好的地方还是无锡，最愉快的工作还是小学教师，最谈得来的还是县师一班老同学。可是，时光不能倒流，日子不能重过，所以，我也只能抱着我自造的八字哲学——随遇而安，尽量发挥，在这条跑道上跑下去。无论在业务上、工作上需要同学们帮忙的时候，请一如既往，伸出友谊之手。

屈指算来，有三分之二的同学，在毕业后第一个寒假相聚后，就再也没有见过。当年意气风发的青年，如今都已经过了"知天命"之年而进入"耳顺"阶段了。从最近与一些同学的接触中，我感受到，虽然岁月已经揉皱了我们的前额，抹白了我们的双鬓，但在同学们胸中跳跃着的，依然是一颗赤子之心。同学们怀着如此炽热的感情，对待这次聚会，就是虽入"耳顺"之年，犹怀赤子之心的明证。这是最为珍贵的。我非常赞成此次活动筹备组同学提出的成立一个同学联谊会的倡议，也很希望过一二年全班同学再来一次大聚会，届时我无论如何要参加。当然，同学相聚的形式不妨多种多样，譬如，同学可以来北京玩，我乐于招待。粗茶淡饭，薄酒一樽，足可开怀畅饮，天南海北，聊个痛快。这是我对未来的一种憧憬。想到眼前，你们团聚一起，真是其乐无穷啊！我不能前来同各位学兄学姐一杯一盏说华年，内心的失落无法言表。扫兴的话不去说它了吧，让我衷心地祝愿你们相聚快乐，活动圆满成功！

　　我的老伴夏杏珍要我在这里再说一声，我们诚心诚意地企盼诸位同学到北京来白相，到我们的寒舍来盘桓数日，谈笑一番！

（1996年5月7日）

我对普通淮扬菜的认识

我是无锡人。太湖水只喝了17年。1958年秋,我分配到淮阴地区工作,从涟水到淮安再到淮阴,1983年秋调南京,整整25年。荀德麟同志邀我来参加这个以"运河文化与淮扬菜系"为主题的论坛,我很高兴。我喝了25年运河水,吃了25年淮扬菜,应该有点发言权。虽然没有研究,可以谈谈对淮扬菜的感性认识。听了前面几位专家的讲演,才知道淮扬菜系的名菜有一千一百多种。我吃的只是些家常菜。因此,我的题目得加上"普通"两字。我只能讲"我对普通淮扬菜的认识"。

1958年至1963年,我在涟水五年。经历了从"大跃进"到三年困难时期。印象深的第一个淮扬菜是安东萝卜干。多少代下来,涟水老百姓真是把小红萝卜研究透了,把太阳光利用到家了。这安东萝卜干是道道见皮,又脆又香。我觉得比现在风行全国的萧山萝卜干还要好吃。困难时期,小葱焙豆腐,也是一道好菜。困难渐渐克服,才吃到涟水独有的高沟捆蹄和涟城鸡糕。一个冷碟,一个烩菜,在我的印象里,可以同一切冷碟、烩菜比高下。不知道有没有列入淮扬名菜的菜谱。

为战胜困难,六十年代初贯彻调整方针,精简行政机构和事业单位。我从涟水农校而至师范再到教师进修学校,1963年进修学校也撤销了,我离开涟水,调到淮安师范。人们说我这下可是从糠箩里跳到了米箩里。淮安是淮扬菜的故乡,又逢走出困难重新发展时期,各种普通淮扬名菜、名点,到处都有。钦工团子、平桥豆腐啊,初夏的蒲儿菜,严冬的笆菜、九里啊,蟹黄汤包、麻油茶馓啊……说实话,吃的并不比我老家无锡农村差多少。特别是软兜长鱼,堪称一绝。淮安师范的大师傅刘长荣,是擅长这一绝的高手。我在淮安师范13年,真是饱了口福。以后,从南京到北京,再没有吃到那样好吃的软兜长鱼。

粉碎"四人帮"后,淮阴师专恢复。1976年冬至1983年秋,我在那里工作了七年。吃的同淮安相仿,也是普通淮扬菜。

吃了25年淮扬菜,我感到它有三个特点:

第一个特点是它的平民化。地里长什么,水里产什么,就做什么、吃什么。就地取材,本土化。猪肉、长鱼、豆腐、笆菜,都是寻常食材。蒲儿菜是蒲草的嫩茎,本来并不上桌子。可是,淮安人把它们做成时令蔬菜。采用普通材料,做出美味佳肴。这是淮扬菜的一个特点。

第二个特点是精细化。在普通的乡土材料上,发挥想象力,创造性。反复实践,不断创新,深加工,精加工,形成独特的烹饪技术,做出可口的、令人垂涎的好菜来。一些普通淮扬菜的做法,真是别出心裁。比如,钦工团子,先剁精肉再剁肥泼子(肥膘)不说,还要擘点鱼肉,加些馒头屑。把肉团子同蒲儿菜一起煨,菜的清香和肉的鲜美互相浸染,成为独具的美味。真是把厨艺发挥到了极致。不以原料的珍奇取胜,而以厨艺的精湛诱人,是普通淮扬菜的又一个特点。

普通淮扬菜的第三个特点是它的普及,可以说精细化的菜肴同时又是平民化的美味。粉碎"四人帮"后,受迫害被禁锢了十年的人们,重见天日,扬眉吐气。那一年春节,两淮的朋友,在家里互相请客喝酒,从过小年吃到正月半。大多并非淮安人,但家家的饭桌子上,都有狮子头、软兜长鱼、煮豆腐、炒笆菜这几样普通淮扬菜。味,虽没有大师傅做得那么地道,但色、香、形,是大差不离的。很好看,也很好吃。相信淮安本地老百姓做的菜要更好些。所以，我要说，并非只出名厨手，进入寻常百姓家，是淮扬菜的第三个特点。

淮扬菜要走出去，让全中国的人、全世界的人分享我们的美味！

（本文是 2007 年 9 月 8 日下午在"运河文化与淮扬菜系高级论坛"上的发言）

创办《淮阴师专学报》的回顾

粉碎"四人帮"以后，淮阴师专于1976年冬以南京师范学院淮阴分院的名义恢复，我从淮安师范调去参加筹办。1977年春招收了一期工农兵学员，我担任政文系的班主任。1977年冬恢复高考，学校设了中文、外语、数学、物理、化学五个系科，招收了537名学生。他们大多是"老三届"，文化基础和政治素质都好。党的十一届三中全会才开完，1978年12月28日，国务院就下达了恢复和增设169所普通高校的决定，其中师范院校77所，淮阴师范专科学校名列其中。学校领导和广大师生听到这个喜讯，深受鼓舞，决心要把淮阴师专办成一所高水平的学校，培养高质量的学生。创办学报的主意，就是在这时酝酿、提出的。

当时，淮阴师专校长王炤生是有名的教育家。党委副书记周希权自小参加新安旅行团，解放后调干上了北京大学中文系，也是见多识广、懂得办学规律的人。这时，中文系已从淮阴、淮安两所师范和南京下放教师中调集了一批学有专长的教师。在《文艺报》当过编辑部主任的杨犁同志，这时也由我力荐调来了师专。我和杨犁向周希权书记建议，为提高教学、科研水平要创办学报。周书记很赞成，校党委也支持，决定要我和杨犁来主编。周本淳、于北山、颜景常、钱仓水等先生听说，都很兴奋，给我们出主意，并提供稿件。他们在"文化大革命"后期都先后恢复了学术研究工作。萧兵先生那时还在运输队跑供销。他写了不少《楚辞》研究的论文，听说淮阴师专要办学报，立即送了一篇稿子来。就这样，在1979年春天,《淮阴师专学报》(内部刊物)开始筹办。

杨犁同我一起商定了学报的编辑方针。主要是两条,这在创刊号的《编者的话》中讲到了。一条是:"我们决心在坚持社会主义道路、坚持无产阶级专政、坚持党的领导、坚持马列主义毛泽东思想的基本原则指导下,把刊物办好。"另一条是:"我们想通过这份学报鼓励学术研究,促进学术交流,提高教学水平,培养新生力量","为社会主义文化教育事业贡献我们的一份力量。"同时开始进行各种必要的准备。我们约请革命战争年代淮海地区的老领导、著名书法家李一氓同志为学报题写了刊名,并征得他的同意,把他为即将出版的革命回忆录《长风扫敌顽》一书写的序作为学报的开篇,提前公开发表。这篇从淮海地区历史上的武装斗争说起,纵论淮海平原实现农业现代化的文章,在一定意义上为学报指明了从实际出发,为社会主义现代化而奋斗的方向。为了突出地方特点,我们约请研究周总理与故乡的专家张人权同志撰写了《周总理与淮安》一文。我同郝明树先生一起,特意赶到南京,拜访了淮阴籍著名剧作家陈白尘,写了《在周总理鼓励下写戏》的访问记。

就在筹办工作紧锣密鼓地开展起来的时候,杨犁被召往北京,参加第四次全国文代会的筹备工作,同时给他改正错划右派问题,予以彻底平反。我们当然为他高兴。不过,由于他的离开,我们肩上的担子就加重了许多。

所幸的是,杨犁于4月回淮阴一趟。学报创刊号论文的编排,是在他指导下完成的;版面的设计,从整个版式,每一篇文章的标题到字号,都是他标定的。创刊号从目录到封三一共86个页码,他都逐页画了版样。总之,我从他的示范中才真正懂得了刊物应该怎样编辑。

1979年5月,《淮阴师专学报》创刊号正式出版。当时人文社会科学学术研究刚刚复苏,高校学报寥若晨星,在同类学校中出版学报更属首创。因此,《淮阴师专学报》的创刊,大有一种春风吹开百花之概,令人精神振奋。1980年起改版,社会科学版为季刊,自然科学版为年刊。我担任社会科学版主编，直到1983年秋调《江海学刊》工作。

在这四五年里，《淮阴师专学报》在校党委的领导下，在全校文科师生的支持、关心下，沿着开拓创新的道路，不断有所进步。按照最初确定的方针，在办刊过程中，不断积累经验，确实逐步形成了自身的一些特点。回顾起来，我以为以下几点是值得肯定的。

第一，提倡开拓创新。

学报发表的论文必须有新材料、新观点、新论证，这是创刊开始就坚持的标准。在中文系教师中，萧兵以"领异标新二月花"著称，他的论文，从创刊号上的《楚辞·九歌·礼魂新解》到以后发表的《〈天问〉原始社会史事新解》《〈楚辞〉与原始社会史研究》《马王堆〈帛画〉与〈楚辞〉》等，视野开阔，纵横驰骋，丰富多彩。周本淳、于北山先生治古典文学，颜景常先生治汉语语言学，功底深厚，他们的论文可以用"删繁就简三秋树"比况，如周先生的《胡震亨和他的〈唐音癸签〉——〈唐音癸签〉点校后记》《校点归震川全集前言》《〈苕溪渔隐丛话〉校点本的问题》《〈唐人绝句类选〉前言》，于先生的《陆游书简手迹、石刻释题名考》《陆游对前人作品的学习、继承和发展》，颜先生的《〈诗经〉〈论语〉中"为"字用法初探》等，都是在那一研究领域中的扛鼎之作。我那时开始张闻天研究，最初的几篇论文《一代青年的生活旅程——读张闻天同志早年长篇小说〈旅途〉》《张闻天早期思想发展和文学活动》都首先刊登在《淮阴师专学报》上，以后才在公开刊物上发表的。茅盾为我编选的《张闻天早年文学作品选》作序，并肯定我写的对《旅途》的评论，说："现在淮阴师范专科学校程中原等同志编选了闻天同志早年的文学翻译和创作作品文集，这就填补了未来党史关于闻天同志经历的一个空白。这不是一件小事而是大事。""程中原同志写的评论《旅途》的长文（载《淮阴师专学报》1980年第一期），我读后完全同意他的论点。我是早就从事文学活动的，但直到1927年秋，我才开始创作，而且是中篇；但闻天同志则写长篇，并且比我早了三年，我自叹不如。"1981年4月6日《人民日报》发表了茅盾的这篇序言。《淮阴师专学报》及其刊载的评论因得到他的肯定而广为人知，我们深受鼓舞。

第二，注重地方特点。

从创刊号开始，"周恩来研究"就是学报长盛不衰的课题。第二期发表了《周总理与淮安》续篇，还发表了《学习周恩来同志有关文艺创作问题指示札记》（黄炳）。第三期精印刊登了周恩来同志1958年6月29日致淮安县委信的手迹。这是全国所没有的珍品。

淮阴地区的方言研究在颜景常先生带领下取得非常可观的成绩，成为《淮阴师专学报》的一个颇具特色的内容。发表的重要论文有：《淮沭方音辨正》（颜景常）、《沭阳方言里的入声》（中文系方言小组，王开扬执笔）、《宿迁人怎样辨认古入声字》（力量）等。

第三期起开辟了"地方人物志"栏目，发表了《略论张耒诗的思想和艺术》（于北山）、《杰出的爱国将领关天培》（浦德欣、赵炳焘）、《剧作家陈白尘》（卜仲康）、《吴丽实烈士生平事迹》（金继志）、《民国初年的爱国教育家李更生》（王兆平）等本地名人的传记。

反映地方特点的有影响的文章还有《辛亥革命在淮阴》（赵炳焘）、《杨诚斋在淮上的爱国歌吟》（于北山）等。

第三，反映本校密切结合教学的科研成果。

学报主要刊登本校教师的科研成果，特别是密切结合教学形成的成果，这是创办之初就明确的方针。这个方针得到很好的贯彻，推动了文科教学，促进了教学质量的提高。在这方面，中文系主任钱仓水关于文体分类研究的系列论文，章明寿先生关于古代散文的系列论文，邵培仁的《论说文界说初探》，杜正堂关于《石涛画语录》与《罗丹艺术论》的比较研究，夏杏珍关于左翼戏剧家于伶剧作的研究论文，郑乃臧关于赵树理小说的研究论文，李罗兰的《鲁迅早期"立人"思想初探》，周中兴对巴尔扎克小说《高老头》、斯

活在心中的故事

汤达小说《红与黑》的评论,沈永赋的《存在主义、萨特和他的〈死无葬身之地〉》,程爱民论艾·辛格小说《卢布林的魔术师》的艺术风格,陆钦南的《典型环境浅论》,孙瑞丹的《宗璞小说创作论》,郝明树的《论〈骆驼祥子〉的民族风格》,王一力的《刘半农的诗歌主张与创作》,李家珍读《杨朔散文集》的札记,李德友论闻捷诗歌创作的艺术成就,周桂峰对《西厢记》讽刺艺术的论述,还有吴元润的《教育起源于劳动吗?》、李明义的《试论孔子教学论的心理学原理》、颜崇宇的《矛盾的同一性与斗争性及其辩证结合在事物发展中的地位和作用》、常才林的《论西周相制》、陈建中的《隋唐用人制度考述》、陈建洲的《从中苏两国农业合作化道路的异同看我国农业合作化运动的伟大成就》,以及王兆麟的《关于复指成分的一些看法》、钱煦的《废"意动"立"以动"说略》等,在诸多学科领域,具有较高的学术水平。我发表在学报上的《论〈日出〉的艺术独创性》《〈自由谈〉的革新与鲁迅杂感的发展》,也得到同行专家的肯定,并在有影响的刊物上重新公开发表。

结合中学语文教学,发表作品赏析和评论的文章,是学报的一个重点,形成显著特色。如《介绍〈岳阳楼记〉》(夏杏珍)、《〈天上的街市〉赏析》(夏杏珍)、《〈果树园〉的人物描写》(郝明树)、《〈风景谈〉赏析》(郝明树)、《〈茶花赋〉札记》(魏家骏)、《〈银杏〉漫议》(程中原)等,很受读者欢迎。记不得是怎么引起了中央人民广播电台"阅读和欣赏"节目的注意,编辑刘刈特意到淮阴来组稿,中央台广播了我们好几篇稿子。学报还开辟了"中学文科教学"专栏,专门进行探讨。

第四,注重培养新生力量。

学报创办之初,非常明确地提出在学生中发现和培养人才是学报的一项重要任务。在创刊号上,组织发表了胡健、张玉祥合作的《试论艺术典型的共性》、江上春的《"比兴"与诗》、王开扬的《可喜的突破——读短篇小说〈枫〉》和张承勋的《方形队列的最优编排方案》等 4 篇学生的文章，占总篇数的六分之一。此后刊发学生文章每期都不间断，在学报上发表过文章的学生除第一期的 4 位外有 20 人，他们是：赵大川、马绪扬、施梓云、竺祖慈、王小孚、张乃格、程芳银、冯必扬、于蕴生、赵锋、姚杰仁、许家玉、薛崧云、王明政、赵云、陆玉龙、侍伟宏、张强、沈友松、蔡克平。其中，胡健的《"人化的自然"与自然美》，施梓云的《世界神话里的盗火英雄》《在三弦和鼓声的后面——试谈日本作家川端康成的短篇小说〈伊豆的歌女〉》，张强的《论哪吒》、薛崧云的《浅谈温庭筠、韦庄、李煜的风格异同》和张乃格的《〈促织〉结尾优劣论》等，都有相当高的学术水准。曾下放在淮阴的著名小说家方之逝世后，学报发表了一组评论方之小说的文章，也是中文系学生写的。

第五，重视编校质量。

这也是《淮阴师专学报》创办之初就形成的特点。创办之初，没有专职人员。稿件的编辑主要由萧兵、郑乃臧两位协助我一起进行。后来，郭俊贤先生和姚杰仁同志先后担任专职编辑，他们非常敬业，十分负责。保证了学报一流的编校质量。不敢说学报没有一点差错，但可以毫无愧色地说，在编校质量上，《淮阴师专学报》不亚于国内著名刊物。

在这里，还必须提到的是，学报的附刊《活页文史丛刊》。这个由茅盾题写刊名的刊物，团结了国内一大批文史专家学者，发表了许多有见地的文章和资料，扩大了淮阴师专的影响。创办这个刊物，在一定意义上是因人设事，是特事特办。这件事办得好！表现了淮阴师专领导班子的眼光和气魄。可以说，是当时"尊重知识，尊重人才"的一个典型。

师专创办之初，正是急需用人之时。现在鼎鼎大名的萧兵，当时屈居淮阴车马运输队。师专党委副书记周希权同他曾是东海舰队的战友，知道萧兵有才华，五十年代在上海就是小有名气的青年文学评论家。打成右派后，没有间断学术研究，学问非比一般。周希权求才若渴，决心把他调来。没想到萧兵开出"天价"：一要学校出钱让他办一个刊物，二要给他一套房子。结果是不管校园里议论纷纷，学校领导还是满足了他的"狂妄"要求：拨款一万元，让他办一个刊物；以给刊物编辑部办公室为名，给他这个单身汉一套房子。萧兵主编的《活页文史丛刊》从此诞生。党委指定我管这个刊物。我与学报的这个附刊也就结下了不解之缘。我进行张闻天研究的最初成果之一《张闻天早年文学活动资料》就刊登在《活页文史丛刊》第22号上。这份资料经杨犁推荐，同我写的介绍张闻天早年文学活动的论文一起，在很有影响的刊物《新文学史料》上发表。依据这份资料，我写了对茅盾关于张闻天早年活动的回忆录进行补正的文章，发表在《历史研究》上。我开始进行张闻天研究，从此出发，走上学术研究的道路，从现代文学研究转到中共党史和中华人民共和国史研究的领域，因此而从淮阴调到南京，后来又调到北京，其机缘，实在是由于学校领导要我管萧兵主编的这份学报附刊《活页文史丛刊》。所以，我同《淮阴师专学报》，同它的附刊《活页文史丛刊》，有着非同寻常的感情。

1983年10月，我调离淮阴师专，学报的主编相继由周本淳、钱仓水、力量、张强等教授担任。淮阴师专也因其教学水平的提高，学校规模的扩大而升格为淮阴师范学院。随之，《淮阴师范学院学报》哲学社会科学版的学术水平不断攀升，作者队伍日益壮大，社会影响也越来越巨大和深远。这是学报草创之初所无法比拟的。离开淮阴师专以后，二十多年间，我始终关注着学校和她的学报。看到《淮阴师范学院学报》在新的历史发展时期精益求精，开拓创新，始终走在全国同类学校学报的最前列，感到无比的欣慰，无比的骄傲。值此《淮阴师范学院学报》创刊30周年的喜庆日子里，我衷心祝愿她百尺竿头，更进一步，取得更新、更大的成绩！

（2009年9月18日完稿于北京）

我怎么研究起张闻天来？

——节录自2007年4月16日、4月23日
回答李卫民先生的提问

李卫民（以下简称李）：咱们今天先从张闻天研究开始说起吧。您当年是因为什么原因开始从事张闻天研究的呢？

程中原（以下简称程）：这要从我们这一代解放后培养出来的知识分子的特点说起。我是1955年进的大学，在进大学之前，当过三年小学教师。我们这一代人的特点，就是"党叫干啥就干啥"，需要干什么就干什么。你说这是受了刘少奇"驯服工具"论的影响也好，还是像雷锋那样甘当螺丝钉也好，这是我们这一代人的共同特点。张闻天研究呢，就是在这样一个习惯，或者说这样一个工作态度下来的。

粉碎"四人帮"以后，1979年淮阴师专刚刚恢复。领导比较开明，也比较懂行，想要办一个学报。那时全国高校恢复学报的还很少。为办好学报，想方设法，招引人才。淮阴有一个萧兵，他是在上海东海舰队打成右派，下放淮阴的。五十年代初，他在上海是有一点名气的青年评论家。"文革"期间，他在一个马车运输队里干活，铡草把左手四根手指铡掉了。但他没有中断研究，主要搞先秦文学，楚辞、上古神话等，他从民族学、人类学角度来研究先秦文学，方法比较新。他的工资主要都花在买书和到上海、南京等地查资料的路费上了。淮阴师专的党委副书记、副校长周希权，是萧兵

活在心中的故事

在东海舰队时候的战友,想把他引进来。萧兵很怪,他提出条件,要他来淮阴师专,得让他办一个刊物,还要给他一套房子。当时我主编学报,已经有了学报了,再办一个什么刊物?萧兵提出办一个文史资料方面的刊物,一年一万块钱。学校答应了。还给了他一套房子,名义就是作这个刊物的编辑部。刊物名为《活页文史丛刊》,请茅盾题了刊名。

校党委让我兼管这个刊物。当时,萧兵的意图是搞先秦文学为主,团结全国这方面的学者,包括他的朋友。我觉得光搞古代的东西不行,"文化大革命"中批判过"厚古薄今"。我和萧兵商量,这个文史刊物,有古,也要有今,也要有现代的部分。他表示赞成。当时我在学校教中国现代文学史,我觉得现代文学对革命作家、革命文学家,重视不够,就和萧兵商量,办一个栏目,就叫"无产阶级革命家青年时期的文学活动"。因为无产阶级革命家中有不少青年时期搞文学,是从文学走向革命的。像周恩来、陈毅、李富春,青年时期都搞过文学创作。

商量好以后,我就约请鲁迅纪念馆的陈漱渝,请他帮忙提供稿件。陈漱渝很热情,给我开了一个青年时期搞过文学创作的老革命家的名单,并组了稿。我看了以后,发现这里面没有张闻天。张闻天1976年在无锡去世。无锡是我家乡。三十年代有人写的现代文学史,就评介了张闻天创作的小说和剧本。我说,也不能全是人家替我们搞,我们自己也搞一点。你问我为什么要搞张闻天,用一句话说,就是为了完成领导交给的任务,为了吸引人才要办一个刊物,但又要让刊物避免厚古薄今,开设了一个专栏,请人帮忙,选题不太全,为补缺,我就开始研究张闻天。

李:那您对张闻天的研究是从何入手的呢?

程:一开始,搞他的早年文学活动。遇到的第一个困难就是没有材料,可以说是一无所有。淮阴师专是1958年"大跃进"的时候创办的。1963年,贯彻调整方针的时候,下马,停办。粉碎"四人帮"后，1978年十一届三中全会后恢复。没有什么图书资料。这时，一个曾经下放在淮阴的作家方之去世。我到南京参加他的追悼会，在南京待了几天。到南京的龙蟠里图书馆，去查张闻天早年文学活动的资料。这个图书馆很老，很有名，馆藏非常丰富。怎么查呢，一点线索都没有，就翻《小说月报》《民国日报·觉悟》这些老报刊。1919年，1920年，1921年，1922年，逐年、逐期翻阅。因为时间很宝贵，在南京的这几天，我每天都在龙蟠里图书馆，中午吃两块烧饼，喝点开水，也不休息。大桌子对面，查资料的也有人呀，面对面，大家都查了好几天资料了，聊起来了，"哪里来的呀，搞什么的呀"。其中有个热心人，南京大学的老倪，他告诉我，"张闻天的儿子就在南大图书馆，你可以去找他"。后来我就找到张闻天的儿子张虹生。他给了我一份张闻天1941年写得很简要的自传。我一看，张闻天1941年以前的简历就大致清楚了。他听说我要去上海，请我顺便带一点东西给他的姐姐，就是张闻天前妻生的大女儿维英。真是求之不得，多么好的一个联系机会啊！我到了上海，到徐家汇藏书楼，又去上海图书馆查资料。抽空去了张闻天大女儿家里。看到写字台玻璃板底下压着一张张闻天早年的照片，是张闻天怀里抱着大女儿同汪馥泉的合影。我头一次去，跟她谈了个把小时，没有问她借这张照片。第二次去，我就跟她借了这张照片，由鲁迅博物馆的朋友陪着，到照相馆翻拍了。通过查阅历史报刊，与张闻天子女交谈，我对张闻天早期的活动就有了较多的了解了。

在上海将近一个星期，回到南京，到南京师范学院中文系陈振国先生家里歇脚。陈是我的高年级同学。他告诉我："今天早晨，听到广播了一篇回忆张闻天早年活动的文章，《人民日报》登的。"我问他是谁写的，他说是一个很有名望的人写的，名字没有听清。我当时心想，我这一趟南京、上海白跑了。我就是为了了解张闻天的早年活动，现在有一个名人已经在《人民日报》上讲了，我还有什么好说的呢？当天傍晚，我回到淮阴。当时，《人民日报》有航空版，在淮阴能看到当天的报纸。我拿来《人民日报》，一看，是茅盾写的《我所知道的张闻天同志早年的学习和活动》。这篇文章两千来字，回忆了张闻天早年的许多重要活动，很珍贵，但是，茅盾在时序上有颠倒，涉及的时间、地点等具体问题，不够准确。我当时就想，茅盾年纪大了，记忆有些出入是难免的，身边的工作人员，应该把茅盾写的东西很好地核对呀，在《人民日报》上发表，有这么多差错，影响不好。因为我刚查过这一段报刊资料，茅盾回忆文章中哪些事件记错了，一眼就看出来了。当天晚上，我就写好一篇文章，题目叫《关于张闻天同志的早年活动》，纠正茅盾回忆的差错。谈了六件事：一、关于在河海工程专门学校；二、关于去日本的时间；三、关于给《小说月报》投稿；四、关于进中华书局当编辑；五、关于赴美勤工俭学；六、关于加入中国共产党。文章中有一句总的评语：“张闻天同志早年的文学活动，在中国新文学运动的历史上写下了光辉的一页。”第二天就把文章寄给了《人民日报》和《历史研究》。《人民日报》没有回音。几天后，收到《历史研究》朱成甲同志的电报，告诉我，刊物决定发表。文章在该刊1980年第2期发表以后，不少报刊转载。我想，这是因为张闻天是一个作出过重大贡献，而又受到不公正待遇的历史人物，在拨乱反正、思想解放的大潮中，大家都想了解他。

李：一炮打响以后，您又是怎样研究的呢？

程：我首先是为满足我们学校那两个刊物的需要做工作。一方面搞资料，搞出一个"张闻天早年文学著译编目"，尽可能掌握张闻天文学创作和翻译的全部文本。长篇小说，他的一些论文，尽量从报刊上复印下来。不少报刊纸脆了，不让复印，就拍照。另一方面，写评介文章，写了张闻天早年文学活动的综合性评介，另外还写了关于长篇小说《旅途》、三幕剧《青春的梦》以及他的短篇小说、杂文的评论，主要是在《活页文史丛刊》和《淮阴师专学报》上发表。

我怎么研究起张闻天来？

李：在这一阶段，有什么重大的或者说是突破性的进展呢？

程：从我从事张闻天研究来说，这时有三件事值得一提：一是，编辑出版了《张闻天早年文学作品选》和《张闻天早期译剧集》；二是，发现了张闻天在"五四"时期传播马克思主义的文章；三是，我被吸收参加了中央批准成立的"张闻天选集传记组"。

李：请您具体讲一下搞两本书的情况。

程：我搞出张闻天早年著译编目后，把这个目录和我写的评论张闻天早年文学活动的文章，通过我的朋友杨犁（《新观察》副主编）交给了《新文学史料》的负责人牛汉。《新文学史料》很快就给发表出来了。另一边，我向张虹生建议，编一本张闻天早年文学作品集。我把我编的资料，基本就是这个集子的目录了，还有我发表的评论，都给了他。虹生把我这个建议交给了张闻天夫人刘英。这个时候，是在1980年初。当时我还不知道，1979年8月开过张闻天追悼会之后，张闻天的学生、部下，像邓力群、马洪、曾彦修这些老领导，他们向胡耀邦打了一个报告，要出张闻天的文集，批准了。中国人民大学的胡华教授在筹备《中共党史人物传》，就是后来出了一百几十卷的，他觉得张闻天应该收到里面，要有一个四五万字的传记。当时胡华有两个助手，一个是张培森，一个是清庆瑞。胡华让他们两位搞张闻天传。正在这时，我研究张闻天早年文学活动的初步成果，他们看到了，知道我有这么一个建议。

他们看我搞的资料比较扎实，写的评论口气也不小，像那么回事儿，说，"行。"张闻天夫人刘英把我的编书设想和评论文章送给了茅盾，请茅盾写个序言。同时，写信给我，希望能到北京见面。那是1981年夏初。1981年暑假，我到包头参加一个现代文学的会，路过北京，就停留了一下。张培森陪我去看望刘英同志。刘英一看到我，说："你这么年轻啊！"其实，我当时已经四十出头了。她说："闻天的文学作品集，就请你编。茅盾已经写了一个序。"刘英非常爽快，说着就站起来到书房把茅盾写的序拿给我。这样就搞出一本

《张闻天早年文学作品选》。这是我搞张闻天研究后编的第一本书。这里面涉及的外文很多，英文、法文、俄文、日文、阿拉伯文等，人民文学出版社的责任编辑是一位年轻的女同志，看了我做的注释，说："程老师，你外语真好。"其实，我外语不行，只学了点俄语。因为学过普通语言学，会查各种词典，如此而已。人民文学出版社和人民出版社在一个楼里，两家的资料室真好，各种外语与中文对照的词典都有。

《张闻天早年文学作品选》出来以后，又搞了一本《张闻天早期译剧集》。当时，我想好请成仿吾写序。因为张闻天写的剧本《青春的梦》请成仿吾看过，这是在二十年代初。成仿吾给他提了意见，张闻天作了大的修改。在长征前后，他们也有来往。成当时是中国人民大学校长，请他写序最合适了。这样一来，张闻天早年文学活动的两本书，一本创作，一本翻译。作序的人，一本是茅盾，文学研究会的领导；一本是成仿吾，创造社的骨干。张闻天既是文学研究会的成员，又和创造社的郭沫若、郁达夫、成仿吾有很深的友谊。我搞中国现代文学研究，编的两本书由现代文学两大流派的两位代表人物来作序，也就心满意足了。在张闻天早年文学活动研究方面，我发表了一些文章，后来出了一本专著：《张闻天与新文学运动》，请杨尚昆题的书名。

邓小平在张闻天追悼会上致的悼词里面说："张闻天同志是我国'五四'时期的热情战士。"所以，除了搜集"五四"时期文学活动的材料之外，我还特别花力气了解他在五四运动的表现，找他当时发表的文章。在不少朋友的帮助下，终于在南京大学图书馆，找到了南京"五四"时期的刊物，叫《南京学生联合会日刊》，了解到张闻天是该刊的重要撰稿人。在这份日报上，他发表了三十多篇文章。其中，最重要的就是《社会问题》一文，以其对马克思主义的传播，闪耀着"五四"时代精神的光辉。在这篇文章中，张闻天明确提出要用马克思主义的唯物史观，来观察中国的社会问题，认识

我怎么研究起张闻天来？

中国社会的发展阶段，解决中国革命应该怎么进行的问题，明确提出靠工农起来革命彻底推翻统治阶级的主张，还明确论述了民主革命和社会主义革命应该分两步走的思想。在当时的先进青年中间，张闻天是站在最前列的一个。这篇文章，是在1919年8月发表的。当时《新青年》"马克思研究号"还没有出来。李大钊编的"马克思研究号"，上面写的是1919年5月份，因印制延误实际是9月问世的。陈望道翻译的《共产党宣言》是1920年5月份出版的，张闻天在文章当中就用马克思主义的唯物史观来分析和解决社会问题，并引用了《共产党宣言》第二章中的"十大纲领"，起点确实很高。张闻天"五四"时期就传播马克思主义，而且注意把马克思主义与中国革命的实际结合起来，探索中国革命的道路。真是不简单啊！

李：程老师，讲到这儿，我就有一个问题。您看，您刚才说的这些，都是您在党史研究的起步阶段取得的成绩。我很想知道，当时您是怎样在这样不长的时间里，从现代文学研究转入史学研究，并很快取得成功，原因是什么？

程：这个很难说得清楚，我想，一个原因应该是当中学语文老师打下了基础。我是1955年进的大学，毕业以后，一直教中学语文。我觉得中学语文教师这个工作本身，让我的基础比较扎实，至少没有病句、没有错别字，写得比较通顺。要达到这个要求，也很不容易。中学教师，还有后来我去大学教现代文学，做的主要工作，就是分析作品、讲解课文。它不是架空的，要具体分析每一篇文章，深入细致地分析讲解。二十多年的教学生涯，养成了进行文本分析的习惯，也提高了这方面的能力。这是我后来从事研究工作的一个扎实的基础，也是我的一种优势。另外一个原因，在这之前，我搞过若干问题的研究，但都没有成功，我研究过郭沫若的历史剧，研究过左联五烈士的生平和著作，还研究过鲁迅，开过《鲁迅研究》专题课。这些研究，都没有取得什么成果，但由此提高了研究能力，有了参照系。特别是鲁迅研究，我下了很大功夫，在"文化大革命"

活在心中的故事

期间，别的书都不能看了，我通读《鲁迅全集》，鲁迅的每篇杂文都写了或长或短的笔记。后来在《鲁迅研究》上发表了《〈自由谈〉的革新和鲁迅杂文的发展》，就是在文本研究的基础上，联系整个鲁迅杂文的发展写成的。我在现代文学方面，写得比较好的文章，还有《论〈日出〉的艺术独创性》，发表在《淮阴师专学报》上。以研究曹禺著称的钱谷融教授第一次见到我就说，你那篇文章是可以在高级的刊物上发表的。还有《没有私交的深情——有关张闻天与鲁迅的史料述评》《九重泉路尽交期——张闻天与茅盾的友谊》，也有不少鲜为人知的材料和独立见解，得到好评。为什么张闻天研究上马以后，很快就有成果呢？我想，主要是当中学教师有了基础，文字的基础，分析问题的基础；教现代文学史，对1917年以来的文学史、思想史、革命史有一个整体的把握，还有一个参照系——几十年来的鲁迅研究是怎样进行的，是怎样联系时代潮流、文学思潮，讲他的文学活动、思想发展。总之，懂得了人物研究的路数。还有，我有一段编书写书的经历：从自编自印的九册《文章选讲》，到公开出版的《鲁迅杂文选讲》。还有编辑刊物的经历：从编辑"函授通讯"到主编《淮阴师专学报》。这些都为我的学术研究工作打了基础，作了准备。

李：请您谈一谈《张闻天选集》是怎样搞出来的吧。

程：对我来讲，参加"张闻天选集传记组"，进入了一片新天地，胜过读一个博士或是做一个博士后。

刚开始，对这个选集该怎么搞，我一点都不懂。当时领头的是萧扬，他当过张闻天的秘书，随张闻天参加了庐山会议，是工作小组的组长，知道上层政治生活办事的那一套规矩，政治水平高，文字能力强，我跟他学着做。参加工作小组做具体工作的，有人民大学的张培森、经济学院的施松寒，他们都是党史专业，科班出身。当时，我们都不知道应该怎样搞。这个小组，有三个层次，最高一层，邓力群，当时是中央书记处书记，"张闻天选集传记组"领导小组的组长。大主意都是他拿。拿出去发表的文章，都经过他审阅。第二个层次，是领导小组的成员，有曾彦修，人民出版社总编辑；何方，当时任社科院日本研究所所长，在张闻天身边，当过辽东省的共青团书记，驻苏使馆的调研室主任，外交部的办公室主任；一个是徐达深，当过安东市委书记，驻苏使馆参赞，当时是社科院西欧研究所所长。另外还有几位，马洪，时任社科院工业经济所所长；陈茂仪，人民出版社社长。主要参与领导小组工作的，就是曾、何、徐三位。下来，就是我们这些做具体工作的同志。萧扬，这个工作小组的组长，当时是世界知识出版社总编辑。我，当时是《江海学刊》主编。上面，邓力群，原来的《红旗》副总编辑。实际上做这件事的人中有四个主编。我是最低的一个。

邓力群提出来入选文章的标准，主要是两条。这本选集是公众读物，选到选集里来的文章、讲话，第一，其观点、主张必须是由张闻天首次提出的。第二，必须是经过实践检验证明是正确的或者是基本正确的。他强调，好的思想、观点，方针、政策，必须是张闻天首次提出，跟着别人说的，写得再好，不收。提出这样的标准，对我来说，深受教育。这就是历史的眼光，历史主义的观点。为了要达到这个标准，要把张闻天的文稿，尽可能地搜集齐全。而且，对每一篇文稿，都要进行研究，作出评价，提出是否入选的意见并说明理由。要写清楚每一篇都说了些什么，当时起了什么作用。对于准备入选的文稿，还要做编辑工作，这一篇文章有几个版本，我们以哪一个为底本，然后，哪一段，哪一个字，我们改了，为什么这样做？要作校记。我这才感觉到，搞好一本选集，真是不容易啊！

这个时候，我住在人民出版社。人民出版社正在编一部四卷本《鲁迅选集》，曾彦修与戴文葆两位主编。他们的态度和方法对我教育也很深。他们差不多对《鲁迅全集》里每一篇文章都写出选还是不选的理由。

《张闻天选集》拟出目录以后，送给邓力群同志审阅。他看后说，还有这一篇、那一篇，不能遗漏，要到档案馆去找，一共点了六七篇。于是，我们按他的指示作了补充。在这个过程中，又有新的发现，特别是遵义会议前的好文章。比如，1931年6月，张闻天化名"刘梦云"写的《中国经济之性质问题的研究》，是中国社会性质论战中最完整而且是较深刻的文章，奠定了马克思主义者对取消派论战胜利的基础。通过深入研究，并采访王学文等当事人，确定"刘梦云"就是张闻天的化名。我们就提出来，这文章应该选收。另外一篇文章，是1932年11月化名"歌特"写的《文艺战线上的关门主义》，是直接批评"左"倾错误的文章。我在中央档案馆收藏的《斗争》这份油印的党中央机关刊物上，发现了署名"歌特"的三篇文章。"歌特"是谁？一下难以回答。我写了三四百字，从几个方面说明"歌特"很可能是张闻天。曾彦修说，这还不够。这篇文章对于认识张闻天从"左"倾到反"左"倾的转变，实在是太重要了。我们还要用乾嘉学派的方法来考证，要铁板钉钉子，才能把文章选到选集里面去。于是发信，找人，从陈云、杨尚昆、周扬问到差不多所有健在的三十年代初在上海地下党的老同志，没有结果。于是，我们进一步考证，从各方面进行论证，其中最过硬的证据就是概括出了"个人惯用语"，从张闻天1932年写的54篇文章中，概括出了他个人独有的惯用语。如：不用"虽然"而用"虽是"，不用"如果"而用"如若"，不说"直到现在"而说"一直到现在"，不用"和"而用"与"，不说"表现"而说"表示"等。这些"个人惯用语"，均一点不差地存在于"歌特"的文章当中。我写了一篇《"歌特"为张闻天化名考》，考定《文艺战线上的关门主义》等署名歌特的三篇文章为张闻天所作。胡乔木同志把这篇文章推荐到《中国社会科学》上发表。邓力群同志很高兴，把《文艺战线的关门主义》，还有《论我们的宣传鼓动工作》这两篇，都收进了《张闻天选集》。

《张闻天选集》之所以比较成功，它的组织形式和领导水平，起了决定作用。光有组织机构,没有领导水平,不行;光有领导水平,没有一定的组织,也不行。三个层次,邓力群,选集传记组组长;下来,是高水平的领导小组成员;再下面,工作班子成员。回过头来看,工作班子成员,也都可以呀,一般都是副教授水平,当时,我是讲师,张、施他们两位也是讲师,都还不是副教授,水平是到副教授了。所以,当时,到档案馆去查档案,只有萧扬可以去,其他人不能去,因为,不够级别呀。萧扬一个人忙不过来,经过特批,我们三个才进了档案馆的大门。领导水平很高,邓力群,前面说了,编辑原则、方针是他决定的;经过曾彦修、何方等高手,改来改去,搞出的目录,邓力群一看,就指出还有若干重要的遗漏。邓力群1938年到马列学院学习,长期在张闻天身边工作,参加了延安整风运动,长期从事理论工作,当时又主持起草第二个历史决议的具体工作。他知道还有哪些重要的文章、讲话该选。确实有水平,能把关。

李:《张闻天传》是您的成名作。这部书,在现代人物传记里,是一部经受了时间考验的著作。张传成功的奥秘是什么呢?

程:我个人体会,《张闻天传》,首先是适应和反映了时代的要求,它是在思想解放运动的背景下才能产生,要是没有解放思想,实事求是,你不可能去写《张闻天传》,或者是写出来也不能发表,这是很重要的一条。如果不是十一届三中全会解放思想,平反冤假错案,庐山会议,包括这以前的事情,恢复了历史本来面目,你无法写《张闻天传》。这是一个原因。跟这相联系的,张闻天本来是被埋没的,是被打下去的,长期受到不公正的待遇。他的功劳跟他的遭遇,跟他受到打击以至迫害,反差极其强烈。恢复本来面目,就必然引人注目、令人关心。这部传记,不仅对他一个人,而且对整个历史的认识,对整个中共党史的认识,特别是对遵义会议,对张闻天担任党中央总书记这一段相当长的历史时期的认识,会有一个大的改变。最近河北人民出版社出版了我写的一本书《毛洛合作与长征胜利》。这个命题本身,对长征史研究来说,就含有创新的意义。长征胜利，是毛洛合作领导的结果，遵义会议后形成的党中央第一代领导集体的核心的最初格局，就是毛泽东和张闻天的配合合作。在解放思想、拨乱反正的背景下，张闻天这个人物的特殊命运和卓越贡献，跟他的不幸遭遇，结合起来，相互对照，是这部传记成功的基因。一方面，他在庐山会议的发言，这样的鞭辟入里，深刻全面，水平高；另一方面，他的遭遇又是这样的悲惨。"文化大革命"期间，张闻天表现了那样的高风亮节，在受迫害的极端困难的条件下，还研究中国社会主义建设中的政治、经济等方面的重大问题，写下了几十万字的著作，进行了卓越的理论创造。他的理论贡献和道德品质，足为共产党员和知识分子的楷模。在"文化大革命"中，是当时中国先进人物的杰出代表之一，是改革开放的先驱之一。在思想解放这方面，顾准很了不起，理所当然地受到人们的尊敬。我觉得，就张闻天理论创造成果的内涵来讲，比顾准要高。应该说，他们都是这方面的代表人物，都是共产党内的杰出理论家。

如果说《张闻天传》写得比较成功呀，不是我一个人的作用，是"张闻天选集传记组"整个集体的作用。像这种人物传记能达到这样的水准，我在书的"后记"中也强调了，不是作者一个人的水准，不是靠传记作者一个人的努力能达到的。再有，材料的准备比较充分，这是成功的基础。刚刚讲过，首先是编他的选集，花了五年时间，同时，采访了不少人，还编了《回忆张闻天》一书，杨尚昆、宋平、王震、胡乔木、邓力群、茅盾等写了回忆文章。不仅提供了丰富的史料，生动的细节，而且对张闻天作出了评价，包括从总体评价到重大关节点的评价。尤其是刘英同志，同我谈了三四十次。整理出了《难忘的三百六十九天》《在大变动的年代里》和《身处逆境的岁月》等回忆录。好几个同志还编写了《张闻天年谱》，东北时期是施松寒做的，外交十年是赖万宁做的。可惜这两位都英年早逝。《张闻天年谱》由张培森主编，中共党史出版社2000年出版。

人物传记的创作，材料主要来自两个方面。一个是文献，传主本身的思想载体是哪些，要掌握。另外一个，就是口碑。熟悉他的人，他的战友、亲属、上级、下级，他们嘴上说出来的传主的思想、业绩、人品、性格，也就是活在他们心里的有血有肉的这个人物。这两方面的工作，做得都比较扎实。此外，我和其他同志还就有关张闻天生平、思想、业绩的一些重要问题，深入研究，写了一批论文。加深了理解和认识，分清了历史是非。我发表了四五十篇论文，出版了《张闻天与新文学运动》和《张闻天论稿》两部专著。

当然，着手写传记的时候，也很费功夫。从1988年初秋动笔，到1992年暮春成稿，用了三四年时间。曾彦修、何方两位，每一章都仔细审阅，精心修改。最后定稿时，曾彦修同志和我一起住在太湖边上的疗养院，全书二十多章，一章一章修改定稿。每天上午，他谈意见并商讨，下午、晚上，我就修改。一天一章，搞了个把月。

这部传记，我一再讲，跟领导分不开，跟领导指点、高人指点，分不开。比如说，那一篇关于歌特的考证文章，报到胡乔木那里，胡乔木就把它批给了《中国社会科学》发表，同时让《中国社会科学》写一个按语，还具体说这个按语不好写，应该在里面指出，闻天同志在犯"左"倾错误的时候，有"左"倾的一面，但是，也有反对"左"倾的一面。他这话，现在听起来，好像也没什么，但在当时，就没有人这样来考虑问题呀！这就是所谓"点拨"，经他一点拨，我们就按从"左"倾到反对"左"倾这个线索去认识张闻天了。顺着这个思路来研究张闻天，就比较清楚地看到他在犯"左"倾错误的那段时间里，他的理论和实践中有了哪些反对"左"倾的因素，是怎么样一步一步发展，从量变到质变的。过去说张闻天在遵义会议的转变，是毛主席教育、帮助的结果，实际情况不单如此。首先是他自己在实践中吸取犯错误的教训，一步一步转变过来的。这样认识才符合马克思主义外因是变化的条件，内因是变化的根据的原理。把他那一段做的事，写的文章连贯起来研究，就可以看出来，反对"左"倾的东西逐步积累，他的转变是自觉的，在遵义会议上站到正确的一边是必然的。毛主席的教育帮助起了推动作用，自身的转变，才是决定的因素。传记在这方面写得较好，同乔木同志的点拨很有关系。所以，我觉得《张闻天传》取得了一定的成功，首要的、决定性的因素，一个是时代，一个是领导，一个是集体。

当然，执笔者的努力也是不可缺少的。邓力群同志一开始就确定，传记由一个人写，不要很多人写。编选集、搜集材料、编年谱，需要大家一起来，传记，最好一个人写。初稿写出来后，邓力群还一再叮嘱我："人家的意见，你要很好地听，你要研究，但究竟怎么写，你定！包括我的意见，你觉得能接受就接受。"这一点我觉得很重要。最近我看邓力群整理的毛主席读苏联《政治经济学教科书》的批注。关于写书，毛主席是这么说的："看起来，这本书（指《政治经济学教科书》）是几个人分工写的，你写你的，我写我的，缺少统一，缺少集中。因此，同样的话反复多次讲。而且常常前后互相矛盾，自己跟自己打架，没有一个完整的科学的体系。要写一本科学的书，最好的方法，是以一个人为主，带几个助手。"邓力群同志的做法，大约是从这里来的。我觉得，以集体研究作为基础，范围应该是相当广的，也不仅仅局限于这个组，整个党史界、学术界，所有的成果，都应该参考。一部容量较大的书里，不可能样样都是作者的研究成果，还是要博采众长，转益多师。话说回来，那当然也不能缺少自己的创见，要有自己的研究成果，要精心结构，甚至包括你的个人经历、体验。《张闻天传》里写张闻天流放肇庆，住地在军分区内，说他"形同进了一只没有栅栏的鸟笼"。这么写，就有我"文化大革命"中在学校受隔离审查的体验在里面。我当时只能在校园围墙内走动，出校门，必须报告，得到批准。

改革开放使我走上党史国史研究的道路

——回答《人民日报》记者张贺的提问（2016年6月2日）

张贺（以下简称张）：程老师，您是中文系毕业的，怎么会走上历史研究特别是当代史研究的道路？

程中原（以下简称程）：我有一篇答学者问《我怎么研究起张闻天来？》讲得比较详细。概括说来，一是时代的呼唤，不是粉碎"四人帮"后改革开放的新时期，我不会去研究张闻天，从而走上党史和当代中国史研究的道路。二是从工作需要出发，张闻天早年文学活动研究是为做好工作而自己选择的题目。三是完成组织交代的任务，服从组织需要，听从组织安排。我写过两句诗，讲这一段经历：重才再作金陵客，弄笔乃至北海边。

张：您个人的人生经历和改革开放有着密不可分的联系，请您从个人的角度谈谈改革开放的意义。

程：改革开放的意义，就我个人的体会，一是改变了生活和社会地位。我在农村的妹妹说：没有邓小平，不是改革开放，就过不到今天这样的好日子。我也是如此。从被批判受迫害变成了受尊敬、被重用。我们夫妻两个都入了党，当上了研究员，我还得到国务院的特殊津贴。我们的子女都考上了大学，并出国深造。第三代也很有出息。

二是解放了思想，改变了观念，发挥了创造力。在学术研究上做了一些工作，作出了一点成绩。

总括一句话，没有改革开放就没有今天繁荣昌盛的中国，也就没有我的今天。我是改革开放的受惠者，可以说，改革开放的好处，我都得到了。

张：在多年的学术研究中，您觉得自己最重要的发现和成就是什么？

程：我想从两方面来回答这个问题。

一是关于具体的研究成果方面。个人研究的成果总是有限的。个人比较重要的成果，具体问题有三个：

1. 研究和说清楚了张闻天在"五四"时期传播马克思主义，用唯物史观研究中国社会，探索中国革命道路的情况，说明张闻天走在当时先进青年的最前列。

2. 发掘和研究了扎西会议的材料，提出扎西会议是遵义会议的继续和完成，从而确立了扎西会议在长征史、军史、党史上的历史地位。

3. 关于历史转折的研究取得一些成绩，主要是：分前奏、决战、新路三个阶段讲清楚了历史转折的发展过程；从批判材料中整理出邓小平在领导1975年整顿中与胡乔木等人的二十四次谈话，从而充实了邓小平年谱和传记的内容；运用马克思主义观点，分析毛泽东与邓小平在三个层面上的分歧（在实践层面上，是肯定"文化大革命"还是否定"文化大革命"；在路线层面上，是以阶级斗争为纲还是以经济建设为中心；在理论层面上，什么是社会主义？毛泽东追求一大二公还有纯，邓小平则认为贫穷不是社会主义，社会主义的本质特征一是公有制为主体，二是共同富裕。私营经济和个体经济是必要补充；允许一部分人、一部分地区先富起来，先富帮后富，达到共同富裕），说明1975年整顿中断的必然原因。

二是关于研究的方法论方面：

1. 提出"四重证据法"（人证、书证、物证、史证），并运用它

解决党史国史上的七个疑难问题:

（1）《文艺战线上的关门主义》一文的作者"歌特"是谁？

（2）博洛交接在何时何地怎样进行？

（3）遵义会议以后张闻天接替博古担任的职务是不是中共中央总书记？

（4）鲁迅致中共中央祝贺红军胜利的是"东征贺信"还是"长征贺电"？

（5）邓小平怎样通过国务院研究室协助他进行1975年整顿？

（6）华国锋对邓小平第三次复出是阻挠还是拖延？

（7）胡乔木有没有参与起草邓小平中共十一届三中全会的"主题报告"？

2. 概括人物研究和传记写作的"八条原则"。（详见收入本书的《我的学术生涯》）

3. 参与总结体现国史特点必须包含的"二十三个要素"。（详见收入本书的《我的学术生涯》）

张：很多人都说从事学术研究特别是当代史研究面临着许多困难，您能否谈谈究竟难在哪儿？

程：主要的难处是：一、材料，查档案不容易。二、人际关系的处理。三、评价，有一些成说，很难突破。如：张闻天从"左"到反"左"的转变，是自己觉悟为主还是毛的教育帮助为主？张闻天接替博古担任的职务是不是总书记？毛泽东领导地位的确立问题；毛泽东对张闻天的五字评语：狭高空怯私；等等。

张：您曾经写过《张闻天传》和《转折年代：邓小平在1975—1982》等著作，请您谈谈您是如何创作的？

程：写作的情况可说的有这么几点：

1. 通过研读传主著作，通过访问、查档，尽可能详细地占有材料，用事实说话。

2. 从总体把握：生平、事业，立功、立德、立言。

3. 通过专题研究，写出专题论文，解决传记中涉及的重点、难点、争议点等问题。

4. 文质兼备，夹叙夹议。在叙述的基础上议论、抒情。感染人，说服人，提高人。

5. 高人指点或审稿。张传：集体支撑；两层审稿（第一层是领导小组成员曾彦修、何方；第二层是组长邓力群）。胡传：八个部委审稿两轮。对审稿中提出的问题，逐一研究、处理。

我在传记写作中注意上述几点，形成了个人的一些特点或风格：一是十分重视史料，没有新的材料不写文章，不作空论。二是文本研究，这是最基础的工作，张闻天、胡乔木著作都非常丰富，一篇一篇学习研究，一个方面一个方面编专题文集。三是融会贯通，搞清来龙去脉，传承影响，事件、文献的地位作用。四是创新，没有新观点新思想不写文章，说新话，不说现话老话。五是通俗化。

张：我们都知道您在"文革"期间受了不少苦，这些经历对您的思想有何影响？

程：主要影响有两点，一是更加勤奋工作，多做工作，深感第二次解放得来不易，要倍加珍惜。二是要研究"文革"，探究其原因，予以彻底否定，肃清其影响，不让"文革"悲剧重现。

张：傅高义的《邓小平时代》出版后，中国再次出现邓小平热。中国人难以忘记小平同志，您作为邓小平的研究者，有何感想？

程：傅高义的态度和方法值得学习。他对中国友好，能紧紧抓住重大题材不放，下苦功夫。他谦虚谨慎，善于学习，又富有独创性。这些都值得我们学习。外国人能如此，中国学者应当加倍努力。邓小平是世纪伟人，用傅高义的话来说，是世界第一。他使中国人民从"文革"灾难中走出来，摆脱了贫穷，奔向全面小康。我们要以学术研究成果,回答对邓小平的贬损、否定,绝不容许在邓小平身上搞历史虚无主义。

张:您研究当代中国,从过往的历史来看,中国的道路如何才能走得平稳?有哪些经验教训值得总结?

程:我认为最主要的有五条:

(1)坚持党的领导,改善和加强党的领导。

(2)一切为了人民,一切从实际出发。

(3)接受教训,不再重犯过去犯过的错误。最主要的是不要浮夸、虚假,一定要讲诚信。宣传理论战线尤其要实事求是,不要说大话、假话。如:改革开放以后有没有出现一个资产阶级?硬说没有。我说学了这么些年马克思列宁主义,如果这一点也看不到,或者看到了不敢说,那你的马列主义白学了。应该如实承认中国现在存在一个资产阶级。但改革开放并没有失败。应该承认原来的估计不确当。出了资产阶级,改革开放也可以是成功的。实际上,发展了私营经济、个体经济而不出资产阶级是不可能的。社会主义初级阶段就是一个存在资产阶级的社会。问题在于正确地认识和分析,采取合适的政策。不能一方面不承认有一个资产阶级,一方面站在资产阶级立场上制订政策,为资产阶级捧场、说话。

(4)肃贪反腐要持之以恒,进行到底。廉洁清明是执政的基础,是底线。没有这一条,民心尽失,亡党亡国。

(5)加强民主与法治,民主与法制,按宪法和法律办事。

张:十八大以来,以习近平为总书记的党中央提出"中国梦",您认为为什么要提"中国梦"?

程:提出"中国梦",强调我们中国共产党人的共同理想、信念,为的是用通俗化、大众化的形式,凝聚新共识,提出新目标,让理想信念深入人心,统一全党全军全国人民的意志和步伐。

张：您认为，历史学者最重要的素养或品质是什么？

程：我认为最重要的是三条：

（1）坚持马克思主义唯物史观为指导，力求做到历史与逻辑的统一。

（2）坚持独立思考，发表独立见解。不做传声筒，不做应声虫。

（3）忠实于历史。揭示历史的真相，还历史的本来面目。不说假话，不瞒，不骗。做到真、正、实。

编写《中华人民共和国史稿》的一些体会

很高兴有机会与大家交流,讲得不对的地方,请大家指正。有什么问题请大家讨论。

我们《中华人民共和国史稿》第三卷(以下简称《国史稿》第三卷)的队伍是最稳定的,自始至终是五个人,即程中原、陈东林、杜蒲、李丹慧、刘志男。但《国史稿》第三卷的队伍到现在损失也是最大的,我们的指导徐老、骨干成员杜蒲先后都去世了。我在他们的支持下,一起完成了《国史稿》第三卷的编写任务。20年来,从事这项工作的确有些体会,我今天主要结合《国史稿》第三卷的编写工作,讲九点体会。

一、从事国史编研这一光荣事业必须具有使命感、责任心、自觉性

我接受参与国史编研工作这个任务,调到当代所的时候,我感觉到是我人生的一大机遇,是十分难得的光荣的事业。

有没有使命感、责任心、自觉性,这是可以由实践来检验的。即是否认真负责做好工作,保质保量按时完成任务,这是基本的要求;进一步的要求,就是是否念念不忘于国史稿的编写。也就是不仅尽责、尽力,还要尽心。这"三尽"是检验使命感、责任心、自觉性强不强的标志。当然,这同兴趣爱好也有一定关系。如果兴趣爱好在工作中不强烈,可以在工作中培养。

对使命感、责任心和自觉性的检验,还有一个重要的关口,是遇到挫折、曲折、不顺时,能否坚持,能否坚守,是否充满信心,毫不懈怠。也就是说在出现前景并不光明并不乐观甚至有些暗淡的时候,态度如何?在这20年中,有曲折、有前景暗淡的时候,要不灰心不懈怠,继续干,坚持干。我记得2011年初,三定方案未定,《国史稿》第三次送审,给30个部委审阅。这年春节,有的同志有点忧虑,我比较乐观,认为30个部委审阅是非常好的事情,要从中看到光明。我写诗说:"二十年来辨是非,丹青终得照金匮。三审将审成真果,玉兔呼唤大雁归。"结果被我说中了。经过30个部委的审查,基本通过。修改稿又经过18个部委的再审,再修改,结果红彤彤的五卷《国史稿》正式出版了。这时,我心里也冒出两句诗"廿年辛苦不寻常,手捧史书泪盈眶"。这的确是真实的感受。我感觉我们有使命感、责任心、自觉性,就应该时刻作好准备,无论什么情况下坚持把国史书写好,一有机会就能拿出来;而不能说,有了机会马上要了,才去做,才去准备,那就有点滞后了。

二、总的指导思想和大的框架结构必须十分明确

《国史稿》编写工作一开始,指导思想就很明确,力群同志十分强调要"维护中华人民共和国的利益和荣誉"。以后又强调要发挥国史资政、育人、护国的功能,要服务于全党全国工作的大局。

在实践中逐步形成必须遵循的若干原则,大致有六点:

1. 必须以马克思列宁主义、毛泽东思想、中国特色社会主义理论为指导,必须运用辩证唯物主义和历史唯物主义的立场、观点和方法,努力做到实事求是,具体分析,努力做到历史与逻辑的统一,力求写出一部具有国家水平的权威性的信史。这里是两个必须、两

个努力，达到一个目标。当时安平生同志提出，力群同志肯定，我们的国史书要写成国家版本，权威水平。这个目标，我觉得我们基本上达到了。下面创新工程，搞的几本专题史，我想也应该是这个水平，我相信也能够达到这个水平。

2. 遵循两个历史决议，同时要有创新精神。

3. 维护中华人民共和国的利益和荣誉。

4. 紧紧抓住新中国历史发展的主流，大力弘扬成就和经验，正确认识错误，总结教训。

5. 注意体现国史特点。党史与国史的特点有什么不同，20年来大家反复讨论。我认为讨论很有必要，使大家自觉地清醒地加以区别。我感到更重要的是实践，拿出国史书来，可以更好地讨论什么地方不像国史，什么地方没有体现国史的特点。我们这次总结经验，这应该是个重点。大家都写了许多文章，讲了话，开了讲座，其中很重要的一个内容，就是分析哪些地方体现了国史特点，哪些地方还不够，哪些地方写的像党史。这是很重要的研究国史特点的方法。

体现国史特点很重要的方面，就是国史包含哪些要素。力群同志一开始就在《当代中国研究》创刊号上发表文章，他提出必须包括17个基本要素。后来，力安同志担任所长以后，他又补充了关于生产力的解放和发展、关于大企业的布局等；我们以后又与时俱进，加进了生态文明建设、社会建设等内容。这样共列出了24个基本要素：（1）版图和祖国统一；（2）行政区划及其重要变动；（3）人民代表大会；（4）共产党的领导和共产党领导下的多党合作、政治协商；（5）国防和军队，武装冲突和战争；（6）人口（包括人口政策的变化，计划生育国策的确定和实施）；（7）生产力的解放和发展，综合国力的提高；（8）科技进步、发明创造，科技成就及其应用推广；（9）生产力和生产关系的矛盾和演变；（10）经济成分和经济结构的状况及其演变；（11）阶级、阶层关系及其演变；（12）民主与法制建设，宪法和法律的制定、修改和实施；（13）政治文明建设，政权机构及其演变；（14）文化建设和文教科技卫生体育事业的发展；（15）社会建设；（16）人民生活的改善提高与人的解放和全面发展；（17）生态文明建设，人和环境的协调发展；（18）民族区域自治制度的实施，各少数民族经济社会的发展；（19）宗教政策和宗教问题；（20）改革开放；（21）西部开发和东、中、西部协调发展；（22）中央和地方关系；（23）国际环境和对外关系；（24）自然灾害和对自然灾害的抵御。

6. 写作方面文字上要夹叙夹议，文质兼备。力群同志特别引用孔子的一句话："笔则笔之，削则削之"，即该写的你要写，要浓墨重彩；该删掉的要删掉，意思就是要详略得当，重点突出，同时语言要准确、鲜明、生动。

这些原则，在各卷编写过程中还形成一些具体的要点。就《国史稿》第三卷来说，对这一卷的总体把握有这样四点：

（1）区分十年"文革"和"文革"时期十年，"文革"时期不等于"文革"。

（2）"文革"时期十年做了三件大事：一是"文革"动乱和破坏，二是经济建设取得进展，三是外交局面取得突破。当然"文革"这件大事影响后面两件大事。2007年8月，在北戴河，我与老赵（明新）、志男、小卜（岩枫）给宋平同志送《国史稿》内部讨论稿，征求宋平同志的意见。宋老说了一个很好的观点。当时党史的本子送中央审查，一开始，中央没有批准。宋平就把我们的《国史稿》与党史比较。我向他汇报了力群同志的指导思想。编写过程中如何处理一些问题。说到力群同志一直强调，我们编写国史，要维护中华人民共和国的利益和荣誉，要以写成就、写发展、写经验为主，对错误和挫折不应回避，但要辩证分析，讲清楚犯错误的原因，我们是怎样认识错误、自觉地改正错误并从错误中吸取教训，走上正确的轨道。宋老表示：这样认识和处理，很对。他说：有的书对缺点、错误过于强调，缺乏分析。没有分析哪些错误是难以避免的，哪些错误是因为什么原因而造成的,我们对待错误采取什么态度、什么办法,怎样纠正错误、走向正确。应该看到,我们犯错误,但人民还在奋斗,国家还在前进。要把领导犯错误和干部群众的努力奋斗相区别。写历史不能只讲领导的错误,而不说人民的努力,不说他们的创造和贡献。

宋平同志的这个观点我认为很重要,他这个思想很有指导意义。你不能因为领导犯错误,而认为国史就没有东西好写了。我们一方面要讲领导在犯错误,一方面也要讲人民群众在创造历史,在推动历史前进。

(3)十年"文革"分为三个阶段:"文革"发动(1966年5月)到九大(1969年4月),九大到十大(1973年8月),十大到粉碎"四人帮"(1976年10月)。我把这三个阶段从另外一个角度来说,形成这么个说法,是否成立,大家可以讨论:第一阶段是"文革",现在国外研究"文革"的,都讲第一个阶段是"文革";第二阶段是因为"文革"而继续进行的"文革";第三阶段是因肯定还是否定"文革"而继续进行的"文革",因此又发生批林批孔,发生1975年的整顿,又发生否定整顿,批邓反击右倾翻案风,直到粉碎"四人帮"。

(4)社会主义道路的探索在"文革"时期没有中断,两种发展趋向中正确的和比较正确的趋向继续得到发展。

按这四点,我们的《国史稿》第三卷就写了三件大事,写了正确趋向的继续发展,三个发展阶段也写得比较清晰。

三、十分重视档案史料的查阅、搜集和整理

为写好《国史稿》第三卷,我们到中央档案馆查阅了不少档案。比如吴晗写的《论海瑞》文章,是胡乔木约他写的,最后又经过胡

乔木修改。我与刘志男一起去档案馆查阅了有关档案。看原始档案与不看是不一样的。实物摆在面前,有一种震撼感。吴晗用毛笔写的稿子,用八开宣纸,一篇文章从头至尾基本上是正楷。胡乔木的修改,也是毛笔小楷,后面加写了一段,把庐山会议的精神体现出来。看了档案,我们关于论海瑞、关于海瑞罢官的前因后果形成一个说法,就有了独创性。

此外,我们还到很多部门去查档案,到中央办公厅、国家经委、铁道部、冶金部、教育部、文化部以及其他一些地方,如江苏、浙江,查阅了大量档案,还查阅了"两案"审理的部分材料。我们看了重要报告,也看了目录。此外,还查阅了老同志提供的档案。大量查阅和研究档案材料,使《国史稿》第三卷具有不少新材料、新观点。

举例来说:"文革"中经济方面的材料大量是从经委来的;第五章第三节《规模空前的三线建设》,曾任西南三线建设副总指挥的钱敏同志提供了许多材料;第九章1975年整顿是建立在许多档案资料基础上写成的,有不少新材料新观点。其中"煤炭、钢铁的整顿"中写了一节"八大钢座谈会"(1975年2月18日至3月11日),这是别的书未曾写到的。是我与李建斌两个人到冶金部(现称冶金工业局)查阅档案的成果(见《国史稿》第三卷第245至246页)。我们发现在我们之前没有人去查阅和利用过这次会议的档案。我们到铁路部查档案,看了铁路整顿时每天装车、行车情况的简报。运用这些材料写出来的内容,可靠,新颖。

在利用档案方面,应该指出,到档案馆查档固然是重要途径,但还有其他重要途径不要忽视。第一,要十分注重重要出版物(包括传记、年谱、文集选集、资料汇编等)中已经利用和公布的档案。第二,要重视重要会议的纪要、简报,这里有许多丰富的历史材料。如庐山会议简报,就包含许多党史材料。每次开会批判,都要把过去的老账翻过来,你看一遍会议纪要,等于是重温一次党史,而且很具体,有很多不知道的史料。再如,十一届三中全会简报(包括会前的中央工作会议的简报），理论务虚会议简报，涉及社会主义革命和建设中许多理论问题、经济问题。所以，这些材料我们应该重视，研究人员应该利用。还有一个重要材料，就是毛主席与外宾谈话。原来力群同志的秘书从中整理了一份专题资料：毛主席的经济思想，值得一读。看了这份资料，在一定程度上，可以纠正人们的一种误解，好像毛主席没有什么经济思想，不会领导经济建设。第三，同时也要注意报刊文章中公开的材料，特别是最近几年公布的更多。如第五章第四节第三目"社队工业的兴起"（第133页）中浙江永康县银行干部周长庚关于社队企业给毛主席和党中央的信，毛主席支持社队企业的批示，邓小平落实情况的材料，就是在农业部的内刊《农史研究》上看到的。还有无锡社队企业受到重视的情况，是从《无锡县志》上面看到的。也就是说，要天天看报看新出的杂志，留意新公布的档案材料。

四、十分重视口述史料的采访、搜集和整理

在这方面，我们所做了许多工作。当代所创办之初，因为当时没有地方，就在中南海"西楼"进行国史大讨论，顺着历史发展，从各个时期的重要事件和主要问题讨论了一遍，又就各卷的编写提纲讨论了一遍。力群同志主持，大家发言，最后力群总结。他系统讲解了他亲历和了解的新中国发展过程中的要人大事。他的讲话，由秘书处吕玉生同志等整理印发。后来编印成《邓力群国史讲谈录》，一共七本，主要内容就是国史大讨论中的讲话、谈话、插话。年轻同志没有看的，希望大家要看看，这是很重要的口述资料。

还有很多部门的负责人应邀到我们所来作报告，如袁宝华（经委）来所作了系统的关于经济工作的系列报告。来所作专题报告的还有李淑珍（中联部）、俞雷（公安部）、袁木（国务院）、刘吉

(国家体委)等部委的负责人和吴仁宝(华西村书记)、秦振华(张家港市委书记)、王伟成(江阴市市长)等基层负责人。他们都提供了宝贵的口述历史。力安同志亲自带领访问了宋任穷、陈锡联、李德生、吴德、赛福鼎、杨贵等领导同志。他还带队到江苏、浙江进行乡镇企业调查,到山西进行大中小学国史教育现状调查,调查结果出了一本专著。

我们第三研究室的同志还访问了汪东兴、耿飚、廖汉生、钱敏、房维中、龚育之、唐由之(给毛泽东做眼科手术的)、周海婴(鲁迅之子)、谢铁骊(著名导演)、卢荻(北大教授、整理《水浒》谈话)、铁瑛(浙江省委书记)、曹鸿鸣(江苏省委书记)、王敏生(苏州地委书记)等同志。

采访的作用,不仅仅了解史实,还能对历史事件和人物加深理解和认识,还能从他们那里得到重要材料。举例来说:访问西南三线副总指挥钱敏,了解了三线建设的情况(包括上海工厂是如何搬迁的,攀枝花是如何选址的),还了解了有关彭德怀"文革"初期的情况。因为钱敏和彭德怀都是三线建设的副总指挥。当时,彭德怀住在前院,钱敏住在后院。"文革"中,红卫兵来提审彭德怀,是钱敏亲自给周恩来总理办公室打电话,请示如何处理。这些情况如不采访当事人,无法知道。

采访廖汉生,了解了粉碎"四人帮"前针对上海"第二武装"可能发动反革命叛乱作出的军事部署。后来书稿上写了一段话:对于"第二武装"的大本营上海此举(指反革命武装叛乱),叶剑英、华国锋等早就料到,已经作了周密部署。在10月6日解决"四人帮"之前,就已布置东海舰队从海上监视,驻镇江的六十军向无锡、驻浙江的一军向上海"拉练",从西、南两面形成钳制上海之势。

访问唐由之了解了毛主席做左眼手术的经过,澄清了《创业》批示是毛主席看过《创业》电影后写下的误说。这种误说,最初出自《毛泽东论文艺》中为《创业》批示写的题注。这条题注说,春节以后，毛主席做手术，还请做手术的唐由之等看了《创业》的电影，然后作了批示。大家就都这么说。还有毛主席批示的话"不利于调整党内文艺政策"。当时，我看了感觉不通。后来到当代所，力群同志那里有复印件，看了以后才知道抄录主席批示的同志把草书"的"当作"内"字了。主席的批示为"不利于调整党的文艺政策"。关于看电影，唐由之说：毛主席23日做手术，24日取下蒙眼的纱布，重见光明，很高兴，还看文件，结果眼睛又痛了，又蒙上，怎么可能允许他看电影呢？毛主席请看电影是后来的事，看的电影也不是《创业》，而是《战火中的青春》。如果不访问当事人，这中间的细节弄不清楚。访问了当事人，前因后果就清楚了。

访问芦荻以后，就明确关于《水浒》谈话是8月13日而非14日（有整理的记录稿为证）。14日是发出的日子。

听龚育之谈科学院汇报提纲，他指出，不能说要用科学院汇报提纲来指导上层建筑以至意识形态领域的整顿，不是说科学技术是第一生产力吗？既然是第一生产力，怎么仅仅是指导意识形态呢？听完以后，我们豁然开朗，还是说指导科技、教育、文化领域，比较好。

以上所说口述史料、档案资料等往往需要综合起来考察和运用。如第十章写到的南京事件，就是一个例子。一般经过，我们在南京大学查了档案；南京事件发生后，以中央名义发电话通知压制，南京反弹，南京街头于4月3日又刷出15条大标语及其内容，是江苏省委办公厅向我们提供的档案，是当时有关部门的报告，是可靠的；1976年3月31日，南京汽车厂制泵分厂职工在南京的闹市新街口东侧南京军区的围墙上面，贴出一条大标语，内容是："打倒大野心家、大阴谋家——张春桥！"直接点明斗争目标。这些内容写到《国史稿》第三卷中去了。当时我刚好在南京，是我当场看到的。当天下午我回到工作的单位淮安师范，路过清江市，就看到八面伏广场中间有一个小花

圈。我们通过现场目击、当时的档案材料和口头采访,多方面收集和整理资料。(见《国史稿》第三卷第287至288页)

重视查档和注重采访确实是写好国史的关键。我也把它写成两句诗:"披阅简牍辨真伪,聆听贤达论短长。"

五、研究国史,心里要挂着问题,时时处处留心,同国史编研联系起来

毛主席写批语推荐的徐寅生的《怎样打乒乓球》,希望没有看过的同志看一看。其中一个重要方法,就是把日常遇到的事情同打乒乓球联系起来,从中受到启发,改进和提高打乒乓球的技术。我们做国史编研工作,道理也是一样的,而且可能比打乒乓球更重要。读书看报,时时留意,有用的史料,好的文章和语句,包括别人的观点、自己的闪光的思想,随时记下来。尽可能搞剪报,搞摘记,长期积累。比如,音乐家傅庚辰在一次发言中谈到,夏衍告诉他,不再提文艺为政治服务,后来改为"二为"方向,是1979年四次文代会前,夏衍首先在列席政治局会议时提出来的。夏衍说:我没有解释理由,我不能给政治局讲课啊!我听了以后就赶快记下来,这些材料将来可能能用上。再比如,我读到列宁的一段话,对于怎样评价粉碎"四人帮"后的两年有指导意义,记下来备用(下面具体讲)。再比如,究竟怎样写历史算是做到了"历史与逻辑的统一"?究竟怎样写作历史体现了列宁的"历史与现实的统一"。这是一个值得研究的课题。我与宋月红同志和理论室的同志谈过两三次。这两年,我就注意收集这方面的实例,看别人写的文章时注意,自己写东西也尽量这样做。我觉得胡乔木论中国为什么选择社会主义,胡绳论中国为什么不能走资本主义,这两篇分别从现状和历史进行分析,在历史与逻辑统一方面做得比较好。我们如果能够从马恩著作、列宁著作、毛泽东著作,以及一些历史著作中,找到10到20个例

子，把马恩关于历史与逻辑统一的论述编在一起，可以学到这方面的知识和本领，是功德无量的事情。

六、要注重理论思考

弄清史实（来龙去脉）、辨明联系（前因后果）、作出判断（是非曲直）、提炼概括（探寻规律）、回答问题，历史研究与编纂的这些基本环节，都需要注重理论思考。在《国史稿》第三卷编写过程中，我们遇到的问题大致有两类。

一类是对理论问题和历史问题的总的判断。如：

1. 毛主席的"三个世界"划分的指称问题，是理论，还是战略，还是思想，还是主张，还是战略思想？五种说法都是比较权威的。胡乔木接受邓小平交的任务，组织撰写的文章，称理论，题目就是《毛主席关于三个世界划分的理论是对马克思列宁主义的重大贡献》。邓小平在《坚持四项基本原则》（1979年3月30日）中说"关于划分三个世界的战略"这一战略原则（《邓小平选集》第二卷第160页），又说："毛泽东同志在他的晚年还提出了关于三个世界划分的战略思想，并且亲自开创了中美关系和中日关系的新阶段"（见《邓小平选集》第二卷第172页）。《毛泽东传》有两种提法，一个是"毛泽东关于三个世界的主张"（见《毛泽东传》第1688页），另一个提法是邓小平同志1974年4月12日在联大有个发言，全面系统地说明"毛泽东关于三个世界划分的思想"（见《毛泽东传》第1690页）。《中国共产党历史大事记》也称"思想"（见《中国共产党历史大事记》第114页）。《国史稿》第三卷最终采用"战略思想"的提法，第七章第五目的标题为："毛泽东'三个世界'划分战略思想的提出"。"战略思想"的提法，不说"理论"但兼顾"理论"。

2. "邓小平主持的1975年整顿",是否是"全面整顿"?我们的《国史稿》第三卷分析了整顿的三个阶段:重点整顿,整顿的全面展开和深入发展,全面整顿的部署和整顿的中断,说明邓小平部署了全面整顿而还没有来得及搞全面整顿(准备今冬明春进行)就因批邓、反击右倾翻案风而中断了。故第九章第二节的标题为"邓小平主持1975年整顿",而没有用"全面"二字(见《国史稿》第三卷第241页)。这同党史二卷的"邓小平主持1975年全面整顿"的提法是不同的。后来,在纪念中国共产党九十周年时党研室编辑出版的大事年表没有再用"全面整顿"的提法,用的是"对全国各方面的工作进行整顿","整顿被迫中断"(见《中国共产党大事年表》第115页)。这说明他们采纳了意见。在评价历史的时候,局部、全局,各方面、全面,程度是有区别的。要在一个水平面上用。反右派斗争扩大化是局部而非全局的错误,1975年整顿说是全面整顿,尺度就不一致,就摆不平了。

3. 对毛泽东关于理论问题谈话的理解和评价问题。这个问题可以说是《国史稿》第三卷写作中遇到的最大难题。对这个问题的理解,在编写人员全体大会上争论得比较激烈。我们没有采取简单化的全盘否定的办法,而是联系马克思列宁主义、毛泽东的思想、中华人民共和国的历史和现实生活,谈话本意及其产生的实际影响,作了比较辩证的分析。

这段话是这样写的:

> 毛泽东关于理论问题的谈话,表明他深深地忧虑社会主义制度建立以后,还存在着资本主义复辟的危险性,还存在着变修正主义的危险性。这种忧虑是富有远见的。他力图寻找产生这种危险性的内在原因,即从社会主义的经济基础和社会制度本身去寻找产生资本主义和资产阶级的根源,以便及早采取措施,加以避免;在指出新社会"所

有制变更了"，即实现了生产资料公有制这一社会主义本质特征的同时，又指出中国现在实行的商品生产、货币交换、按劳分配及八级工资制等"跟旧社会差不多"。其思考是深刻的。毛泽东指出，在社会主义国家，从工人阶级中，从共产党员中，也会产生资本主义和资产阶级；在无产阶级中，在机关干部中，都会发生资产阶级生活作风；党和国家的最高权力如果被"林彪一类"阴谋家、野心家掌握，搞资本主义制度很容易。这些论断的正确性已经被九十年代苏联解体、东欧剧变所证明。只是联系六十年代中期中国的实际，对国内阶级斗争形势和党内矛盾状况作出错误判断而导致发动"文化大革命"，这样的教训是沉痛的。在准备结束"文化大革命"转入正常的政治生活时，毛泽东对存在资本主义复辟的危险性特别加以强调，引起警觉，注意防范，不是没有必要的。毛泽东认为，在社会主义的中国，防止变修正主义，防止资本主义复辟的办法，在思想上、政治上，全体党员、全国人民要多读马列主义的书，搞清楚关于无产阶级专政的理论；在经济上，要对商品制度、货币交换、按劳分配及工资制度加以限制，对小生产进行限制和改造。毛泽东的着眼点是反修防修，防止复辟，强调"限制"自然意味着还允许存在而不是消灭，有其合理的一面。但仅看到消极面，只强调"限制"，而没有指明按劳分配是社会主义原则。同旧社会有本质区别，能够调动劳动者的积极性，有利于发展社会生产力，应该贯彻和完善；没有指明商品制度、货币交换有其积极作用，应该使这种作用得到充分发挥，否则就会脱离现实，就是超越历史阶段，不利于调动各种积极因素，不利于发展社会生产力，显然是片面的。进而认为这是资本主义复辟的经济基础，更是对他的错误的无产阶级专政下继续革命理论的补充,也是这一错误理论的认识根源之一。至于把列宁当年对苏俄特定情况下的小生产所作的论断,用来估计中国小生产发展的趋势,对其消极面不免看得过于严重。事实上,经过引导,小生产可以组织起来,成为集体经济。毛泽东五十年代领导合作化运动取得成功,就是一个明证。在社会主义条件下,小生产可以作为社会主义经济的补充而存在与发展,只要加强管理,不放任自流,可以避免大量地产生资本主义和资产阶级。

应该看到,毛泽东作出理论问题指示以后,在经济上并没有采取什么"限制"的实际步骤。在经济政策方面,他态度审慎,没有同意一些过高、过急的建议,城乡经济政策没有继续向"左"。他还支持发展社队企业(即后来的乡镇企业)、鼓励社员养猪的政策,促进了农村经济的发展。

这段话在定稿时稍有删改(见《国史稿》第三卷第238至239页)。这段话是全书最花力气的,写得比较好,体现了历史与逻辑的统一。

4. 对粉碎"四人帮"重大事件的历史评价问题。我们采用了《历史决议》第25节的提法。第十章最后一段写道:"粉碎'四人帮'的胜利,从危难中挽救了党,挽救了革命,挽救了中国的社会主义事业,结束了'文化大革命'这场持续十年的内乱,使人民共和国进入了新的历史发展时期。"(《国史稿》第三卷第303页)"进入了新的历史发展时期"这句话,有些学者不愿意说。为什么?这里有个根本的问题,即对历史阶段的认识。他们认为粉碎"四人帮"以后"文化大革命"极左的那一套还没有肃清,还在延续,甚至认为"文化大革命"还没有结束。把此后的两年放在"文化大革命"时期中间去讲,不承认这两年主流是前进,而只说是徘徊。这里用得到列宁的话。列宁指出:"无论在自然界和在社会中,实际生活随时随地都使我们看到新事物中有旧的残余。"怎么能因为"文化大革命"的影响没有肃清而否定粉碎"四人帮"以后的根本性的改变呢?应该承认粉碎"四人帮"以后,换了个天地,但是新事物中有旧的残余,不能强调旧的残余。正如新中国成立以后,民主革命许多任务还没有完成,但不能否认新中国成立了,一个新时代开始了,从此社会主义革命开始了,一样的道理。这牵涉到共和国史的历史分期问题,牵涉到对这两年总的评价问题。邓小平说,没有这两年,就没有三中全会。所以说,这两年为三中全会作了酝酿和准备,是走向历史转折的两年。

另一类是比较重要的一些具体问题,有的没有写到《国史稿》第三卷中,但书稿中体现了这一精神。举几个例子:

1. 关于1975年整顿中断的历史必然性。我们运用恩格斯关于社会悲剧的论述(历史的必然要求和这个要求在事实上不可能实现)分析邓小平和毛泽东的分歧,说明1975年整顿中断的历史必然性。分歧有三个层面:一、现实层面:肯定还是否定"文化大革命"。二、路线层面:三项指示为纲还是阶级斗争为纲。三、理论层面:什么是社会主义,怎样建设社会主义。毛主席要"纯"、要"公"的社会主义,而邓小平认为贫穷不是社会主义,社会主义可以容纳某些资本主义因素。

2. "四五运动"与天安门事件的关系问题。牵涉到这两个概念的运用。很明显,天安门事件不能涵盖四五运动,它是特指清明节前后在天安门广场发生的事件,有其独立性。但有时一定要说天安门事件(如天安门诗抄、为天安门事件平反)。现在《国史稿》第三卷中采用的提法是"以天安门事件为中心的四五运动"。(见《国史稿》第三卷第290页)

3. 如何看待《光明日报》10月4日发表的梁效文章《永远按毛主席既定方针办》,这篇文章导致提前对"四人帮"采取行动。有一种意见认为，这篇文章是9月份就约写的，不是针对华国锋10月2日批语写的。这篇文章上面写有"任何修正主义头子胆敢篡改毛主席的既定方针是决然没有好下场的"。华国锋、李鑫看了以后，就觉得发出了一个信号，他们要动手了。因此，就决策要提前行动。而对《光明日报》编发稿子的当事人进行政治审查，查出这篇文章是9月二十几号就约梁效写的，并不是因为针对华国锋的批示约写的，以此为据不能看作"四人帮"篡党夺权的信号。我们主张动机与效果统一，要看文章的后果怎样，文章发表后历史是怎样发展的，究竟发生了什么事，而不是以主观动机来论定。10月4日这篇文章发表后，当时华国锋、叶剑英、李鑫看了以后，大家一致的感受是他们要动手了，我们必须赶快提前先动手。本来定的是国庆节十天以后再说。这时决定提前到10月6日动手。根据上述观点，关于此事，《国史稿》第三卷第300页和301页在叙述梁效文章要点（其中说："任何修正主义头子胆敢篡改毛主席的既定方针，是决然没有好下场的"）后，主要写了两段话。一段是："'梁效'是'四人帮'的重要舆论工具，这篇文章的矛头所向，引起了华国锋等人的高度警觉。加上'四人帮'这一段时间活动的种种迹象，表明他们要篡夺党和国家的最高领导权。"另一段是："10月4日傍晚，叶剑英赶到东交民巷华国锋住所，商量对策。叶剑英提出改变原定国庆节后准备十天视情况再定动手的部署，提前采取行动，'先发制人，以快打慢'，下决心'一破一立除四害'。华国锋决定'至迟后天动手'，请叶剑英同汪东兴落实行动计划。"本来原稿还有一句说文章虽然是9月就约写的，但在这时发表出来如何如何的话，后来定稿时删掉了。从大处着眼，这里的确不需要拖泥带水，为当事人开脱。

4. 汪东兴在粉碎"四人帮"中的作用和地位，即对汪东兴的历史评价问题。《历史决议》中没有提汪东兴，有当时的特定背景。《国史稿》第三卷从叙述中表现汪东兴的作用。这段话是："……华国锋同叶剑英、李先念及汪东兴等反复研究，认为……应采取果断措施加以解决……决定对'四人帮'采取隔离审查措施。"（见《国史稿》第三卷第299页）书中对华国锋、叶剑英的"决定作用"未作评定，对汪东兴也未作"一言以蔽之"式的评定（起了重要作用）。以后修改时都可以加上。

七、要多写

研究心得和学术成果要形诸文字。从心里想到口头讲再到落笔写，这是多次概括、多次升华的过程。采用的形式可繁可简，可长可短。以前我曾介绍过我的老师讲过的对副教授的要求：副教授要同时开三门课，一门基础课，一门专业基础课，一门专业课。还要跳好三步舞，即不时在报纸上发表些随笔、摘记、资料等文章，三五个月在杂志上发表一篇论文，两三年出版一本专著。我的体会是笔要勤，有所得时就写。可以写随笔、记事和论文等各种体裁的文章。要重视资料的整理编纂。要选定专题，进行深入的研究，写出专著。要在这个领域取得发言权或者说话语权，逐渐成为领跑者。还要注意学术成果的大众化，使我们的研究成果为公众共享，并且传播到海外去，让世界了解中华人民共和国的历史，正确认识中国，喜欢中国。这是我们所应该担负的任务。

在这方面，专题资料集《邓小平的二十四次谈话》，图文版《历史转折三部曲：前奏·决战·新路》，公开出版后产生了较好的社会影响。与此同时，在史料搜集、考证考辨方面，也形成了比较系统的看法，后来整理成《谈谈四重证据法》出版。我把在研究编写第三卷过程中形成若干学术成果的事也写成两句诗："倾情弹奏三部曲，悉心推演四重章。"

八、要虚心求教

我当第三室主任，室内成员陈东林、杜蒲、李丹慧、刘志男，在"文革"史研究方面都比我强。当时陈东林、李丹慧已经编写了一部《文化大革命辞典》，日本有出版社准备出版。杜蒲写了一本专著，即他的博士论文《文化大革命中的极"左"思潮》，准备出版。刘志男长期在《当代中国丛书》工作，情况也很熟悉。我抱着虚心向他们学习的态度。记得我同他们一起去拜访中央党校的金春明先生，我说要请你多多指教。他说，我同你是同辈人，不要那么客气。我说，不是客气，在"文革"史研究方面我一无所有。就是这么一个态度，完全真心诚意。所以金先生非常乐于帮助我们（当然有杜蒲是他的大弟子这一层重要关系）。其他同志对我们帮助也很大，比如：党研室苏采青同志给了我们很多在中央档案馆抄写的卡片资料，还给了两套内部材料：《毛泽东"文革"十年言论》《"文革"十年资料汇编》，一共八本，是胡乔木、邓力群为写《历史决议》编辑的。这对我们编写《国史稿》第三卷帮助极大。党研室张化同志告诉我们，周荣鑫主持起草了1975年《教育工作汇报提纲》。后来我们找到了。文献研究室卢振祥同志、党史研究室王朝美同志，都已到癌症晚期，仍悉心为我们审读书稿，提出宝贵意见，令我们非常感动。

向同行虚心求教，同兄弟单位团结合作，是做好国史编研工作很重要的一环。同时，我们也要胸怀大志。记得开始编写时，我和第三研究室提出一个目标：三年走到前沿，五年争取领先。这个目标是基本上达到了。当然，这仅仅是开了一个好头，任重道远，国史工作还有许多事情有待我们去做，我们应该"奋力攀登不停步，展现复兴好风光"。

九、要不屈不挠，自强不息

在讲第一条使命感、责任心、自觉性时，我说我的体会，衡量有没有使命感、责任心、自觉性，使命感、责任心、自觉性强不强，最重要的一点是遇到挫折、困难时能否坚持，能否坚守，能否充满信心、毫不懈怠。这一点特别重要。人一辈子不可能是一帆风顺的，困难与挫折永远都在等待你，就像胜利在等待你一样。但胜利必须是战胜了困难、挫折，才能到来。在这方面，我感到力群同志是我们学习的榜样，特别是他那种宽广博大的胸怀、不屈不挠的精神，永远值得我们学习。在这里，我想介绍他回答我的两句话，作为我今天发言的结束语。

有一次谈到不同意见讨论的问题时，我说：力群同志，我们起初不同意你的意见，后来通过讨论，听了你的解释，赞成你的意见了，你一定很高兴吧。他说：也不，只要能够动脑筋、想问题，把不同意见说出来，我就很高兴。这种民主作风，鼓励人想问题、讨论问题的精神，我认为很好。还有一次，我说：香港、台湾的报纸天天骂你、污辱你，你一定很生气吧。他说：我才不上他们的当呢！

孔夫子说：人不知而不愠，不亦君子乎！（《论语·学而》）我觉得邓老真正做到了，是真君子，值得我们学习！

《胡乔木传》是怎样写成的？

从初稿写作到正式出版，历经 20 余年

1992年胡乔木去世后，经中央批准，《胡乔木传》编写组于1994年正式成立。由邓力群同志任组长。主要任务三项："编辑出版各种专题文集，同时在此基础上对胡乔木的生平进行研究，写出有思想历史深度的《胡乔木传》。"中央要求，"所有专题文集和传记文稿完成后，仍请邓力群同志、胡绳同志及了解乔木同志的有关老同志审阅定稿"。

胡乔木生前，1991年9月，经中央批准成立了胡乔木回忆录编写组。在胡乔木主持下进行两项工作：一是编写回忆毛泽东；二是编辑出版《胡乔木文集》。《胡乔木传》编写组成立后，继续完成这两项任务。《胡乔木文集》共三卷，胡乔木生前亲自编定，由人民出版社出版。胡乔木在1992年6月1日八十诞辰时看到了刚出版的第一卷。在他逝世后，第二卷、第三卷于1993年、1994年出版。胡乔木生前未能完成的《胡乔木回忆毛泽东》也于1994年由邓力群、胡绳与回忆录编写组同志商量编定，由人民出版社出版。人民出版社于1999年和2004年出版了《胡乔木传》编写组新编的《乔木文丛》六种：《胡乔木谈中共党史》《胡乔木谈新闻出版》《胡乔木谈语言文字》《胡乔木谈文学艺术》《胡乔木书信集》《胡乔木诗词集》。还出版了其他专题文集四种：《胡乔木集》《胡乔木与中国社会科学

院》《回忆胡乔木》《我所知道的胡乔木》。

编写组成员对胡乔木生平进行研究，发表了一批论文，结集出版了资料集《邓小平（与胡乔木等）的二十四次谈话》，论文集《胡乔木与毛泽东、邓小平》，还指导邯郸学院的胡乔木研究中心编著了《八十一年人生路——胡乔木生平》。编写组成员在编辑和研究的同时，就开始写胡乔木的传记了。从初稿写作到正式出版，历经20余年。

概括胡乔木生平、业绩，最著名的有两句话

概括胡乔木生平、业绩，最著名的有两句话。一句是："从学徒、助手到第一支笔"；另一句是："百科全书式的马克思主义学者"。前一句话是邓力群说的，后一句话是胡绳说的。应该说是知人之论。两句话合起来，对胡乔木作了比较概括的、全面的评价，实际上就是传记的主题。

"党内第一支笔"是邓小平对胡乔木的评价。我的理解：笔，指笔杆子，也就是"秀才"。在众多笔杆子也就是众多秀才中间，胡乔木是第一名。党内第一支笔，实际上就是从写文件、写文章方面充当中央最高领导人的助手。胡乔木当了两代中央领导集体核心人物毛泽东、邓小平的得力助手，而且当得很好。从这方面讲，确实没有什么人能比得上他。写胡乔木的传记就要充分反映他作为"党内第一支笔"，为毛泽东、为邓小平、为党中央、为中华人民共和国，做了哪些事，起了什么作用，作出了怎样的贡献。在这方面，编写组同志是尽了力的。

写好"百科全书式的马克思主义学者"，就要写出胡乔木的主要学术成就和贡献。传记着重写了以下五个方面：（1）为党的文献编纂和党史研究工作倾注了大量心血。（2）新中国新闻事业的奠基人。

(3) 中国文字改革事业的领导者。(4) 中国社会主义文学事业的推进者。(5) 国际国内现实问题的评论家。

应该看到，胡乔木作为百科全书式的马克思主义学者的特点。他不是在书斋里而是在革命斗争的实践中成长为一个大学问家的。他以学问家的姿态来指导思想理论战线各方面的工作和斗争，同时又从革命家、理论家的高度来指导做学问。这就决定了他的学术研究与多数学术大师不同的特点，这就是学术研究同政治、经济和社会生活的紧密结合。学术研究的成果，是对国际国内政治、经济、思想、理论领域出现的问题进行有说服力的分析论证或批评斗争的强有力支柱。他的许多论文，体现了鲜明的政治性和严谨的学术性的统一。《胡乔木传》在这方面也作了很大努力。

全面反映胡乔木一生业绩和特点

分析胡乔木一生经历，我们认为大致有六个发展阶段。《胡乔木传》的结构，就按这六个阶段，分为六个单元：青少年时代（第1—3章）、从延安到北京（第4—9章）、新中国成立至"文革"前（第10—18章）、"文革"中（第19—22章）、十一届三中全会前后到十二大（第23—31章）、十二大以后到逝世（第32—38章）。

这部传记对每个阶段又明确其在胡乔木一生中的地位作用，并分成若干小段。以第一阶段为例。对于胡乔木来说，这一阶段实际是"逼上延安"。要写出胡乔木是怎样走上革命道路的，是怎样从盐城走出来，经扬中、清华、浙大而到上海，最后不得不奔赴延安。这一阶段对胡乔木一生有很大的影响。主要来自两方面。一是农村生活，养成艰苦朴素的作风。二是家庭与学校教育。他的家庭是书香门第。他读过的学校，从扬州中学到清华大学、浙江大学，都是名校。胡乔木青少年时期的经历使得他，一方面，博古通今，学贯中西，能诗善文；另一方面，倾向革命，投身革命。带来的问题一是书生气，二是三个纠缠不休的所谓"历史问题"：叛变嫌疑、托派、周扬假党。

要全面反映胡乔木的一生业绩，需要写好胡乔木主持或参与的许多重要事件和文献。举其要者，有十个"两"：一是两个历史决议；二是两部宪法（1954年宪法，1982年宪法）；三是两个大会（八大，十二大）；四是两家报纸（《解放日报》《人民日报》）；五是两个农村工作文件［新中国成立后，起草《农业生产合作社示范章程》，二十世纪六十年代初起草《人民公社六十条》，当然还可以加上在转战陕北途中起草的《土地改革中各阶级划分成分及其待遇的规定》、十一届三中全会期间的《关于加快农业发展的决定（草案）》等］；六是两个机构（筹建、创办国务院政研室、中国社会科学院）；七是两部党史（执笔撰写《中国共产党的三十年》；指导、修改《中国共产党的七十年》，并撰写题记）；八是两部巨著（主持编纂《中国大百科全书》，倡议编辑《当代中国》丛书）；九是两部选集（《毛泽东选集》《邓小平文选》）；十是两部全集（《鲁迅全集》《郭沫若全集》）。

当然，传记还必须通过具体情节展现胡乔木的性格特点。如：热情、坦诚；忧思深广；忘我工作；执着，甚至有点固执；学贯中西，文思敏捷，才华横溢。这些个性特征，在传记中得到具体生动的展现。同时，传记对他的缺点、弱点、错误，也不遮掩，分析了形成的原因，反映了纠正、改进的情况。

要处理好若干有争议的人和事

胡乔木是一个有争议的人物。他在一首诗中写道："羡慕我的，赠给我鲜花，厌恶我的，扔给我青蛙。"他的态度是"为美的追求"

宁愿遍尝生活中的酸甜苦辣。他说，"我要上高山，看人寰的万象，要畅饮清风，畅浴阳光，要尽情地歌唱，唱生活的情歌，直到呕出心，像临末的天鹅。"

编写组在《胡乔木传》编写中没有回避有争议的人和事，尽可能作出有材料、有分析的回答。一般采取在叙述的基础上加以点评的方式，点到即止，而不采取论辩的方式。对胡乔木确实存在的错误和缺点、弱点，明确指出，不文过饰非。邓小平概括评论过胡乔木的缺点，说：他（胡乔木）这个人缺点也有。软弱一点，还有点固执，是属于书生气十足的缺点，同那些看风转舵的人不同。

所谓有争议的问题，主要有七个：一是关于胡乔木与胡耀邦的关系：一致与分歧及其影响。二是关于胡乔木与周扬的关系。三是关于胡乔木与于光远的关系。四是关于胡乔木劝退吴祖光的问题。五是关于胡乔木的所谓"效忠信"问题。六是关于反击右倾翻案风中揭发邓小平的问题。七是关于胡乔木的所谓"临终遗言"。对于这七个问题，传记中都作了评述。

"这部传记写得好。符合乔木同志对党史著作的要求。"

2010年7月，编写组向组长、主编邓力群呈报了《胡乔木传》书稿。当时，力群同志眼睛已经看不见了，不能看书看报看文件。他就让身边工作人员将《胡乔木传》书稿读给他听。听完之后，他于2010年9月20日写下对《胡乔木传》的审读意见，报请中央领导同志审阅。力群同志在审读意见中写道："《胡乔木传》书稿全部四十六章，我听工作人员读了一遍，一字不落。"他认为：

"这部传记写得好。符合乔木同志对党史著作的要求。乔木同志要求党史要有战斗性，同时要有科学性、可读性，做到党性和科学性的统一；要夹叙夹议，有质有文，脉络清楚，生动感人。这部传记的作者是朝这方面努力的。可以说,基本上达到了一部好的人物传记的要求。"

他指出:"对事件和人物的叙述和评论,有不同看法,在所难免。传记作者坚持党性立场,依据两个历史决议精神和历史事实说话,是站得住的。对若干存在不同看法的问题,例如关于人道主义与异化的问题、关于反对资产阶级自由化的问题,等等,传记作了有理有据的分析和评论,说服力较强,可以明是非、正视听。听读的过程中我提了一些意见,执笔的同志都作了修改补充。"

他又说:"《胡乔木传》跨度很大,从辛亥革命、五四新文化运动直到改革开放新时期。我觉得,这部传记可以作为党史和国史的附传来读;对于毛主席四十年代、五十年代、六十年代前半期的传记,对于小平同志六十年代后半期到九十年代初的传记,尤其可以起到丰富、补充的作用。"

是一部可读可信的传记和信史

中央办公厅接到邓力群同志报送的《胡乔木传》送审稿以后,即委托中宣部组织相关部委审读。在将近八年时间里,中央书记处研究室、中央办公厅、中宣部、中央文献研究室、中央党史研究室、中央党校、中国社会科学院、新闻出版署等八个部委进行了两次审读,编写组进行了三轮修改。邓力群同志邀请金冲及同志担任编写组副组长,负责最后阶段的审改和定稿工作。

按照八部委意见所作的修改,主要有以下方面:一、对胡乔木的评价更为客观准确,恰如其分。对胡乔木参与起草中央领导人重要讲话、中央文件等,一般表述为"参与起草""按照领导人意见或中央精神起草、修改",也有的根据实际情况表述为"主持起草"。二、人物关系力求处理得当。写好他们的一致和分歧。三、重要事件的叙述、评析抓住要点，突出重点；涉及敏感问题，力求准确、辩证。四、引用胡乔木著作不宜过多过细。对文件、文章、讲话、著作的叙述和评价，突出其新意和创见。审慎选择和运用内部材料。五、调整结构，压缩篇幅。经过调整归并，从原稿46章压缩为38章；字数从120万字精简到80万字。六、语言力求做到准确、鲜明、生动。

八部委对2011年6月送审稿总体上作了肯定，认为：《胡乔木传》较为全面地介绍了胡乔木同志在新民主主义革命时期和社会主义革命、建设和改革开放时期的经历和贡献，资料丰富，脉络清晰，文笔生动，但有些地方还不完善，需要修改。修改后可以出版。对经过修改后的2012年12月送审本，八部委表示满意。有的说：读过《胡乔木传》，深感这是目前写作水平很高、史料扎实，作者下了很大功夫的力作。本书作者非常认真地听取意见，作了修改，体现了作者尊重史实和追求真理的精神。有的说：从总体看，本次送审本严谨切实，可读可信，是一部较为完善的传记和信史。同时，也提出了再修改的意见。

如果说《胡乔木传》取得一定的成功，从上述过程可见，它不仅是编写组同志共同努力的结果，而且是中央有关部门领导和相关部委关心和具体指导的结果，是20年反复打磨、精益求精的结果。当然，它还要在广大读者中经受考验，在虚心听取意见后进一步改进、提高。

我的学术生涯

——2016年10月17日在淮阴师院马克思主义学院的讲座

很高兴有机会同淮阴师院的老师和同学们进行学术交流。我的学术研究工作是从这里起步的。我想向各位汇报一下,四十年来我进行学术研究的情况,不当之处请指正。

四十年学术生涯的过程

我四十年学术生涯的过程,大致可分为三个阶段:一、张闻天研究从这里(淮阴师专)起步;二、离开淮阴以后的发展;三、对学术生涯的回顾和总结。

一、张闻天研究从这里(淮阴师专)起步

这一部分我讲得详细一点。

(一)机缘:我怎么会研究起张闻天来?

回答这个问题,要从我们这一代解放后培养出来的知识分子的特点说起……详见本书第173—176页《我怎么研究起张闻天来?》。

从以上经过可见,我从事张闻天研究的原因概括说来:

一是时代的呼唤,不是粉碎"四人帮"后改革开放的新时期,张闻天不可能平反、恢复名誉,我也不会去研究张闻天,从而走上

中共党史和当代中国史研究的道路。

二是从工作需要出发。具体说,张闻天早年文学活动研究是为了引进萧兵这个人才,编辑出版好《活页文史丛刊》而选择的题目。

三是完成组织交代的任务,服从组织需要,听从组织安排。

那么,在《历史研究》上一炮打响以后,我又是怎样研究的呢?

首先,是为满足编好淮阴师专那两个刊物的需要做工作。一方面搞资料,搞出一个"张闻天早年文学著译编目",尽可能掌握张闻天文学创作和翻译的全部文本。长篇小说,他的一些论文,尽量从报刊上复印下来。不少报刊纸脆了,不能复印,就拍照。另一方面,写评介文章,写了张闻天早年活动特别是早年文学活动的综合性评介,另外还写了关于长篇小说《旅途》、三幕剧《青春的梦》以及他的短篇小说、杂文的评论。资料和评论陆续在本校内刊《活页文史丛刊》和《淮阴师专学报》上发表,以后又都在公开刊物上发表。

程中原在学术讨论会上发言

那么,在这一阶段,有什么重大的或者说是突破性的进展呢?这就要说到第二个小问题——

（二）成果：关于张闻天研究，我在淮阴师专做了哪些工作，取得什么样的成果？

1. 扼要记录和评述张闻天的早年活动特别是张闻天早年的文学活动。

对茅盾的回忆文章进行补充修正，《历史研究》发表，得到茅盾肯定；写了一篇综合评述张闻天早年活动和思想发展的文章，发表于《淮阴师专学报》，后收入纪念文集，修改后在《新文学史料》上发表；编写了《张闻天早年文学活动》资料，发表于淮阴师专的《活页文史丛刊》，《新文学史料》转载。

这里特别重要的，是发现和评介了张闻天在"五四"时期传播马克思主义、探索中国革命道路的文章（详见本书第178—179页）。

2. 写了评论张闻天早年的长篇小说《旅途》的文章。

首次发表于《淮阴师专学报》，后又公开发表于《读书》杂志。

3. 编辑《张闻天早年文学作品选》，茅盾作序。人民文学出版社出版。茅盾的序言发表在《人民日报》上。

关于编辑出版《张闻天早年文学作品选》，我当时只是提出建议，根本没有想到由我来做这件事。要我主编这本书，完全出乎我的意料之外。

当时，我搞出张闻天早年著译编目后，把这个目录和我写的评论张闻天早年文学活动的文章，通过我的朋友杨犁（《新观察》副主编）交给了《新文学史料》的负责人牛汉。《新文学史料》很快就给发表出来了。另一边，我向张虹生建议，编一本张闻天早年文学作品集。我把我编的资料，基本就是《张闻天早年文学作品选》这个集子的目录，还有我发表的评论，都给了虹生。虹生把我这个建议报告了刘英同志，把材料也转给了他妈。这个时候，是在1980年初。当时我还不知道，1979年8月开过张闻天追悼大会之后，张闻天的学生、部下，像邓力群、马洪、曾彦修这些老领导，他们向胡耀邦打了一个报告，要出张闻天的文集，批准了。中国人民大学的胡华教授在筹备《中共党史人物传》,就是后来出了一百几十卷的,他觉得张闻天应该收到里面,要有一个四五万字的传记。当时胡华有两个助手,一个是张培森,一个是清庆瑞。胡华让他们两位搞张闻天传。正在这时,我研究张闻天早年文学活动的初步成果,他们看到了,我有那么一个建议,他们也知道了。

他们看我搞的资料比较扎实,写的评论口气也不小,像那么回事儿,说"行"。张闻天夫人刘英即把我的编书设想和评论文章送给了茅盾,请茅盾写个序言。同时,写信给我,希望能到北京见面。那是1981年夏初。1981年暑假,我到包头参加一个现代文学的会,路过北京,就停留了一下。张培森陪我去看望刘英同志。刘英一看到我,说:"你这么年轻啊!"其实,我当时已经四十出头了。她说:"闻天的文学作品集,就请你编。茅盾已经写了一个序。"刘英非常爽快,说着就站起来到书房把茅盾写的序拿给我。茅盾在序言中肯定:"淮阴师范专科学校程中原等同志编选了闻天同志早年的文学翻译和创作作品文集,这就填补了未来的党史关于闻天同志经历的一个空白。这不是一件小事而是大事。"并表示:"程中原同志写的评论《旅途》的长文,我读后完全同意他的论点。"这对我是极大的鼓励。

就这样,我编了《张闻天早年文学作品选》。这是我搞张闻天研究后编的第一本书。这里面涉及的外文很多,英文、法文、俄文、日文、阿拉伯文等,人民文学出版社的责任编辑是一位年轻的女同志,看了我做的注释,说:"程老师,你外语真好。"其实,我外语不行,只学了点俄语。因为学过普通语言学,会查各种词典,如此而已。人民文学出版社和人民出版社在一个楼里,两家的资料室真好,各种外语与中文对照的词典都有。

4. 编辑《张闻天译剧集》,成仿吾作序。中国戏剧出版社出版。成仿吾的序言也在《人民日报》上发表。

《张闻天早年文学作品选》出来以后,又搞了一本《张闻天早期译剧集》。跟文学作品选不同，译剧集请成仿吾作序，是我一开始就想好的。因为张闻天写的剧本《青春的梦》请成仿吾看过，这是在二十年代初。当年成仿吾给他提了意见，张闻天作了大的修改。在长征前后，他们也有来往。成仿吾现在担任中国人民大学校长，请他写序最合适了。这样一来，张闻天早年文学活动的两本书，一本创作，一本翻译。作序的人，一本是茅盾，文学研究会的领导；一本是成仿吾，创造社的骨干。张闻天既是文学研究会的成员，又和创造社的郭沫若、郁达夫、成仿吾有很深的友谊。我搞中国现代文学教学与研究，编的两本书由现代文学两大流派的两位代表人物来作序，也就心满意足了。

5. 写了两篇有影响的文章。

一篇是《"歌特"为张闻天化名考》，发表于《中国社会科学》；一篇是《觉醒与困惑——从电影〈西安事变〉谈起》，内部交流，供电影界、党史界参考。这是两篇以党史研究的成果做支撑而写出的人物评价和文艺评论文章。较好地把党史研究与文艺评论结合起来，体现了个人跨界研究的特点。

6. 被吸收为张闻天选集传记组成员，参加《张闻天选集》编辑工作，承担《张闻天传》写作任务。此后，我就淮阴—北京两边跑，在领导和同事支持下，基本上两边工作都不耽误。

（三）基础：为什么能取得成功？

谈到这里，很自然的，会产生一个问题：你在不长的时间里，从现代文学研究转入史学研究，并很快取得成功，原因是什么？（对这个问题的回答，详见本书第179—180页。）

（四）影响：调离淮阴师专，从教学工作改变为编辑工作、研究工作。

二、离开淮阴以后的发展

我写过两句诗，讲离开淮阴后的经历：重才再作金陵客，弄笔乃至北海边。

朋友们用俗话说我是完成了又一个三级跳：从淮阴（25 年）到南京［8 年（1983—1991）］到北京［20 多年（1991—）］。第一个三级跳是在淮阴的 25 年：从涟水 5 年（1958—1963）到淮安 13 年（1963—1976）到淮阴 7 年（1976—1983）。

从南京到北京，这三十多年，基本上做了三件事：（1）编刊物（先后主编《江海学刊》和《当代中国史研究》）。（2）从事国史研究和写作（包括通史研究和写作与专题史研究和写作）。（3）从事人物研究和写作（包括 A、张闻天研究和《张闻天传》等；B、胡乔木研究和《胡乔木传》等；C、邓小平研究和《邓小平传》部分章节等）。

在国史研究和人物研究方面取得的主要成果有：

通史方面：

1.《中华人民共和国史稿》副总主编，第三卷"文化大革命时期"主编，第四卷"改革开放新时期"前期主编。2012 年出版。

2. 马克思主义理论研究和建设工程重点教材、高校历史专业教材《中华人民共和国史》，编写组首席专家。2012 年出版。

3.《中国共产党的九十年》，咨询委员/新时期审改组成员。2016 年出版。

专题史方面：

1.《历史转折三部曲：前奏·决战·新路》（与夏杏珍、刘仓、李正华、王玉祥、张金才合著）。出版了三个版本：图文版，当代中国出版社、河北人民出版社，2009—2010 年版；人民联盟版，人民出版社、河北人民出版社、当代中国出版社，2013 年版；学术版，人民出版社，2017 年 8—10 月版。

2.《中国的成功之路》，中国社会科学出版社，2009 年版。

3.《与哈佛学者对话当代中国史》，人民出版社，2009 年版。

4.《信史立国：国史研究纵横谈》，上海人民出版社，2014 年版。

5.《党史国史上的要人大事》，社会科学文献出版社，2014年版。

6.《历史转折中的人和事》，四川人民出版社，2014年版。

7.《中国道路的奠基与开创：从毛泽东到邓小平》，当代中国出版社，2014年版。

8.《破解党史国史上的七大疑案：四重证据法》，上海社会科学院出版社，2014年版。

人物传记和人物研究方面：

1.《张闻天传》，当代中国出版社，1993年初版，2000年再版，2007年三版。

2.《张闻天与新文学运动》，江苏人民出版社，1987年版。

3.《张闻天论稿》，河海大学出版社，1990年版。

《张闻天论》，河海大学出版社，2000年版。

《说不尽的张闻天》，中央文献出版社，2008年版。

4.《毛洛合作与长征胜利》，河北人民出版社，2006年版。

《毛泽东、张闻天与长征胜利》，中国民主法制出版社，2016年版。

5.《中共高层与西安事变》，中国民主法制出版社，2016年版。

6.《转折关头：张闻天在1935—1943》，当代中国出版社，2012年版。

7.《转折年代：邓小平在1975—1982》，当代中国出版社，2014年版。

8.《历史转折的前奏——邓小平在一九七五年》（与夏杏珍合著），中国青年出版社，2003年版。

9.《邓小平传》（执笔三章：第39章至第41章）。

10.《胡乔木传》（编写组副组长），当代中国出版社、人民出版社，2015年版。

11.《历史转折论——从遵义会议到十一届三中全会》（与夏杏

珍合著），人民出版社，2002年版。

12.《胡乔木与毛泽东、邓小平》，当代中国出版社，2015年版。

三、学术生涯的回顾和总结

退下来后，对四十年来学术生涯进行了回顾和总结。这项工作分两方面来做：

一是把专题研究的成果，发表的一些论文结集出版，我称之为"回望系列实体书"，一共八本。已出版了七本：（1）《信史立国：国史研究纵横谈》；（2）《党史国史上的要人大事》；（3）《中国道路的奠基与开创：从毛泽东到邓小平》；（4）《转折年代：邓小平在1975—1982》（列为"走出去"书目，资助出版英文版，正在翻译中）；（5）《胡乔木与毛泽东、邓小平》；（6）《历史转折中的人和事》；（7）《破解党史国史的七大疑案：四重证据法》。还有一本（8）《鉴赏与讲析》，出版社尚待确定。

2005年10月16日，程中原在哈佛大学作学术讲演。右一为傅高义教授。

二是整理、编写"回望系列总论书"三部：（1）《我的书缘》（当代中国出版社2018年出版）；（2）《我的书话：78部书的故事》

（正在写）；（3）《我的学术道路》（待写）。

在回顾总结的同时继续开拓前行。争取 2019 年完成"从内战到抗战"三部曲：（1）《毛泽东、张闻天与长征胜利》（已出版）；（2）《中共高层与西安事变》（已出版）；（3）《国共第二次合作的谈判与全面抗战的爆发》。

谈完我的学术经历以后，我想对四十年学术研究工作再总括起来讲两点，一是有些什么作为，二是有些什么体会。

四十年学术研究的重要成果

个人研究的成果总是有限的。回顾起来，我以为，个人比较重要的成果仅有以下诸项：

1. 发掘史料说明张闻天在"五四"时期传播马克思主义，用唯物史观研究中国社会问题，探索中国革命道路，走在当时先进青年的最前列。

2. 发掘和研究了扎西会议的材料，提出扎西会议是遵义会议的继续和完成，从而确立了扎西会议在长征史、军史、党史上的历史地位。

3. 关于历史转折的研究，分前奏、决战、新路三个阶段讲清楚了历史转折的发展过程；从批判材料中辑录整理出邓小平在领导 1975 年整顿中与胡乔木等人的二十四次谈话，从而充实了邓小平传记的内容；运用马克思主义观点，分析毛泽东与邓小平在三个层面上的分歧，说明 1975 年整顿中断的必然性。

4. 提出"四重证据法"（人证、书证、物证、史证），并运用它解决党史国史上的七个疑难问题：（1）《文艺战线上的关门主义》一文的作者"歌特"是谁？（2）博洛交接在何时何地怎样进行？（3）遵义会议以后张闻天接替博古担任的职务是不是中共中央总书记？（4）鲁迅致中共中央祝贺红军胜利的是"东征贺信"还是"长征贺电"？（5）邓小平是怎样通过国务院政治研究室协助他进行1975年整顿的？（6）华国锋对邓小平第三次复出是阻挠还是拖延？（7）胡乔木有没有参与起草邓小平中共十一届三中全会的"主题报告"？

  5. 参与总结体现国史特点必须包含的"二十三个要素"。①

  6. 概括人物研究和传记写作的"八条原则"。②

  在传记研究和写作中，可以说形成了个人的一些特点或风格。总的说是力求做到科学精神与人文情怀的结合。具体讲有这么几点：一是十分重视史料，没有新的材料不写文章，不作空论。二是十分注重文本研究，这是最基础的工作，张闻天、胡乔木著作都非常丰富，一篇一篇学习研究，一个方面一个方面编专题文集。三是融会贯通，搞清来龙去脉，传承影响，事件、文献的地位作用。四是创新，没有新材料、新观点不写文章。说新话，不说现话、老话。五是夹叙夹议，笔下常带感情。六是讲好故事，力求通俗晓畅。

---

  ① 邓力群在《当代中国史研究》创刊号上著文指出，体现国史特点必须包含十七个要素。此后，当代中国研究所所长李力安又加上生产力的解放和发展、综合国力的提高等要素。研究人员又有所增补，成为二十三个要素：一、版图（包括疆域、边界、领土）和祖国统一。二、行政区划。三、人民代表大会。四、共产党领导和多党合作、政治协商。五、国防和军队（包括武装冲突和战争）。六、人口（包括人口政策的变化，计划生育国策的确定和实施，人口普查的情况和结果，等等）。七、阶级、阶层和阶级、阶层关系及其演变。八、生产力的解放和发展，综合国力的提高（包括重要建设项目的兴建、完成、效能及经验教训等）。九、科技进步、发明创造，科技成就及其应用推广。十、生产力和生产关系的矛盾和演变。十一、经济成分和经济结构的状况及其演变。十二、民主与法制建设，宪法和法律的制定、修改和实施。十三、政治机构及其演变。十四、文化建设和文教卫生体育事业的发展。十五、人民生活的提高与人的解放和全面发展。人和环境的协调发展。十六、社会建设。十七、民族区域自治的实施和各少数民族经济社会的发展。十八、宗教政策和宗教问题。十九、改革开放。二十、西部开发和东、中、西部协调发展。二十一、中央和地方关系。二十二、对外关系和国际环境。二十三、自然灾害及对自然灾害的抵御。

  ② 八条原则是：1. 研究和评价历史人物，应当从历史事实出发；在分析任何一个社会问题时，要把问题提到一定的历史范围之内；个人活动受社会历史条件的制约，必须考察个人活动背后的社会历史条件，发现历史规律，才能了解历史活动的实质。（马克思论《济金根》的悲剧时说："这就构成了历史的必然要求和这个要求的实际上不可能实现之间的悲剧性冲突"。《马恩选集》第4卷，第560页。）2. 不是从琐碎的个人欲望而是从所处的历史潮流来看历史人物的动机。3. 判断一个人，不是看他的声明，而是看他的行动（一个行动，胜过十打纲领）。不但要看他们做什么，还要看他们怎样做。4. 判断历史功绩要看他们比他们的前辈提供了什么新的东西；看他们对社会发展起到推动、加速的作用还是阻挠、延缓的作用。5. 不是孤立地而是把历史人物的活动联系起来考察。6. 应当具体地、全面地评价历史人物的功过，对其著作也应作全面分析。7. 应当从发展的观点并放在整个社会的发展过程中如实地评价历史人物。8. 应当指出前人的历史局限性，但不要苛求于前人。

四十年学术研究的主要体会

1. 具有责任感和自信心。
2. 勤奋、用功,通识与专精相结合。
3. 要有名师指点和鼓励。
4. 要有群体支持。要有一个好的学术环境,形成一个"气场"。
5. 要养成基本素质。最重要的是:(1)坚持马克思主义唯物史观为指导,力求做到历史与逻辑的统一。(2)坚持独立思考,发表独立见解。不人云亦云,不做传声筒,不做应声虫。(3)忠实于历史。扫除堆积的尘埃,洗刷涂抹的油彩。揭示历史的真相,还历史的本来面目。不说假话,不瞒,不骗。做到真、正、实。

附录　学者风采

党史研究专家程中原
——历经风云变幻　不忘赤子初心

记者　张贺

《人民日报》（2016年8月19日第6版）

"《文艺战线上的关门主义》一文的作者'歌特'是谁？""遵义会议以后张闻天接替博古担任的职务是不是中共中央总书记？""鲁迅致中共中央祝贺红军胜利的是'东征贺信'还是'长征贺电'？"……这些问题不但专业研究者关注，普通群众也很感兴趣。而对这些重大历史疑难问题作出准确解答、客观评价的就是我国著名党史研究专家程中原。

他撰写的《张闻天传》《中国道路的奠基与开创：从毛泽东到邓小平》《转折年代：邓小平在1975—1982》等著作以资料翔实、

视野开阔、立论公允而著称。美国学者傅高义在撰写《邓小平时代》时曾多次就相关问题采访他。

"跨界"的党史专家

尽管著作等身，但程中原谦虚地说自己其实是"半路出家"，"跨界"搞起了党史研究。他说："我本来是中文系的毕业生，如果不是改革开放，我这辈子也许就会以现代文学研究作为终身事业。"

1978年在淮阴师专担任教务长的程中原正在筹划出版学报及其附刊《活页文史丛刊》。"文革"中批判"厚古薄今"的经历记忆犹新。程中原决定，学报不能只研究古典文学，也要有现当代文学的研究。但在专家拟定的选题里，他发现在中国现代文学史上占有一定地位的张闻天不在其中。"'文革'时张闻天就是在我老家无锡去世的，我听说过不少有关他的传说。我决定要研究张闻天早期的文学活动。"程中原由此走上了党史研究之路。

在撰写论文期间，程中原利用一切可能的机会去各地图书馆收集资料。在南京龙蟠里图书馆，他早晨一开门就去翻阅20年代的旧报纸旧杂志，中午两块烧饼就着开水就是一顿午餐。"翻这些第一手资料收获很大，不但找到许多逸文，而且了解了当时的社会背景，对后来写作《张闻天传》很有帮助。"程中原说，1922年张闻天曾去美国学习工作，他乘哪艘船去的、花了多长时间、在旧金山是谁接待他的……这些在当时的报纸上都有记载。在传记中，程中原写到张闻天从上海到南京上学坐火车花了7个小时，这个信息就来自当时报纸上的消息"沪宁线提速七小时可达"。"有了这样的细节，作品的可信度就大不一样了。"

功夫不负有心人。他撰写的《张闻天传》不但在学术界赢得赞誉，也获得了张闻天夫人刘英的认可。1991年程中原调入当代中国研究所，1996年担任该所副所长。

反响强烈的"八条原则"

当代人研究当代史，既有有利条件，也有不利之处。主要的难处：一是材料、档案查找不易；二是对历史人物的评价囿于成说，不好突破。但程中原提出的人物研究和传记写作的"八条原则"，在中国当代史研究界引发强烈反响，成为业内公认的标准。在这八条里，程中原提出：研究和评价历史人物，应当从历史事实出发；不是从琐碎的个人欲望而是从所处的历史潮流来看历史人物的动机；判断历史功绩要看他们比他们的前辈提供了什么新的东西，看他们对社会发展起到推动、加速的作用还是阻挠、延缓的作用……这些见解，对于分析和评价离今天还很近甚至就在当下发生的历史无疑是一把有效的尺子。

2005年10月，程中原去哈佛大学访问，在演讲结束时观众问他如何评价毛泽东。英国首相丘吉尔曾说："斯大林是一位杰出的人物""是天才而坚忍不拔的统帅""斯大林接手的是还在使用木犁的俄罗斯，而他留下的却是装备了原子武器的俄罗斯"。程中原借用丘吉尔对斯大林的评价，指出"毛泽东是中国人民的伟大领袖和导师。他创立中华人民共和国的时候，中国还不会造一辆汽车，而他走的时候，中国不仅有了原子弹、氢弹，而且已经能够准确地回收人造卫星，跨进了太空俱乐部的大门。今天的中国，更是把神舟六号载人飞船送上了太空"。就在他演讲的前一天，中国神舟六号发射成功。这样紧密联系历史与现实得出的评价赢得了外国友人的赞同。

永远不变的爱国之心

长期从事党史研究，程中原对于中国现代化历史的坎坷有切身体会。对于某些人怀念"文革"，对于网上一些人歪曲、贬损党史和国家领导人，他感到忧虑和气愤。他说有的年轻人仅仅出于对今天某些社会不公现象的不满就向往"文革"，这是完全错误的。程中原的哥哥姐姐姐夫都是很早就参加革命的共产党员，他家曾是地下交通站，掩护过不少新四军高级干部。但"文革"中，因为有海外关系，他家从"全家红"变成了"一窝黑"。他本人被批斗，连膝盖都跪烂了。"只有经历过的人才知道，原来死比活容易。"程中原说，对于"文革"，必须彻底否定，肃清其影响，不让悲剧重现。对于那些否认、歪曲党的历史的人，程中原认为决不能允许历史虚无主义泛滥。他说："面对谣言和攻击，权威部门要拿出档案文献以正视听。不能任由人家说，我们不回应，你不回应就等于默认。"

程中原认为，以史为鉴是研究党史、研究中国当代史的一项重要工作。他说，"只有把党史打造成信史，才能真正从历史中汲取经验教训。"

"我出生于1938年，那一年日军占领河南。父亲为我取名'中原'，意为勿忘国耻、恢复中原。"78岁的程中原说，自己一生经历了战争的残酷硝烟、目睹过国民党政权的腐败衰亡、亲历了无数亲友的悲欢离合、也见证了改革开放的丰功伟绩，"但不管时代风云如何变幻，我的爱国之心永远不变。"

后　记

　　按中国的习惯算法，我已经 80 岁了。岁月流逝，许多事情已经淡忘，但有不少人和事总是挥之不去，时时浮现在眼前。我不如把这些一直活在我心中的故事写下来，留作永恒的纪念。这样，就有了编在这本集子中的这些篇章。

　　按内容来说，大致是这样三类。一类是对一些领导同志的回忆。我认识和了解他们都是因为工作关系。我同他们有近距离的接触，聆听他们谈过往的历史，人物的活动，看到他们的音容笑貌，触摸他们的思想感情，受到教育和感染，留下难以忘怀的印象。记下他们活在我心中的故事，在一定程度上带有记录历史和认识历史的意义。一类是对我的师友的回忆。他们对我的关爱以至教育培养，对我的成长具有相当大的影响。从他们身上可以看到我的上代人和同代人的精神风貌、思想品格。还有一类是个人经历中活在心中的人和事，从我走过的道路，在一定程度上可以看到我们这一代知识分子成长的历程。

　　我是从事国史党史研究工作的。也许是受职业习惯的影响吧，我在写这些文字的时候，总是希望通过我这个人，在一定程度上反映历史与时代的面貌。我出生于抗日战争爆发之初，经历了从沦陷到胜利的历史巨变，亲身感受了解放前后的对比，经历了各种政治运动的洗礼，特别是遭受了"文化大革命"的迫害和磨难，感受到了第二次解放的恩惠和舒畅。时代风云和个人经

后　记

历自然会在我的这些回忆中得到反映。如果读者从我的这些回忆文字中能够约略看到中国这80年历史的某些场景，增加对历史的了解和认识，我就心满意足了。书中不足不当之处，敬请批评指正。

程中原

2017年12月23日于北京